久保田淳著作選集

第二巻

岩波書店

編集協力

浅見和彦
小島孝之
三角洋一
渡部泰明

定家

まえがき

第二巻には藤原定家に関する著書一冊と定家及びその周辺を対象とした論考六本を収めた。

卒業論文のテーマを「藤原家隆の研究」として、その生涯や家集の成立・伝来などの基礎的な問題を調べ始めた頃から、定家のことも一通り知らなければ家隆その人もわからないのだということは、直ちに思い知らされた。この二人は生涯を通じて友であり、そしてライヴァルでもあったのである。それゆえ、卒業論文は右のような基礎的な事柄の調査にとどまっているが、ノートには発想や表現の上で影響関係を考えざるをえないようなこの二人の作品を書き抜いたりしていた。定家の作品は佐佐木信綱校訂の岩波文庫『藤原定家歌集』で読んでいた。この本は表紙や背文字に「藤原定家歌集附年譜」と記されている。大部分が『明月記』の抄出から成るこの「定家年譜」は、『明月記』の総体、そして定家その人への関心を掻き立てるに十分であった。

しかしながら、修士論文では新古今時代以後の和歌史を扱ったので、定家について論文を書き始めたのは改めて新古今時代に立ち向かうようになってから、それもまず西行の恋歌について幼い稿を草した後のことである。最初に『別雷社歌合』での作品から「初学百首」「堀河題百首」まで、初期の作品を検討した論文を『白百合短期大学紀要』に発表した。以後、いわゆる新儀非拠達磨歌の時代の百首歌群についての論を『国語と国文学』『和歌文学研究』その他に掲載して頂いた。それらの大部分は東京大学助手、次いで白百合女子大学助教授を務めていた頃書いたものである。以前『西行山家集入門』の「あとがき」にも記したことであるが、『拾遺愚草』によって百首歌を読む面白さに気付かされたのであった。それらの論文類は『新古今歌人の研究』に収めたので、今回は再録していない。

本書で「I　藤原定家」に収めたものは、全十巻から成る集英社のシリーズ「王朝の歌人」の第九巻として刊行された『藤原定家』である。この本の執筆に際しては秋山虔先生の御推輓を頂いた。一九八四年十月、シリーズの第一回配本として発行され、十年後の一九九四年十月、筑摩書房からちくま学芸文庫の一冊として再刊されている。文庫版ではごく一部、初版での『明月記』の読みを改めた箇所があるので、今回は文庫版に拠っている。ただし、文庫版に付されている「あとがき」は省いた。

その「文庫版あとがき」でも触れたことであるが、この本を書く以前から『訳注藤原定家全歌集』の仕事を続けていたことが、歌人・古典学者としての定家の生涯を見通す上で大いに役立った。この仕事には『新古今歌人の研究』をまとめた一九七三年の秋から着手した。これを勧めてくださったのは当時河出書房新社にいらっしゃった高野公彦氏である。この年の九月初め、早暁箱根の萬岳楼で「初学百首」の半ばほどまでをあらあら注していた折、定家の歌そのままに「峰に別るゝ横雲の空」を望み見たことなどが思い出される。この頃は久松潜一先生の監修の下、築島裕・林勉・池田利夫の三氏と共に岩波書店の『契沖全集』の校訂編集に携り、その一方、和歌史研究会の一員として『私家集大成』の編集にも従っていた。定家の作品を校注するに際して、一つ一つ「文証」を抑える契沖の方法を学んだこと、また定家の同時代歌人の作品に接する機会が多かったことは有難かったと思い返される。この訳注の仕事が完結したのは『藤原定家』刊行の二年後のことであるが、これを支えとして何とか定家の生涯を辿ることができたのだと、自身では考えている。

「II　時代と生活」には、定家の生きた時代や定家その人の伝記、古典学者としての態度などを考えた三篇の論文を収めた。

最初の「承久の乱以後の藤原定家――『明月記』を読む」は、『藤原定家』執筆の翌年の一九八五年、雑誌『文学』七月号に発表したもので、前年東京大学や非常勤として出講していたいくつかの大学で講義したメモをもとにしている。すでに『藤原定家とその時代』に収めたものではあるが、『藤原定家』との関連性を考えて再録した。

「藤原定家の自筆和歌資料二種について――『皇室の至宝　御物』から」は、小松茂美氏に求められて古筆学研究所の機関誌『水茎』第十五号(一九九三年九月)に執筆、掲載されたものである。推敲の過程を物語る詠草資料には、定家の「御室五十首」や「正治初度百首」の草稿の写しが伝来していることを知ってそれらを考察した時以来、関心を寄せている。

「藤原定家――その「難義」に対する姿勢」は、雑誌『国文学解釈と鑑賞』一九九二年三月号が「古典学者の群像 古代から近世まで」という特集を行った時に書いた。同誌にはこれ以前に「院政期歌学一斑――二、三の難義について」「俊成・定家と万葉集」などの稿を発表しており、それらは『中世和歌史の研究』に収めた。本稿はそれらを書いた折の問題意識を引き継いでいる。

「Ⅲ 藤原定家とその周辺」には、定家のみならず彼と関わりの深かった歌人やその作品をも対象とした論文三篇を収めた。

最初の「「三宮十五首」と「五人百首」」は、雑誌『国文学』一九八四年二月号特集「古歌を読む 諸説整理」に執筆したもので、原題は「歌を読むということ――藤原定家の作品に即して――」である。これも前年の講義メモをもとにしている。『藤原定家』を書き始める直前に書いたという点でも同書との関連性が強いので、すでに『中世和歌史の研究』に収めたが、今回再録した。

「権大納言藤原基家家三十首、付「東林今葉」について」は、五味文彦氏が主宰される明月記研究会の編集になる『明月記研究』第一号に寄せたものである。家隆の家集の成立に深く関わった人物として、基家には関心を抱き続けており、修士論文ではその歌人活動を跡付けてみたこともある。また慈円については、『新古今歌人の研究』以来その全体像に少しでも迫りたいと思っている。

最後の「式子内親王の生と歌」は、久松潜一・吉田精一の両先生の編になる『日本女流文学史』(同文書院、一九六九年)に収められたもので、執筆したのは一九六七年四月、本巻の中では最も初期の、文字通り若書きである。「山深み春とも知らぬ松の戸に絶えだえかかる雪の玉水」という式子の秀歌での「松の戸」が『白氏文集』にもとづく歌語であるという、今から思えば何でもないことに気付いた時の喜び、この稿の内容を東京大学国語国文学会で発表した際、故人となられた越智治雄氏が「おもしろい」と言ってくださったと仄聞した時の嬉しさなどを思い起こして、すでに『中世文学の世界』に収めたものであるが、改めて再録した。ただし、式子の生年に関する部分はその後の研究によって改稿した。

歌の言葉一つ一つにどこまでもこだわって読みたいという自身の姿勢は、今後とも変わらないであろう。が、その一方では、対象とする作品や歌人を長い日本の詩歌史の流れの中に位置付け、少し距離を置いて眺めることによって新たに気付くこともあるのではないか——今はそんなことを考えている。

二〇〇四年二月

久保田　淳

目　次

I

藤原定家

天才児として

紅旗征戎吾事に非ず

治承四年(一一八〇)二月十四日の夜、十九歳の青年藤原定家は、ほとんど満月に近い明るい春の月の光に照らされながら、馥郁たる香りを放つ満開の梅の花を見て庭内をそぞろ歩きしていた。夜もふけたのでそろそろ寝ようとして寝所にはいったものの、寝つけない。そこでまたも外に出て梅見を続けていると、「火事だ」という声を聞いた。方角は北西で、たいそう近い。ただちに車に乗って出、藤原成実の家に避難したが、倉などはたちまち煙に包まれ、多数の文書類が焼失した。この珍事を彼は日記『明月記』に、次のように書きとどめている。

十四日、天晴る

明月片雲無し。庭の梅盛開し、芬芳四散す。家中人無く、一身徘徊す。夜深けて寝所に帰る。灯髣髴として、猶寝に付くの心無し。更に南方に出でて梅花を見るの間、忽ち炎上の由を聞く。乾の方と云々。太く近し。須臾の間、風忽ちに起こり、火北少将の家に付く。即ち車に乗りて出で、其の所無きに依り、北小路成実朝臣宅に渡り給ふ。倉町等片時に煙と化せり。風太く利しと云々。文書等多く焼け了んぬ。刑部卿(藤原頼輔)直衣を着て来臨せらる。入道殿(父俊成)謁せしめ給ふ。狭小の板屋、事毎に堪へ難し。

この火事のことは九条兼実の日記『玉葉』や中山忠親の『山槐記』によっても知られる。

> 亥の刻、上方焼亡有り。五条坊門万里小路と云々。内裏辺五町許と云々。余参らず、又浴の後風を慎むに依りてなり。五条三位入道（俊成）の許之に近しと云々。仍りて侍を遣して之を訪ふ。（『玉葉』）

> 亥の終りの刻東南に火有り。禁裏五条南、東洞院、近辺と云々。仍りて直衣を着て馳せ参る。（中略）火高辻北万里小路西に起こる。失火と云々。北綾小路東に至り、巽を指し、京極南に出でて、五条北に至る。（中略）右京大夫入道俊成家、左少将実教朝臣宅焼亡すと云々。（『山槐記』）

「亥の終りの刻」というから、夜の十一時近くのことだったろうか。定家自身の日記では、美しい春の宵の描写が一転して火事騒ぎとなるのは、はかりしれない人生を象徴するかのようでもあり、強い印象をあたえる記述となっているが、とくに前半の月光のもと、梅林をさまよい歩く甘美な叙述には、浪漫的な彼の性格がよくあらわれているように思われる。それは後年の彼の和歌のあるものや、彼の若書きの物語であることはほぼ確かな、『松浦宮物語』の一節などを連想させるに十分である。そこには主人公の橘氏忠が、唐土でとある春の宵、人里離れた梅林をさまよい、簫の笛に誘われて奥深く分けいって、なぞめいた美しい女性（じつは先王の皇后）とめぐりあうという場面が描かれている。

定家の日記『明月記』は、現在のところ、この治承四年（一一八〇）二月の記事からが伝存している。ややくわしくいうと、二月五日のものと思われる記述のごく一部が現在知られるもっとも古い記事である。そして、以下とびとびに、この年と、その翌年である養和元年（治承五年が七月十四日、養和と改元された）の生活記録が存する。

俊成家が焼失した治承四年二月には、そののち国家的な重大事があった。二月二十一日、高倉天皇は三歳の皇太子言仁（ときひと）親王に譲位したのである。『平家物語』は語る。

二月廿一日、主上（しゆしやう）ことなる御つゝがもわたらせ給はぬをおし下（おろ）したてまつり、春宮践祚（とうぐうせんそ）あり。これは入道相国よろづ思ふさまなるが致すところなり。（中略）新帝今年三歳、あはれいつしかなる譲位かなと、時の人々申しあはれけり。平大納言時忠卿（ときただのきやう）は、内の御乳母帥（そつ）の典侍（すけ）の夫たるによて、「今度の譲位いつしかなりと誰かかたむけ申すべき。異国には、周の成王（せい）三歳、晋の穆（ぼく）帝二歳、我朝には近衛院（こんゑのゐん）三歳、六条（ろくでう）院二歳、これ皆襁褓（きやうほう）のなかに包まれて、衣帯を正しうせざしかども、或いは摂政負うて位に即（つ）け、或いは母后抱いて朝に臨むと見えたり。後漢の孝殤（かうしやう）皇帝は生れて百日といふに践祚あり。天子位（くらゐ）をふむ先蹤（せんじよう）、和漢かくのごとし」と申されければ、その時有識（いうしよく）の人々、「あなおそろし、物な申されそ。さればそれはよき例どもかや」とぞつぶやきあはれける。（巻四・厳島御幸（いつくしまごかう））

安徳天皇の外祖父母として、平清盛夫婦が院か宮のように栄華の絶頂をきわめるときを迎えたのである。『明月記』ではこの譲位の記事はきわめて簡単である。そしてそののちまもなく、定家は「咳病（がいびやう）」にかかっている。三月四日の日記には「近日花盛りなり。咳病にて、猶出仕せず」とある。おそらく、

たれこめて春のゆくへも知らぬまに待ちし桜もうつろひにけり　　藤原因香（よるか）朝臣（『古今和歌集』春下）

といったような心だったのであろう。花への愛は若いときからのものであったことがうかがわれる。

四月二十九日には、京の街をはげしい飄風（ひようふう）が襲った。

未の時ばかり雹（ひよう）降り、雷鳴先（ま）づ両三声の後、霹靂（へきれき）猛烈なり。北方に煙立ち揚る。人焼亡と称す。是れ飄（つむじかぜ）也。京中騒動すと云々。木を抜き沙石を揚げ、人家の門戸幷に車等皆吹上ぐと云々。古老云く、未だ此の如き事を聞

かずと云々。

鴨長明の『方丈記』にも、安元の大火に続いて語られる治承の辻風である。長明は同書で、

辻風は常に吹くものなれど、かゝる事やある、たゞ事にあらず、さるべきもののさとしかなどぞ疑ひ侍りし。

と述べているが、実際、五月にはいると三条宮以仁王の配流騒ぎ、王と源三位頼政入道の挙兵、宇治川合戦と、世間はにわかに物情騒然としてきて、ついにこの月末には定家は福原遷都のうわさを耳にした。六月二日、福原遷都。兄成家は義兄中御門宗家にともなって新都を訪れているが、定家はずっと旧都にとどまっていたらしい。そして、八月十七日源頼朝の挙兵、九月七日木曾義仲の挙兵などの乱逆があいついで起こるのをじっと聞いていた。この年の『明月記』には、日次の記載なく、ただ「九月」として、あまりにも著名な十数字が書きつけられている。いわく、

世上乱逆追討雖レ満レ耳不レ注レ之。紅旗征戎非二吾事一。

(世上の乱逆追討耳に満つと雖も之を注さず。紅旗征戎は吾が事に非ず)

右の十数字をふくむ部分は定家の自筆本が現存しているが、それは十九歳当時のものではなく、はるか後年に自身書写したものである。歴史学者の辻彦三郎氏はそれを調査した結果、この感想そのものも書写のさいに書きくわえられた可能性が大きいと考えておられる。これはなお慎重な検討を要する問題であろう。実際には定家は、坂東へ源氏追討に遣わされながら逃げ帰った平維盛や近江に発向した平家の公達のこと、そしてまたこの年の暮、十二月二十八日の南都炎上のことなど、あいつぐ乱逆をときおり記しとどめている。が、そのいっぽうでは、日を追って荒れていく旧都にあって、

遷都の後幾ならざるに、蔓草庭に満ち、立蔀多く顚倒せり。古木黄葉、蕭索の色有り。傷心箕子の殷墟を過ぐ

るが如し。（十月二十七日の条）

と、『方丈記』の語を借りれば「時を失ひ世に余されて期する所なきもの」のごとき悲哀をつづってもいるのである。

右の引用中、「箕子の殷墟を過ぐる」というのは、『史記』の「宋微子世家第八」に語られている故事である。箕子は殷の紂王の一族で、紂をいさめていれられず、奴隷に身を落とし、世間から身を隠した。紂を討った周の武王はその仁徳に感服して、箕子を朝鮮に封じた。

其の後箕子周に朝し、故き殷墟を過ぐ。宮室毀壊し、禾黍を生ずるに感じ、箕子之を傷む。哭かんと欲するも可ならず。泣かんと欲するも其れ婦人に近しと為す。乃ち麦秀の詩を作り、以て之を歌詠す。其の詩に曰く、麦秀漸漸たり、禾黍油油たり。彼の狡僮、我と好からず。

殷の民はこの詩を聞いて、皆、涙を流したという。

定家がこの故事を引いているのは、先の「紅旗征戎非吾事」の記述に続いて、以仁王の令旨を奉じて頼朝をはじめとする諸国の源氏が蜂起したことを、秦末の反乱者たち、陳勝・呉広になぞらえているのと同様の筆法である。現実問題としては「世上乱逆」にたいして関心をいだかざるをえないけれども、可能ならばそのような現実を排除したい、それができないまでも、自身をふくめて現実を歴史のかなたにおしやってしまい、自身はただ感傷にひたっていようとする姿勢は、これらの記述からも十分にうかがえるのである。それは「紅旗征戎非吾事」という「宣言」とほとんど同じ姿勢であるといってよいであろう。

定家がひそかに憂国の士箕子に自らをなぞらえたとすれば、清盛はさしずめ紂王のごとくに感じられたであろう。その独裁専制者清盛も世論に屈して、京への還都を決意した。そのことを聞き知った定家は、「歓喜の涙禁じ難し」

(十一月二十五日の条)と記している。

そして十二月の末、平重衡を大将軍とする「官軍」は奈良法師を攻めて在家に火を放ち、それが飛び火して、東大寺・興福寺が焼失した。

> 官軍南京に入り、堂塔僧坊等を焼くと云々。東大・興福両寺已に煙と化せりと云々。弾指(つまはじき)すべし、弾指すべし。(十二月二十九日の条)

先に宇治川で敗死した頼政は、十七歳の定家が経験した最初の歌合とみられる『別雷社歌合』作者のひとりで、俊成や俊恵をして「心の底まで歌になりかへりて常にこれを忘れず心にかけ」(『無名抄』)と、その「数寄」ぶりを感嘆せしめてやまなかった名歌人であった。重衡や維盛は宮廷女房たちが大騒ぎをする風流貴公子であった。が、ひとたび戦乱となると、歌人も貴公子も獣のごとく戦い、敗れ、やがて死ぬのである。数かずの堂塔、「烏瑟高く現れて半天の雲に隠れ、白毫新に拝まれ給ひし満月の尊容」(『平家物語』)とたたえられた大仏も一時に灰燼と帰してしまうのである。そのようなむごい現実にたいして、無力な十九歳の一青年が、なにをなしえようか。きわめて簡単に事実を記録したのちに、「可弾指々々」としか記さなかったところに、かえって定家のはげしい絶望感、無力感を察することは容易であろう。となれば、彼の心はやはりそのような現実を超えて歌の世界へぬけでなければならなかったのである。

歌人定家の誕生

保元元年(一一五六)七月の保元の乱、平治元年(一一五九)十二月の平治の乱と、ふたつの内乱を通じて、平氏一門はにわかに勢力を強め、源氏はほとんど壊滅的な打撃をこうむって逼塞していた。それゆえに、しばらくのあいだ源平二氏の武力衝突というかたちでの戦いはなかったが、とかく円滑さを欠いていた後白河上皇と二条天皇の父子の帝王のあいだには、疑心暗鬼からおたがいに双方の近臣を逮捕したり、流罪したりということがくりかえされて、宮廷周辺はかならずしも平穏であるとはいえなかった。そのような状態を『平家物語』は次のごとく語っている。

> 鳥羽院御晏駕の後は、兵革うち続き、死罪・流刑・闕官・停任常に行はれて、海内も静かならず、世間も未だ落居せず。就中に永暦応保の頃よりして、院の近習者をば内より御いましめあり、内の近習者をば院よりいましめらるゝ間、上下恐れをのゝいて安い心もなし。たゞ深淵に臨んで薄氷を履むに同じ。主上上皇、父子の御間には何事の御隔てかあるべきなれども、思ひのほかの事どもありけり。これも世澆季に及んで、人梟悪を先とする故なり。（巻一・二代后）

そのような澆季（末世）と考えられていた時代の京都に、藤原定家は生まれた。二条天皇の応保二年（一一六二）のことである。ただし、その月日まではわかっていない。なお、定家は正式には「さだいえ」と読むが、習慣として「ていか」と音読されることのほうが多い。同時代の人も一種の尊称として、「ていかのきょう（定家卿）」と呼んだりしたのであろう。それにたいして、定家自身は「さだいえ」と名のっていたと考えられる。

父は藤原俊成（俊成は「としなり」と読むが、ふつうは「しゅんぜい」と音読する。定家の場合と同様である）。当時はまだ顕広と名のっており、四十九歳で、正四位下左京大夫であった。母は若狭守藤原親忠女で女房名を美福門院加賀といい、鳥羽院の妃、近衛天皇の母后美福門院（権中納言藤原長実女得子）の女房であった女性である。

俊成が顕広と名のっていたのは、おそらく彼が少年のころ父俊忠を失って、九条民部卿と称せられていた葉室流の藤原顕頼の猶子となっていたことと関係があるのであろう。俊忠・俊成の家は藤原道長の末の子長家を祖とする長家流で、中世には御子左流とよばれる名門の家筋であるが、俊忠の女子のひとり俊子は顕頼の妻となり、光頼・惟方・成頼など、平安最末期の宮廷で活躍する公卿たちを生んでいる。そういうわけで、貴族社会では新興勢力とみられる葉室流と長家流は姻戚関係にあった。俊忠なきのちの俊成が顕頼の猶子となったのは、このような関係によるものであろう。

顕頼の子供たちのうち、光頼や惟方は平治の乱で重要なうごきをした人びととされている。すなわち、左兵衛督で検非違使別当であった惟方は、はじめ乱の首謀者右衛門督藤原信頼に加担していたが、兄の左衛門督光頼にいさめられて平清盛のがわに寝返り、信頼が内裏に幽閉していた二条天皇や中宮の脱出に尽力したのであるという。この光頼が、弟をいさめるというよりは、むしろ満座のなかで叱責するくだりは、『平治物語』のなかでも有名な場面となっている。けれども、乱後、惟方は後白河上皇の怒りにふれて、清盛によってとらえられ、長門国に流罪された。はじめに引いた『平家物語』にいう、「内の近習者をば院よりいましめらるゝ」典型的な事例である。また、成頼も『平家物語』に当時の賢臣としてときおりその名が見いだされる。

これらの人びとにたいして、俊成はそのような政治の場に登場することはほとんどない。それゆえに、彼はついに配所の月を見ること、流罪の憂き目にあうことを免れたのであったが、それはまた、宮廷貴族としてはまことにぱっとしない生涯に終始したということをも意味するのである。彼は安元二年(一一七六)九月二十八日、病のため出家して桑門釈阿となるのであるが、それまでにいたりついた官位は皇太后宮大夫正三位というのにすぎない。これは名家とみられる長家流の人としては沈淪している、落ちぶれているといってよいであろう。そのような、いわば誇り高くしかもうだつのあがらない中流貴族を父として、定家は生まれたのであった。

母の系統は藤原氏でも魚名(うおな)流という家筋で、名流とはいえない。外祖父親忠は若狭・摂津・安芸などの受領(国守)をつとめた人で、美福門院の御乳父(お守役、乳母の夫であることが多い)であった。その女子である定家の母が美福門院の女房となったのは、きわめて自然である。

ところで、この定家の母は同時に、歌人というよりは似絵(にせえ)(肖像画)の大家として日本文化史上にその名をとどめる藤原隆信(たかのぶ)の生母でもある。つまり、美福門院加賀は俊成の妻となる以前、長門守藤原為経(ためつね)の妻として隆信を生んだのであった。康治元年(一一四二)のことである。ところが、為経はその翌年出家して寂超(じゃくちょう)と号するようになる。そして加賀は俊成(前に述べたように、そのころは顕広)の妻となって、おおぜいの子女をもうけるにいたるのだが、俊成の家集『長秋詠藻(ちょうしゅうえいそう)』から想像すると、俊成と加賀が結婚するまでにはそうとう障害もあり、人目を忍ぶ関係が続いたようである。俊成はそれ以前、この為経の姉妹(為忠女(ためただ))を妻としているので、加賀は義理の兄弟の配偶者だったわけで、そのような関係の近さが、かえってふたりの結婚をはばんだかもしれない。『新古今和歌集』恋三に選ばれている、

　　女につかはしける　　　　　　　　　皇太后宮大夫俊成

よしさらばのちの世とだにたのめおけつらさにたへぬ身ともこそなれ

　　返し　　　　　　　　　　　　　　　藤原定家朝臣母

たのめおかむたださばかりを契りにてうき世の中の夢になしてよ

という贈答歌は、このふたりの苦しい恋の形見である。けれども、俊成の情熱はついにこの女性の心を射止めたのであった。

定家におよぼしたこの母の影響は、父のそれに劣らずきわめて大きいものがあると考えられる。この母は歌を詠み、『源氏物語』の愛読者であった。そして子供の教育に熱心であったと想像される。俊成とのあいだにもうけた子女はおおぜいいるが、なかでも定家はこの母にとって掌中の珠にも似た存在であったらしい。前に述べたような関係で異父同母の兄ということになる隆信は、そのことを自身の家集『藤原隆信朝臣集』に書きとどめている。このような父母が巨匠藤原定家を生みそだてたのであった。

日記の『明月記』をみると、定家は始終病に悩まされている。どうやら「風病（ふびょう）」とか「咳病」といった病を持病としていたらしく、そのほか、ときおり「石痳（せきりん）」(結石)を患ったり、腫れ物ができたりしている。自身の疾患を誇大に書く傾向も皆無ではないが、多病であったことは事実であろう。そしてそれは、彼自身の判断によれば、少年時代に患った二度の大病の後遺症のようである。すなわち、嘉禄三年(安貞元年、一二二七)十一月十一日の日記に、次のように記している。

予昔安元元年二月赤斑（せきはん）、同三年三月の間皰（はう）、共に他界に赴くが如し。皰瘡（はうさう）以後蘇生すと雖（いへど）も、諸根（しょこん）多く欠け、身体無きが如し。其の後五十年、存外の寿考今に至れり。尋常の身に非ず。

安元元年(一一七五)というと、十四歳のときである。定家は育ちざかりの十四歳と十六歳の年に大病し、それが原因で病弱なのだと、少なくとも思いこんでいるのである。

けれども、父俊成は九十一歳の天寿を全うした。定家自身八十歳まで生きた。当時としては長寿のほうである。おそらく体質的にはむしろ丈夫だったのであろう。

病気がちであることは、定家の性格形成にかなり影響をおよぼしたと思われる。彼は悲観的、厭世的人生観の持ち主であった。無常観が社会全体を覆っているような時代であるから、時代社会の影響も当然考えなければならないが、始終病魔におびやかされていることが、悲哀に敏感な傾向や神経質で潔癖な性質を助長したのではないかと想像される。

このような性質や物の感じかた、考えかたは、社会への適応という点ではマイナスの要因となりかねないであろう。事実、定家はそのために激して人とあらそうといったたぐいの失敗もしている。けれども、歌人として生きるうえでは、それはかならずしもマイナスではなかったかもしれない。病的なまでに研ぎすまされた神経の持ち主、繊細な感受性の持ち主だけが見いだし、そして表現しうる美というものがあるにちがいないからである。

才媛の姉たち

藤原俊成は宮廷貴族としては不遇であったけれども、家庭的には幸福であった。美福門院加賀という良妻を得、定家というすぐれた息子の父となることができた。それにとどまらず、彼は子福者でおおぜいの子息子女に恵まれた。それら兄弟姉妹は定家にとってどのような人たちであったのだろうか。とくにかかわりの深い人びとについて、ざっとながめておきたい。

同腹の兄には成家がいる。定家より七歳年上であった。兵部卿正三位にいたったが、建保三年(一二一五)三月三十日、六十一歳で出家、承久二年(一二二〇)六月四日、六十六歳で没した。定家とちがって凡庸で、その家庭関係も乱脈をきわめていたように定家は日記に記しており、定家にとってはむしろ不名誉な兄と考えられていたようである。

異腹の兄としては、家女房忠子所生の覚弁(かくべん)がいる。俊成の若いときの子で、定家とは三十歳、ほとんど親子ほどの年齢の開きがある。権大僧都で興福寺権別当に補されたが、正治元年(一一九九)十一月二十七日、六十八歳で没している。異母兄だが、定家が奈良に下向したときはよく世話をしてくれた。定家はその没後も奈良に赴いたとき、そのことを思いおこしている。

静快という叡山(比叡山延暦寺)の僧で権律師となった人物も、『明月記』にしばしばみえる定家の兄である。けれども母や生没年などはあきらかではない。

同腹の姉としては、まず女房名を八条院三条といった女性がいる。定家より十四歳年長であった。鳥羽院の皇女八条院暲子内親王に仕え、のちに藤原盛頼の妻となった。そして夫とのあいだにもうけた女子が、俊成卿女とよばれる『新古今和歌集』の女流代表作者である。つまり、俊成卿女は俊成の孫娘なのであるが、養女とされたのであった。それは盛頼が鹿谷の陰謀事件(その兄新大納言成親が首謀者であった)に連座して解官されたことと関係があるかもしれない。俊成卿女は内大臣源通親の息通具の室となって、具定という子を生んだが、夫が新たな妻をもったので離別した。そののち、歌詠みの才のゆえに後鳥羽院に出仕するようになったのである。彼女がそのような人生の岐路に立たされている前後の、正治二年二月二十日に、母の八条院三条は世を去っている。

高松院大納言も十二歳年長の同腹の姉で、本名は祇王御前、『平家物語』で知られる白拍子と同名である。鳥羽院の皇女で二条天皇の中宮となった高松院姝子内親王に仕えて、重用されていたらしい。六角と号した権中納言藤原家通の室となった。夫の死後出家し、六角尼上とよばれた。長寿であったらしく、定家との交渉のすこぶる多い姉である。

上西門院五条も十一歳年上の同腹の姉である。大納言源顕通女(藤原長輔妻)の養女となり、鳥羽院の皇女上西門院統子内親王に仕えた。『明月記』では安井尼上とよばれている。承元元年(一二〇七)八月二十五日、五十七歳で世を去った。

八条院按察も八歳年上の同腹の姉で、八条院に出仕したのち、中御門大納言とよばれた藤原宗家の妻となった。定家は一時宗家の猶子とされたことがあったが、それはこのような中御門家と御子左家との婚姻関係によるのである。宗家の没後、尼となったらしく、朱雀尼上とよばれている。建仁三年(一二〇三)十二月十七日に五十歳で世を去った。

建春門院中納言も同腹で、五歳年長の姉。本名は健御前といった。定家とはとくに親しかったようである。後白河院の妃で高倉院の母后建春門院平滋子に女房として仕え、その没後は八条院に再出仕して八条院中納言とよばれた。八条院は後鳥羽院と中宮任子(宜秋門院、藤原兼実女)とのあいだに生まれた皇女春花門院昇子内親王を養女としたので、八条院中納言は昇子の養育にあたっていたらしい。この二度にわたる女房生活の思い出をつづったものが、『たまきはる』『建春門院中納言日記』、または『健寿御前日記』とよばれる仮名日記である。中納言の唐名(中国ふうの官職のよび名)は黄門なので、定家の漢文日記『明月記』には、しばしば「黄門」のよび名で登場する。

前斎院大納言は四歳年長の同腹の姉で、本名を竜寿御前といった。前斎院式子内親王に仕え、内親王の車の後ろに乗るというように重用された。おそらく彼女は前斎院女別当(定家の異母姉)とともに、俊成・定家父子を式子内親王にとりつぐ役をつとめたのであろう。内親王は俊成の詠草を読んで、それに応和した作を残しているし、俊成から『古来風体抄』を献上されたりしている。そのさいに彼女らが介在したであろうことは十分想像できるのである。

承明門院中納言は同腹で二歳年少の妹である。本名を愛寿御前といった。後鳥羽院の妃、承明門院(源在子、源通親の養女で土御門院の母后)に仕えた。建保五年(一二一七)二月、定家は土御門院のために『古今和歌集』を書写しているが、そのような土御門院との連絡役をつとめ、定家とは親しかったらしい。

異腹の姉としては、藤原為忠女所生の後白河院京極、藤原顕良女所生の八条院坊門、忠子所生の前斎院女別当などがいた。後白河院京極は後白河院の寵臣大納言藤原成親の妻となり、平維盛に嫁した女子を生んだ人である。夫成親とは離別したが、ともに後白河院に仕え、すこぶる重用された。そのありさまは『平家物語』にも語られている。治承五年(一一八一)六月、維盛が右近中将に任ぜられたとき、定家は父の命で同家に祝辞を述べにいき、主維盛が留守だったので、障子をへだててその妻に言上して帰ったと『明月記』に記しているが、それはこのような御子左家と平家とのつながりによるものであった。後白河院京極の存在は、俊成その人が後白河院に認められ、和歌関係で重用されることにおおいに力あったであろうと想像される。治承五年閏二月五日出家したが、没年はあきらかではない。

八条院坊門は定家ともかなり親しかったらしい。俊成はこの娘に本を書写させることが少なくなかったようである。

以上のほかにも何人かの兄弟姉妹がいたようであるが、詳細があきらかでない。ただ、かつて俊成の猶子であった寂蓮は、俊成の兄弟、醍醐寺の阿闍梨俊海の子であるから、定家にとっては従兄弟であった。俗名を定長といい、中務権少輔になったが、出家した。それ以前から定長・隆信と好一対の新進歌人と評されていたが、出家後はもっぱら詠歌にはげみ、隆信をはるかにひきはなす歌才を発揮したので、隆信が自分は夭折すればよかったとくやしがったという逸話の持ち主である。その隆信はすでに述べたように、定家らとは同母異父のあいだがらであった。このような姉たちや義兄にとりまかれていた定家の和歌的環境は、申し分なかったといってよいであろう。

歌合への出場

賀茂別雷神社(上賀茂社)は山城国に古くから鎮座まします社で、王城の鎮守として都の人びとに崇信されて今日にいたっている。平安時代には祭といえば上下の賀茂神社の祭礼、葵祭をさすほどであった。そして、未婚の内親王が斎院として神事に奉仕していた。

平安最末期、この上賀茂の神主に賀茂重保という人がいた。たいそう和歌を好み、歌林苑という歌人集団の主俊恵(源俊頼息)とも親交があったが、この重保が治承二年三月十五日、上賀茂社に奉納する歌合を主催した。この社の祭神賀茂別雷命には、

　われたのむ人いたづらになしはてばまた雲分けてのぼるばかりぞ　(『新古今和歌集』神祇)

という神詠も伝えられており、だいたいにおいて、日本の神は日本の風俗(民謡)である和歌を好みたまうという信仰が一般的であったので、思いたったのであろう。

歌人は六十人、歌題は三題であった。百八十首の歌が集められ、それらが左右に番えられて計九十番からなる歌合ができたことになる。重保はこの歌合の判者の役を、作者のひとりでもある三位入道釈阿、すなわち藤原俊成に依頼した。

この作者六十人のなかに、当時十七歳であった定家がいる。そしてまた、彼の兄成家も加わっている。おそらくふたりとも、いわば父俊成の七光りで加えられているのであろう。作者の大部分は当時すでに名のある歌詠みたちと目されるのである。

これ以前に定家が詠んだ確かな歌というものは知られていない。それゆえに、この三首は歌人定家の処女作といってもよい作品である。歌合証本からそれらをぬきがきしてみよう。

廿一番（霞）

左持　　公時

三船山そこともみえぬ霞にておちくる滝の音のみぞする

右　　定家

神山の春の霞やひとしらにあはれをかくるしるしなるらむ

左歌、「おちくる滝の」などいへる姿いとをかしくこそ侍めれ。三船山、いづこにても侍りぬべからむ。右歌、神山の霞も「あはれをかくるしるしにや」といへる心、よしなきにあらず。但し、左何となく歌品をかしくみえ侍り。右歌、又神山にことよれり。なほ持とす。

定家があわされた公時は右少将藤原公時、滋野井とよばれている権大納言実国の子で、定家より五歳年長であった。この公時の作に歌われている三船山は、『万葉集』に見いだされる大和国吉野の歌枕である。すなわち、

弓削皇子、吉野に遊しし時の御歌一首

滝の上の三船の山に居る雲の常にあらむとわが思はなくに　（巻三）

という例をはじめ、数首の作例があり、それらの多くが吉野川の宮滝とあわせて歌っている。三船山は宮滝の目の前に見える山なのである。万葉の歌人たちにとっては、それは実際にときおり訪れ、その雄大な景観に心打たれる体験に裏付けられた風土であったが、おそらく公時にとっては、『万葉集』か、この歌やそのほかの三船山を詠んだ作を

再録している『古今和歌六帖』、または藤原範兼が著した『五代集歌枕』といったような歌学書のたぐいを通じて得られた知識としての歌枕にとどまっていたのであろう。

俊成が判詞で、「三船山、いづこにても侍りぬべからむ」と批判しているのも、そのことと関連がある。つまり、この作でどうしても吉野の三船山でなければならない表現の必然性があるのか、ないではないかという批判である。そうは批判したものの、三船山がどこにあるとも見えないほど霞が一面にたなびいていて、そのなかから滝の音だけが聞こえてくるというこの歌の「姿」を評価し、この作品にはどことなく品があるとみた。

いっぽう、定家の作はどうであろうか。ここで「神山」というのは賀茂別雷社の奥にある、神座のある神聖な山である。「神山にかかる春霞は人知れずこのわたくしに賀茂の御神が御哀れみをかけてくださるしるしなのであろう」と、春のしるしである霞を、自身の栄達を神が約束してくれたしるしと見たてたのであった。そのような作者の表現意図を俊成は「よしなきにあらず」(由緒がなくはない)と肯定し、賀茂別雷社奉納の歌合の作で「神山にことよれり」(神山にちなんでいる)という理由により、この番を「持」、すなわち引き分けとしたのである。表現のうえでは、定家の作は、あるいは『狭衣物語』巻二で主人公狭衣が賀茂斎院となった源氏宮に送った、

　神山の椎柴がくれ忍べばぞ木綿をも掛くる賀茂の瑞垣

という歌を念頭においているかもしれない。また、「神山」の「神」と「ひとしらに」の「人」との対は意識されていたであろう。しかし、俊成はそれらを問題とせず、表現以前の「心」をくんで、それを是認した。

歌合はふつう作者名を伏せて、したがって判者は、だれの作ともわからないままに加判することになっている。けれども、それが厳正に守られることはむしろまれで、だいたいの場合、判者にはそれぞれの歌の作者がわかっていた

らしい。貴人の作を負としないために、うちうち知っておくのが判者の心得であるといったことが、歌学書のたぐいで説かれてすらいる。ましてや、今の場合、判者にとって作者のいっぽうはわが子なのである。その歌をあらかじめ知っていたと考えるのが自然であろう。

それゆえに、その表現意図が俊成には痛いほどわかっていたにちがいない。十七歳の青年が神山にかかる春霞を、自身のわが世の春を約束したまう賀茂別雷神の神慮のしるしとみようとしている。そのような物の見かた、考えかたをするように育てたのは、ほかならぬ俊成であった。そして、俊成にとってはそれは当然なのである。おそらく、わが子の作をいじらしいと思いながら、彼はこの番の判詞を書きつけたのであろう。

廿一番（花）

左勝　　　　　　　　　　　　　　　　　　　　公時

年をへておなじ桜の花の色をそめますものは心なりけり

右　　　　　　　　　　　　　　　　　　　　　定家

桜花また立ちならぶものぞなきたれまがへけむ峯の白雲

左、「おなじ桜の花の色をそめますものは」といへる心、姿、いとをかしくも侍るかな。右、「たれまがへけむ峯の白雲」といへる心もよろしきにやとみえ侍れど、左歌なほめづらしくもみえ侍れば、左勝つべきにや侍らむ。

『後撰和歌集』の読人しらずの歌に、

み吉野の吉野の山の桜花白雲とのみ見えまがひつゝ　（春下）

という作があり、『古今和歌集』仮名序には、

春の朝吉野の山の桜は、人麿が心には雲かとのみなむおぼえける。

という一節がある。満開の遠山桜を白雲と見たてるのは、当時の歌での常套的な比喩であった。定家の作はその比喩を拒否することによって、なにものにもたとえようもない桜の美しさをたたえたのである。それは「花」という題にかなった詠みかたである。「……といへる心もよろしきにや」という俊成の判詞はその点を評価したので、それは身びいきではなかったが、左の公時の作はそれを上まわる「心、姿」を有するものであった。つまり、彼は「年々歳々同じように咲く桜の花が、年とともにいっそう美しさがまさって見えるのは、それを見る自分の心のせいなのだなあ」と歌うことによって、花という対象への自身の愛着の深まりをいいあらわしたのである。やはり五歳という年齢の差はあらそえない。それで俊成は公時の作を勝とした。この判定は妥当である。

廿一番　（述懐）

左持　　公時

二葉より頼みぞわたるもろかづら伝はりきたる跡はたがはじ

右　　定家

深からぬ汀に跡をかきとめてみたらし川を頼むばかりぞ

左、「もろかづら二葉より」とおき、「伝はりきたる」などいへる心、姿、をかしくこそ侍れ。右、みたらし川を頼むゆゑに、深からぬ言

の葉を書きとむらむ、思ふ心なきにあらず。老の心なむ乱れて勝負
分明ならず。よりてなほ持と申すべし。

「もろかづら」とは賀茂葵(二葉葵)を桂の枝につけたもので、賀茂祭のときなどに用いられる。また、「かづら」は一般に蔓草(つるくさ)などを意味する言葉であるので、「二葉」「伝はり」は「もろかづら」の縁語となる。一首の意味はおよそ次のようなことになるであろう。――「まだ双葉のころ(幼いころ)から、わたくしは諸葛(もろかずら)に象徴される賀茂の御神のお恵みを頼みつづけてきました。ですから、父祖代々伝わってきた、名家としての滋野井の家の伝統は、わたくしの代で変わってしまうことはないでしょう(そのようなことのないように、どうぞお守りください)」。すなわち自身の信仰を述べ、神の加護を請うたのである。そして、あるいは藤原道長の、

もろかづら二葉ながらも君にかく葵や神のしるしなるらん　(『後拾遺和歌集』雑五)

という歌なども念頭におかれているのかもしれない。

これにあわされた定家の歌はどうであろうか。ここでは「みたらし川(御手洗川)」という言葉が賀茂社の象徴として用いられている。すなわち、御手洗川は同社の境内を流れる浅い清流である。それゆえ「深からぬ汀」と「みたらし川」とが縁語となるが、その「深からぬ」を自身の歌境がまだ深くないという謙遜の意にとりなした。「まだわたくしの歌心は深くないのですが、水茎の跡を書きとどめ、こうしてつたない歌をささげて、賀茂の御神が将来をお守りくださるよう、祈るばかりでございます」という気持ちを表明したのである。殊勝な詠みぶりであるが、歌の技巧としては公時のほうがすぐれているとみられる。

それは俊成にも当然わかっていたであろう。だからこそ、「……などいへる心、姿、をかしくこそ侍れ」と評する

のである。それにたいして、定家の歌については「思ふ心なきにあらず」と、ここでも技巧以前の作者の表現意図をくもうとし、さらに「老の心なむ乱れて勝負分明ならず」と、私情をおおっぴらにさらけだして、持にもっていってしまうのである。

客観的にみれば、この番は公時が勝って当然であったと思われる。俊成の親心でこのような結果となったとみられるが、それはおそらく大方の参加者の是認するところでもあったのであろう。歌合は時代が下るにつれ、文学遊戯的なものから文学批評の場へと変質してきたとはいうものの、遊戯性が払拭されることはなかったと考えられるし、とくにこのような奉納歌合の場合には、勝劣を競うという意識は比較的希薄だったとみられるのである。

ともあれ、十七歳の定家にとってはよい経験であったにちがいない。今みたように、父の十分な庇護のもととはいえ、そうとう歌を詠みなれている年長の公時とあわされ、勝負を競ったのである。そしてそれにとどまらず、計六十人の作者たちのさまざまな歌いぶりを知り、それらを種々の観点から論評する父の批評意識にふれることができたのである。これらの意味にくらべれば、持二負一という成績などはじつはどうでもよいことだったであろう。

初学百首

治承五年正月一日、内裏には、東国の兵革、南都の火災によッて朝拝とゞめられ、主上出御もなし。（『平家物語』巻六・新院崩御）

安徳天皇への譲位後、清盛の心をなごませ、父後白河法皇を幽閉の苦しみから救おうとして試みたらしい厳島御幸ののち、不豫が続いていた高倉上皇は、正月十四日の暁、六波羅の池殿で崩じた。年二十一。定家の悲しみは深かった。

未明巷説に云はく、新院已に崩御せりと。庭訓不快に依り、日来出仕せず、今此の事を聞き、心肝摧くが如し。文王已に没せり。嗟乎悲し。倩之を思ふに、世運の尽くる歟。

ここで注目しておきたいのは、ひとつには新院（高倉院）を周の文王になぞらえていることであり、もうひとつは、この気の毒な上皇のそば近くに定家が出仕しようとするのを父俊成が制していたということである。前の事がらは定家自身の理想とする帝王像を物語るものであり、あとの事がらは、俊成が微妙な力関係のはたらく宮廷周辺での処世術を教えたことを意味するであろう。

この年四月の日記は、一日と十六日の二日ぶんしかない。一日の記事は異父同母兄である藤原隆信が従四位上に叙されたことを、十六日の記事は賀茂祭の勅使とされた友人の藤原公衡の動静と自身の病のことを記している。そのうち病についての記述は次のようなものである。

未の時以後、心神忽ち悩み、温気火の如し。今においては、更に身命を惜しまず。但し病躰太く遺恨なり。前後覚えず。

「更に身命を惜しまず」というのは、おそらく『法華経』勧持品第十三の偈に、

我不愛身命　但惜無上道　（我は身命を愛せずして、但、無上道のみを惜むなり）

とあるのを念頭においているのであろう。この時期の彼がどの程度深い仏教信仰をいだいていたかはわからないが、時代の影響で早くから経典に親しみ、無常観にとらわれやすい青年であったであろうことは、このような片言隻語か

らもうかがわれる。

けれども、この治承五年(一一八一)四月というのは、彼のまとまった最初の作品群が詠まれた月でもあった。その作品群は「初学百首」と命名されている。

　出づる日のおなじひかりに四方(よも)の海の波にもけふや春は立つらむ

この歌が「初学百首」の最初の作であり、定家自撰の家集『拾遺愚草(しゅういぐそう)』の巻頭の歌でもある。黒々とひろがっている海、その水平線に赤く大きな朝日がぬっと昇ってくる。とたんに海の面は一面金色にきらきらと輝き、やがて紺碧の水と白い波頭に変わる。あたかもワイドスクリーンでとらえたような、元日の日本をとりまく海の日の出を歌ったものである。たんに春の歌として詠まれているのだが、百首歌の最初に位置するところから、習慣にしたがって立春の心を詠じた。それは海上の立春であり、しかも昔の暦では当然ありえた元日立春と考えてよいであろう。スケールの大きな作である。

鎌倉時代の末に二条為世(ためよ)が撰んだ、第十五番目の勅撰集『続千載和歌集』はその集の表看板ともいうべき巻頭歌に、「春立つ心をよみ侍りける」としてこの歌を選んでいる。ただし、第三句「四方の海の」を「わたつ海の」と改めている。どうしてこのように改めたのかはよくわからないが、あるいは「わたつ海の」だと「ワタツミノ」とも読めて字余りが気にならなくなるからかもしれない。けれども、これは「四方の海の」のほうがはるかに大きい感じをあたえる。この島国をとりまく四方の海という感じが、この語句によってよくあらわされているからである。それにしても、京の都で生まれそだち、このころまでにはまだ旅らしい旅をさほど経験していそうにも思えない定家が、このような情景を歌っていることは不思議である。あるいはこれ以前に摂津国へ下って海をまのあたりにするようなことがあったのであろうか。

海上立春に始まった百首歌は、次には山の見える風景をとらえる。

　あさがすみへだつるからに春めくは外山(とやま)や冬のとまりなるらむ

霞を詠んだ歌である。春になると霞が立ち、それまではっきり見えていた外山(人里近い山やま)も見えなくなってしまう。そういう自然現象を、外山が冬の泊まり(宿)であって、ちょうど人間のように冬がそこにこもってしまい、あたかも舞台の幕を閉じるように、霞が立ってその外山を遮断すると春になるのかとあえて幼く見たてたのである。

「冬のとまり」という表現は、おそらく、

　年ごとにもみぢ葉流す竜田川みなとや秋のとまりなるらむ　紀貫之　（『古今和歌集』秋下）

などの古歌から学んだのであろう。

百首歌は季節の進行にしたがって、次のように展開する。

　うぐひすの初音をまつにさそはれてはるけき野べに千代もへぬべし

「初子の日、小松を根引きしようと心ひかれてはるかに遠い野辺に出、鶯の初音を待つうちに、千代もの長い時がたってしまうだろう」という意である。

　雪のうちにいかで折らましうぐひすの声こそうめのしるべなりけれ

「雪のなかでどうやって白梅を折ったらよいのだろうか。そうだ、鶯の鳴く声がここが梅の花だよと告げる案内者だったよ」という心で、鶯の声に導かれて雪降りつもる白梅にたどりつく趣を歌った。

　うめの花こずゑをなべて吹く風に空さへにほふ春のあけぼの

なかなかに四方ににほへるうめの花たづねぞわぶる夜はの木のもと

「なかなかに」の歌は、「なまじあたり一面にかおっているものだから、夜半、梅の花の木のもとを訪れようとしても、その場所がわからなくて、たずねあぐむよ」という意である。

「うぐひすの」の歌の主題は、初春の年中行事としての「子日」（新年最初の子の日、野辺に出て小松を引き、長寿を祝う）である。「初音」に「初子」を、「待つ」に「松」をかけている。「はるけき」というのは空間的なはるけさとともに、「千代」という時間の悠久なることをも暗示している。そしておそらく、

いつまでか野べに心のあくがれむ花し散らずは千代もへぬべし　素性（『古今和歌集』春下）

鶯の声に誘引せられて花の下に来る　草の色に拘留せられて水の辺に坐り　白楽天（『和漢朗詠集』春・鶯）

などを念頭において詠んでいるのであろう。巧みである。

「雪のうちに」の歌は鶯が主題であるとみられるが、春になってもまだ降る雪、歌の題でいう「残雪」もあつかわれ、さらに雪中梅の趣向がとりあわされている。

雪のうちに春は来にけりうぐひすのこほれる涙いまやとくらむ　二条后（『古今和歌集』春上）

うめが枝に来ゐるうぐひす春かけて鳴けどもいまだ雪は降りつつ　読人しらず（同）

うぐひすの声なかりせば雪きえぬ山里いかで春を知らまし　藤原朝忠（『拾遺和歌集』春）

などの古歌をブレンドしたような趣の作である。

「うめの花」の歌の主題は明白で、梅である。第四句は、『祐子内親王家歌合』で詠まれた、

花の色にあまぎるかすみ立ちまよひ空さへにほふ山ざくらかな

という、家の祖権大納言長家の作に学んだかもしれない。

「なかなかに」の歌でも同じく梅を主題とするが、ここでは曙とは対照的に、夜の梅を歌う。先に引いた治承四年（一一八〇）二月十四日の夜の記事にかようような風雅な心が歌われている。

次に、秋の歌を少々読んでみよう。

天の原思へばかはる色もなし秋こそ月のひかりなりけれ
秋の夜のかがみと見ゆる月かげはむかしの空をうつすなりけり
心こそもろこしまでもあくがるれ月は見ぬ世のしるべならねど
臥す床を照らす月にやたぐへけむ千里のほかをはかる心は

四首目は、「横になっている寝床を照らす月にともなったのだろうか、千里もの遠くを推しはかるわたしの心は」という心である。

「天の原」の歌は、秋の空というので今までと変わった様子を期待して仰ぎ見ると、とりたてて変わったところはない。が、やがて月が輝いてやはりまぎれもない秋だなあと実感したという心であろう。陶淵明の「四時」という詩の、

春水四沢に満つ　夏雲奇峰多し　秋月明輝を揚ぐ　冬嶺孤松秀づ

での第三句を意識していると考えられている。この作品群のなかでは、定家が後年まで愛していた歌らしく思われる。

「秋の夜の」の作は、円月を鏡になぞらえて、月を見ると昔のことがなつかしく思いだされるという心理を「月かげはむかしの空をうつす」と、いわば物理的に表現したところに一種の機知がある。

「心こそ」の詠は、青年定家の中国への憧憬を表白した作である。その中国はおそらく当時の宋(南宋)や金の中国ではなく、盛唐時代の中国であろう。

「臥す床を」の歌は、身を横たえて月を見ながら、千里もの遠くにいる人のことを思いやっているという心の歌である。白楽天の、

三五夜中の新月の色　二千里の外の故人の心　(『和漢朗詠集』秋・十五夜)

という詩句、さらにはこの詩句を光源氏が口ずさんで望郷の涙にくれる、『源氏物語』須磨の巻の一場面などが連想される。

では、恋の歌としてはどのような作があるだろうか。

もろこしの吉野の山の夢にだにまだ見ぬ恋にまどひぬるかな
いかにしていかに知らせむともかくもいはばなべての言の葉ぞかし
須磨の浦のあまりももゆる思ひかな塩やくけぶり人はなびかで

三首目は、「須磨の浦で海人が塩を焼く煙が風になびかず立ち昇るのにも似て、あの人はわたしになびく(したがう)こともなく、ただわたしははげしく胸の思いを燃やしているよ」という心。

「もろこしの」という作も、先の「心こそ」の詠と同じく、定家の唐土憧憬をうかがわせるに十分なものである。

もろこしの吉野の山にこもるともおくれむと思ふわれならなくに　藤原時平(ときひら)　(『古今和歌集』雑体)

という誹諧歌の第一、二句をとった本歌取りの歌であるが、本歌のような諧謔性はまったく払拭されて、ひたむきな恋の情熱が歌われている。先の「心こそ」やこの作には、古代日本と中国とを舞台とする恋のロマン『松浦宮物語(まつらのみやものがたり)』

の世界ときわめて近いものがある。

「いかにして」の詠は、恋心をあらわすために言葉というものがいかに不十分であり、無力であるかを嘆いたものである。おそらくは古今東西、すべての恋する者の心理であろう。

「須磨の浦の」は凝った詠みぶりの作である。「浦のあま」から「あまりも」と続け、「思ひ」に「火」をかけ、「やく」「けぶり」の縁語としている。

　須磨のあまの塩やくけぶり風をいたみ思はぬかたにたなびきにけり　　読人しらず（『古今和歌集』恋四）

を模したのであろうが、強情な恋人にたいする焦燥感はよく表現されている。

このように、ところどころをみた程度でも、「初学百首」の作品世界は充実していることが知られる。二十歳の定家はすでに凡庸ではなかった。

恋愛と結婚

中世の家集（私家集。個人歌集）は平安時代のそれと異なって、ほとんど題詠の歌で占められていて、歌人の実人生をあからさまに物語るような詞書つきの歌、実体験にもとづくとみられる作品は少ないのがふつうである。定家の家集『拾遺愚草（しゅういぐそう）』もその典型的なもので、正編三巻のうち、上巻は百首歌、中巻は五十首歌・屏風歌・障子歌などにあてられ、主題別に部類（分類）されたいわゆる部類歌を収める下巻も、その大部分は歌合や歌会での題詠歌である。

けれども、そのなかで、いささか趣を異にするのは下巻のうちの恋歌の部分である。ここには定家が実際に恋をし、そのさなかで恋人と詠みかわしたと考えられる作品が少なからず見いだされるのである。あるいはこれは父俊成の家集『長秋詠藻(ちょうしゅうえいそう)』に倣った結果であるかもしれない。『長秋詠藻』もはじめに百首歌二篇を掲げ、全体的に題詠歌が多いのであるが、恋歌の部には美福門院加賀と想像される女性との贈答歌を、そうとう多数収めているのであった。定家が『拾遺愚草』を編んだのは五十五歳のときのことであるが、おそらくそのさいには、深く敬愛してやまなかった父の家集に倣おうという気持ちもはたらいて、若いときの自身の恋の形見をもあえて収めたのであろう。それらのなかから若干の作をぬいて、定家の恋を想像してみる。

はじめて人に
かぎりなくまだ見ぬ人のこひしきは昔や深く契りおきけむ

ある女性に最初に送った歌であると知られる。あるいは定家自身にとっても、初恋に近いものであったかもしれない。定家はまだ相手の女性を見ていない。この時代の男はだいたいにおいて深窓に隠れている女性のうわさを聞いて恋をした。見ぬ恋にあこがれたのである。その女性に会うことはほとんど恋が成就することを意味していたのである。それで、男は恋の最初の段階では女にともかく会いたいと強く訴えるのがふつうであるが、定家はそれを直接的には表現しないで、きっとわたしたちは前世ですでに会っていたのでしょうと、当時一般的であった仏教的世界観によって相手の心をうごかそうとする。そして、第二、三句の言葉の続きは、『古今和歌集』や『伊勢物語』に見いだされる、

見ずもあらず見もせぬ人のこひしくはあやなくけふやながめくらさむ

という在原業平の古歌を思いださせるところがある。巧みな詠みかたといえるであろう。
『伊勢物語』といえば、次の歌を詠んだ状況などは、業平の代表作として有名な、

月やあらぬ春や昔の春ならぬわが身ひとつはもとの身にして

という歌が歌語りされる『伊勢物語』第四段にかようものがある。

春、物越しに逢ひたる人の、梅の花を取らせて入りにける、又の年同じ所にて

心からあくがれそめし花の香になほ物思ふ春のあけぼの

また

われのみやのちもしのばむ梅の花にほふ軒端の春の夜の月

気位の高い女にいどもうとした若者らしい情熱のあふれた作もある。

ことなることなき女の心高く思ひあがりてつれなかりければ

さてもなほ折らではやまじ久方の月の桂の花と見るとも

「それでも、やはり手折らずにはすまないぞ。たとえ彼女を月のなかに生えている桂の木のような手の届かない存在と見たてても」という心である。

成就したかにみえたが、文使いに障害が生じて中絶えてしまった恋もあった。

文伝ふる人さはることありて、書き絶えて

ふみかよふ道も狩場のおのれのみこひはまされる嘆きをぞする

返し

み狩野のかりそめ人を楢柴にそれぞふみみし道はくやしき

これは「ふみかよふ」が定家の贈歌、「み狩野の」がそれにたいする女の返歌である。定家は鷹狩りになぞらえて、踏みかよえない(文をかよわせられない)で、あえない恋(鷹をとめる木である「木居」をかける)の嘆きを訴え、女は恋の狩場の道に踏みこんだ(恋文を見て交際を始めた)こと自体を後悔している。頭のよい女性を思わせる。受領の妻となったのか、それともその父の任地にともなわれたのであろうか、ともかく遠国へ行ってしまう女に送った歌もある。

遠き所に行き別れにし人に

あなこひし吹きかふ風に言つてよ思ひわびぬる暮のながめを

たれもこのあはれみじかき玉の緒に乱れて物を思はずもがな

二首目は、「ああ、この無常な世の中では、だれも短い命なのに、心乱れて恋のものおもいをしないでいたいものだなあ」という意で、「みじかき」「乱れ」は「玉の緒(命)」の縁語となっている。

ながらく音信不通だったのちに送った恋の歌群もある。

久しく書き絶えたる人に

かくしらば緒絶の橋のふみまどひ渡らでただにあらましものを

「こうと知ったならば、陸奥の歌枕緒絶の橋のように踏みまよい(文も届けず)、危い恋の架け橋を渡らずに、ふつうの他人の関係でいたらよかったものを」という心で、三条天皇の怒りにふれて、左京大夫藤原道雅が前斎宮当子内親王との恋をさかれていたときの歌と伝える、

みちのくの緒絶の橋やこれならむふみみふまずみ心まどはす　（『後拾遺和歌集』恋三）

という、おのずからなった秀歌を思いおこして詠んでいるのである。

異父同母の兄にあたる隆信や従兄弟にあたる友人藤原公衡を知っている女性とかかわりあったこともある。定家の青春はかならずしも灰色ではなかったが、しかし行動的というのには遠かったであろう。

後年『新古今和歌集』に選ばれた、

かきやりしその黒髪の筋ごとにうち臥すほどはおもかげぞたつ

という作は、これらの現実的な恋の贈答歌のなかにはさまれ、「恋歌よみける中に」という詞書をともなって存在する。それゆえ、これは恋人に送られた歌とは考えられないが、しかし観念的題詠でもないであろう。和泉式部の、

黒髪の乱れも知らずうち臥せばまづかきやりし人ぞこひしき　（『後拾遺和歌集』恋三）

という古歌を重ねつつ、自らの体験をそのなかに宿しているのであろう。

定家の恋人として、中世の能作者は前斎院式子内親王を想像した。能の「定家」は、その曲名にもかかわらず、定家その人は登場せず、彼の恋の妄執に苦しむ式子内親王の亡霊が諸国一見の僧に回向を頼むという筋をもっている。

二十歳の定家を式子内親王の御所にともなったのは、父俊成であった。定家の姉たちには、内親王に女房として仕えている前斎院大納言や前斎院女別当などがおり、また俊成は内親王の歌の指導をしていたと考えられる。それらの関係から挨拶に連れていったのは自然である。定家は几帳をもれる薫物のかおりに心をときめかせ、ときには内親王の弾箏をすら聞くことができた。

次いで三条前斎院に参る。今日初参、（父の）仰せに依りてなり。薫物馨香芬馥たり。（『明月記』治承五年正月三日

の条）

入道殿（俊成）例の如く引率して萱御所斎院に参らしめ給ふ。御弾箏の事有りと云々。（同・同年九月二十七日の条）

定家が十三歳の年長であった内親王に憧憬し、それがほとんど恋愛に近い感情にまで高められたことは十分想像できる。けれども、それが現実的行動をともなうことは、まずありえなかったのではないか。

式子内親王としても、主として身近に仕える定家の姉たちから定家のことは聞き知り、さらにのちにはその作品を見る機会も、おそらくあったであろう。内親王と定家それぞれの作品には、影響関係を想像することが無理ではないほど、きわめて類似した発想・表現のものがいくつか存するのである。内親王も定家にたいして無関心であったとは思われない。しかしそれが現実の恋というかたちをとることは、まずなかったのではないか。

それでは、実際に彼の妻となった女性はどのような人であったか。

定家の妻としては、ふたりの女性が知られる。ひとりは兵部卿藤原季能女、もうひとりは内大臣藤原実宗女である。季能女が先妻で、彼女とのあいだには光家（初名清家）という子が生まれているが、のち離別したらしい。実宗女との結婚はこれにおくれるようであるが、この女性が嫡室とされ、為家・後堀河院民部卿典侍などの息子や娘も生まれて、添いとげたようである。

光家の生年ははっきりしないが、建保元年（一二一三）五月二十二日の『明月記』に「齢三十に及び未だ仮名の字を書かず」とあるのが概数でなければ、元暦元年（一一八四）定家二十三歳のときの誕生ということになるから、季能女との結婚はそれ以前であったであろう。いっぽう、為家は建久九年（一一九八）に生まれているが、民部卿典侍はその三歳姉かと考えられている。すると建久六年（一一九五）定家三十四歳のときの女子であるから、実宗女との結婚は三十代のはじめだったかといちおう想像されるのである。とすれば、今までみてきた恋歌のなかにも、あるいは彼女らに送った作もまじっているのかもしれないが、もとより恋の相手は彼女らにとどまらなかったであろう。後年の日記などから想像するかぎりでは、とうてい行動的、発展的とは思えない定家も、若いときはそうとう多くの女性と、少なくとも交際をもとうとしていたとみるべきであろう。それは結果的には彼の和歌の源泉を養ったと考えられる。

新風の時代

九条家サロンの歌人として

院政という政治形態が始まって、摂関家の権威はとみに弱められたものの、摂関家が宮廷貴族社会における最高の家がらで、殿下と称せられる摂政または関白が主上の政務を補佐するという形式は、依然として続いていた。ただ、いわゆる摂関政治の時代には、すべての貴族が摂関家に臣従していたのにたいし、院政期になると、摂関家よりは院の御所に接近する貴族があらわれるようになり、さらに平安最末期に平氏が台頭してくると、この武門出の新興貴族に阿諛追従する貴族も出てきて、貴族社会は複雑な様相を呈するにいたるのである。

平安最末期の摂関家は、保元の乱のときの関白法性寺忠通(ほっしょうじただみち)の三人の子息たち、すなわち近衛殿とよばれた基実(もとざね)、松殿基房(もとふさ)、月輪殿・九条殿などと号した兼実(かねざね)の三流に分かれ、彼らがつぎつぎに摂関の地位を襲っている。

まず、忠通が辞したあとは嫡男基実が関白となった。平清盛は彼を娘盛子(せいし)に婿取ったので、この時期は摂関家と平家とのあいだは円滑であった。平氏の台頭もこのような摂関家との姻戚関係を背景として可能だったのである。ところが、永万二年(一一六六)七月、基実は二十四歳の若さでなくなった。そして、弟の基房が摂政(のちに関白)となったが、彼は平家とは親しくなく、嘉応二年(一一七〇)七月には『平家物語』が「世の乱れそめける根本」とまでいっている、「殿下乗合事件」（平重盛の子資盛の一行と基房の行列とが衝突し、乱闘となった事件）などが起こっている。そして、治承三年（一一七九）十一月には、ついに清盛のクーデターによって関白を罷免され、備前国に流されてしまった。そのあとは清盛の息がかかっている、故基実の息基通が摂関となるが、やがて寿永二年（一一八三）の秋をむかえて、七月、平家一門は都落ちする。基通は平家と行動をともにするかにみえたが、その直前に離脱して、都にとどまった。が、そののちまもなく、平家を追って入京した木曾義仲のためにやめさせられる。義仲は強引に前の摂関であった松殿基房の女婿となったので、武力にものをいわせて、基房の子でまだ十二歳であった師家を摂政の地位につけたのである。しかし、寿永三年一月二十日、義仲が頼朝の代官である範頼・義経との戦いに敗れ、近江の粟津で討ち死にすると、ふたたび基通が摂政の地位に返り咲いた。このように、貴族社会の最高の地位である摂関が、武家勢力によって左右されるような現実が到来したのである。

こうして、近衛殿と松殿とが交互に摂関となる事態がしばらく続いて、忠通の三男兼実にはなかなかお鉢がまわってこなかったが、文治二年（一一八六）三月十二日、ついに基通に代わって兼実が摂政ならびに藤原氏の氏長者に任ぜられ、さらに、ながらくその職にあった右大臣から左大臣に転じた。この人事の背景には、平氏を滅ぼし、さらに弟義経を追捕しようとした頼朝の政治力が影響しているとみられる。

俊成、そして定家が主筋と仰いだのは、この九条殿、兼実とその子、孫たちである。兼実と俊成との結びつきはさほど昔からのことではなく、治承二年以降と考えられる。そしてそれは和歌を媒介としていた。忠通は和歌・漢詩をともによくした人、いわゆる和漢兼作の人であったが、その父の才をもっともよく受けついでいたのは、この兼実である。彼は六条修理大夫と称した白河院時代の歌人藤原顕季の孫、『詞花和歌集』撰者顕輔の子である清輔を出入りさせ、一種の和歌師範として尊重していた。この清輔と俊成とは、宮廷和歌の世界においてライヴァルのごとき関係にあった。その清輔が深く九条家にはいりこんでいるのだから、俊成が同家に近づく機会はなかったとみられるのである。

ところが、安元三年(一一七七)六月、その清輔が世を去った。兼実はたいそうその死を惜しんでいるが、やがて清輔に代わるべき和歌師範として、すでに出家して釈阿と号していた俊成を引見する。そのさいに仲介の労をとったのは、俊成の妻美福門院加賀が前の夫藤原為経(寂超)とのあいだにもうけた隆信であった。かつて清輔の博識を絶賛していた兼実は、自邸で催した百首歌会での作品への加点(よい歌に評点を加えること)を求めたり、自邸での歌合の判者を依頼したりする過程で、急速に俊成の歌風に傾倒していったらしい。こうして、御子左家の人びとは九条家に出入りするようになり、やがて定家は家司として兼実やその息良経に仕えるにいたったのである。兼実は定家より十三歳年長、良経は七歳年少である。その時期は文治二年、定家二十五歳のころかと考えられている。

しかし、それ以前から歌人としての定家の神童ぶりは兼実の知るところであった。「初学百首」に続いて、寿永元年(一一八二)、定家が父の「厳訓」によって「堀河題百首」を詠んだ折、「右大臣殿故に称美の御消息有り」と自記している(『拾遺愚草員外』)。右大臣殿とは兼実のことである。おそらく父俊成が吹聴し、兼実に一見を請うたのであろう。

兼実はまた、この青年の別の面、神経質で感情のうごきがはげしく、ときには前後の見境を忘れてとんでもない行動をしかねないという性格をも聞き知っていた。兼実の日記『玉葉』には、文治元年十一月、定家が年下の少将源雅行を相手に、宮中で惹起した大立回りのいきさつが書き記されている。

伝へ聞く、御前の試みの夜、少将雅行と侍従定家と、闘諍の事有り。雅行定家を嘲哢の間、頗る濫吹に及ぶ。仍りて定家忿怒に堪へず、脂燭を以て雅行を打ち了んぬ。或いは云はく、面を打つと云々。此の事に依りて定家除籍し畢んぬと云々。

そして、この除籍処分は年改まり、さらに春が暮れようとしても解除されなかった。

俊成は、息子のこの不首尾をなんとか円満におさめていただこうと懸命になった。定家の除籍が解けるよう嘆願した彼の自筆消息が今日伝えられている。

先日申さしめ候所の拾遺定家仙籍の事、尚此の旨然るべきの様申し入れしめ給ふべき由存じ候なり。且は年少の輩、各戯遊の如き事候。強ひて年月に及ぶべからず候か。而るに年已に両年に及び、春又三春に属し了んぬ。愁緒抑へ難く候者なり。

あしたづの雲路まよひし年暮れてかすみをさへやへだてはつべき

夜鶴の思ひに堪へず、独り春鶯の鳴に伴ふ者なり。且は芳察を垂れ、然るべきの様奏聞を庶幾する所候なり。恐惶謹言

三月六日　　釈阿申文

左少弁殿

宛名の左少弁殿は左少弁藤原定長である。後白河法皇は俊成の「夜鶴の思ひ」を哀れんで、定家の除籍を解除してやれと指示した。それで定長は、

あしたづはかすみを分けて帰るなりまよひし雲路けふや晴るらむ

の詠とともにこの恩免の院宣を伝えたのである。

九条家の家司としての定家の仕事は、かなりとるにたりない雑用が大部分であったらしい。そのことについて、彼はしばしば日記のなかで愚痴をこぼしてもいるが、しかし彼は誠実にはたらき、それは主家の認めるところでもあった。そして、一般の家司と異なる点は、歌人として九条家の和歌の催しに参加し、歌の世界では主人良経ともいちおう対等にあつかわれたということである。

現在作品の残っている範囲内では、慈円の百首に和した文治五年(一一八九)春の二度にわたる百首歌、「奉和無動寺法印早率露胆百首」と「重奉和早率百首」とが、九条家周辺の作歌活動に定家がかかわった早い例である。ついで、兼実の娘任子の後鳥羽天皇女御としての入内に先だって、同年十二月に詠まれた『女御入内御屏風歌』の作者のひとりとされたこと、同じ月の、良経主催雪十首歌会への参加などが確かめられる。これらのなかで、そうそうたる歌人にまじって定家が主家九条家の一大慶事を飾る『女御入内御屏風歌』作者に選ばれたことは、俊成の大きな誇りであった。

しかしながら、文学作品としては、全体として賀歌的性格をおびている『女御入内御屏風歌』よりは、二篇の「早率露胆百首」や「雪十首歌」などに味わうべきものが見いだされるのである。

「奉和無動寺法印早率露胆百首」

玉ぼこの道行き人のことつても絶えてほどふるさみだれの空

たらちねの心を知れば和歌の浦や夜ぶかき鶴の声ぞかなしき

思ふ人あらばいそがむ舟出して虫明の瀬戸は浪あらくとも

「重奉和早率百首」

荻の葉に吹き立つ風のおとなひよそよ秋ぞかし思ひつること

のちの世をかけてや恋ひむゆふだすきそれともわかぬ風のまぎれに

草の庵の友とはいつか聞きなさむ心のうちに松風の声

「雪十首歌」

山家雪

待つ人のふもとの道は絶えぬらむ軒端の杉に雪おもるなり

良経は、叔父の慈円と家司の定家が息をもつかせずつぎつぎに展開させる、これらの新しい歌心にまたたくまに魅せられていったのであろう。そしてやがて自らの家をいわば、歌の花園とし、自身その主となるのである。これを九条家サロンとよぶ人びともいる。

西行と定家

生前の西行は、あるいは現在われわれが考えるほど有名な歌人ではなかったかもしれない。彼の交際範囲はかなり限られていた。けれども、その範囲内に、まだ顕広(あきひろ)といっていたころの俊成がいたことも確かである。そして顕広が俊成となり、さらに入道釈阿となっても、交際は続いていたから、その子に定家という、歌人としての成長が楽しみな息子がいることも、西行は当然知っていたであろう。その西行が定家にまず歌を詠む機会をあたえ、ついでそれにも劣らず大きな課題を負わせたのである。文治二年(一一八六)から同五年ごろにかけてのことであった。

文治二年という年、西行は俊乗房重源との約束によって、東大寺大仏復興の沙金勧進を目的として奥州に旅立っている。そして、八月十五日には鎌倉に立ち寄っているので、伊勢を出発したのは夏の終わりか秋のはじめごろであろうか。この旅立ち以前に、西行は定家や藤原家隆・寂蓮・藤原隆信・慈円などの比較的若い歌人たちに、伊勢神宮奉納の百首歌を詠むことをすすめたらしいのである。これを「二見浦百首」「伊勢百首」、または「御裳濯百首」とよぶ。

二十五歳の定家にとっては、おそらく「初学百首」「堀河題百首」につぐ、第三番目の百首歌の創造を意味していたと思われる。まだ百首歌そのものを詠みなれているとはいえない段階であるし、前の二篇が自分ひとりの試みであったのにたいし、これはおおぜいの参加者たちがいるために作歌力を競うという要素が加わっていること、そして和歌の道での大先輩の主催する行事であることなど、定家に緊張を強いる要因は少なくなかったであろう。が、それらがかえってプラスにはたらいて、この百首歌は完成度の高い作品群であるといえる。

のちに、寂蓮の、

　さびしさはその色としもなかりけり真木立つ山の秋の夕暮

そしてまた西行の、

　心なき身にもあはれは知られけり鴫立つ沢の秋の夕暮

とともに『新古今和歌集』巻四・秋歌上に並びいれられて、「三夕の歌」とよばれるようになった、

　見わたせば花も紅葉もなかりけり浦の苫屋の秋の夕暮

は、このときの詠である。

古来『源氏物語』明石の巻での、

なかなか春秋の花紅葉のさかりなるよりは、ただそこはかとなう繁れる蔭どもなまめかしきに、

という、夏の明石の海辺の描写を、うらさびしい秋の夕暮に変えて用いたのであると説かれ、中世後期には侘び茶の精神をあらわす歌としても享受された。

そのほか、

あぢきなくつらきあらしの声も憂しなど夕暮に待ちならひけむ

忘るなよやどるたもとはかはるともかたみに絞る夜はの月かげ

などの作も『新古今和歌集』に選ばれたものである。「あぢきなく」の歌は、近代の詩人立原道造の「またある夜に」という詩(『萱草(わすれぐさ)に寄す』)にはっきりと影響をおよぼしている。恋人の訪れを待つ女の心を歌ったものである。

「忘るなよ」は離別の歌で、

忘るなよほどは雲居になりぬとも空ゆく月のめぐりあふまで　(『拾遺和歌集』雑上、『伊勢物語』)

という古歌の影響の著しい作であるが、感傷性において古歌をしのいでいる。

陸奥の旅をおえて京へもどってきたと思われる西行は、七十年にわたる生涯のおわり近いことを感じたのであろう、これまでに詠んできた多くの歌のなかから自負する作品を選びだして、それぞれ歌仙の数にちなむ三十六番からなるふたつの自歌合(左右ともに自身の歌で構成される歌合)を編んだ。ひとつは『御裳濯河歌合』と題し、伊勢神宮の内宮に奉納するもので、その判者は多年の知己である俊成に依頼した。もうひとつは『宮河歌合』と名づけ、外宮奉納のぶんで、これへの加判を定家に求めたのである。

これはおそらく、百首歌を詠むことよりもはるかにきつい仕事であったであろう。他人の作品を批評するということは、自身が相手を凌駕するか、少なくとも相手と同等の力をたくわえてはじめて可能なことだからである。この大先輩が実人生のさまざまな節目に心をしぼるようにして詠みだした秀逸の数かずを前にして、定家はなかなか判詞を書きつけることができなかった。死期の近いことを予感していたらしい西行は、督促の手紙を俊成あてに書きおくっている。そこでは、

御裳濯の歌合のこと、侍従殿(定家)によく申しおかれ候べし。かくほど経へ候ひぬ。人々待ち入りて候。大神宮定めて待ちおはしますらむ。内心願深く候ことに候へば、入道殿の御判は、よかれあしかれ、御心に入れ入らざれ、申し候ひにし御言受け給ひしかば、とかく申すべきに候はず。侍従殿のはわざとはげみおぼしめすべし。おろおろにて候はむは、興なく候ひぬべし。こだれおはしまして、御覧じ分きたるよと人見候ばかり、判して賜ぶべきに候。

と、心のこもった判詞を要求しているのであった。これではいよいよ筆は進まなかったであろう。

ようやく、草稿を書きおえた定家は、それを病に臥している西行のもとに送った。西行はたいそう喜び、さっそく礼状をしたためた。「定家卿におくる文」「贈定家卿文」などの名で伝えられている消息は、その折のものである。「歌合返しまゐらせ候。勝負とく付けおはしましてまゐらせおはしませ」と書きだされているので、草稿には勝負を明記していなかったのであろう。定家の慎重な態度が想像される。現在伝わっている『宮河歌合』の伝本はそうとうな数にのぼるが、いずれも清書本の面影を伝えるものと考えられる。『御裳濯河歌合』にたいする俊成の判詞では、一番判詞の直前に長い序文が記されているが、こちらは最後の三十六番の判詞ののちに跋文(あとがき)を付している。

『御裳濯河歌合』『宮河歌合』両自歌合を一組のものとして伊勢大神宮への法施としたいという西行の意図をくんだ俊成・定家父子の配慮がうかがわれるが、それとともに、謙辞に終始しながらも、歌の道を生きようとする定家自身の決意や率直な立身への願望などをも知ることができる。

神風宮河の歌合、勝負を記し付くべきよし侍りしことは、玉くしげ二年あまりにもなりぬれど、隠れては道を守る神の深く見そなはさむことを恐れ、顕れては家に伝はる言の葉に浅き色を見えむことを包むのみにあらず、僅かに三十文字あまりを連ぬれど、未だ六の姿の趣をだに知らず、おのづから難波津の跡を習へど、さらに出雲八雲のゆくへ暗くのみ侍るうへに、唐土の昔の時だに幾百年のうちとかや、詞人才子の文体三度改まりにければ、まして大和言の葉の定まれる所なき心姿、いづれをあしよしといひ、いかなるを深し浅しと思ひ量るべしとは、誰に従ひて、何をまことと知るべきにもあらず。時により、所につけて、好み詠み、褒め譏るならひにぞあるべき。

まず、自身が歌についての学びも浅く、六義(りくぎ)とはなにかをもわきまえていないうえに、漢詩文の世界でも時代の変遷とともに文体は三度も改まったというのだから、まして一定基準のない和歌について良し悪しの判断を下すことはじつに難しいことだという。これはたんなる謙辞というよりは、和歌を批評するという行為への恐れを告白した誠実な言とみるべきである。

彼は続いて、この歌合がほかならぬ西行の自歌合であるがゆえに、「事の心幽(かすか)に、歌の姿高くして、空よりも及びがたく、露よりも量りがたし」とたたえ、それへの感動を表現すべき方法もわからず、何度も断念しようとしたけれど、後世への結縁と、伊勢神宮の神慮によって昇進のしるべもあろうかと思って、若輩である自分をとくに選んでくれた西行の付託にこたえて書きつけたのであると述べる。

聖の契りを仰ぎたてまつることも、この世一つのあだのよしびにもあらず、仏の道に悟り開けむ朝は、まづ翻す縁を結びおかむと思ふ。または、高き卑しきそこらの道を好む輩を措きて、齢末だ三十に及ばず、位なほ五の品に沈みて、三笠の山の雲の外に、ひとり拾遺の名を恥ぢ、九重の月の下に、久しく陸沈の愁へに砕けたる、浅茅の末、葎の下の塵の身を尋ねて、浦の浜木綿重なれる跡、正木のかづら絶えぬ道ばかりをあはれびて、鈴鹿の関のふりはへ、八十瀬の浪の立ち返りつつ、「思ふゆゑあり、なほ必ず勤めおけ」と侍りしかば、宮河の清き流れに契りを結ばば、位山のとどこほる道までもその御しるべや侍るとて、今聞き後見む人の嘲りをも知らず、昔を仰ぎ古きを偲ぶ心ひとつに任せて、書き付け侍りぬるになむ。

そして最後に一首の歌を添えた。

君はまづうき世の夢をさめぬとも思ひあはせむのちの春秋

西行はそれにたいして、

春秋を君思ひ出でばわれはまた花と月とにながめおこせむ

と返した。

「定家卿におくる文」をみると、西行は、定家の所願がどのようなことかはわからないが、伊勢の御神の御恵みがあってかなうにちがいない、歌詠みの神官たちにも心得て祈念するよう指示するつもりだとも記している。これは少将任官の望みであるとわかっていながら、あえておぼめかして書いているのであろう。

そして、文治五年(一一八九)十一月十三日、定家は念願の左近衛権少将に任ぜられた。「三笠の山の雲」の内にはいることができたのである。定家はそれを西行の言葉どおり、伊勢の神慮と考えていたようである。このいきさつを聞き知っていた慈円も同様に考えていた。彼は『拾玉集』で、定家が判詞を書きおくってから三十日たらずで少将に任ぜられたと記している。

定家の任官はその母の喜びでもあった。

定家、少将になり侍りて、月明かき夜、慶び申し侍りけるを見侍りて、あしたにつかはしける

権中納言定家母

三笠山道ふみそめし月かげにいまぞ心のやみは晴れぬる

後年、『新勅撰和歌集』を撰進するさい、定家は悲母の恩を思って、この一首を同集巻十七雑歌二にあえて入れたのである。

千載和歌集成立のころ

殷富門院大輔は『小倉百人一首』の、

見せばやな雄島の海人の袖だにも濡れにぞぬれし色はかはらず

という恋の歌で知られる、平安末期の女流歌人である。いささかしつこい感じのその歌風などから、小侍従と好一対とされ、西行や源俊頼の子俊恵、源三位頼政などとも親交をかさねていた当時から名ある作者であった。殷富門院は後白河法皇の皇女亮子内親王のことである。この内親王は准母として立后され皇后宮とよばれていたことがあるので、そのときは大輔も皇后宮大輔と称していた。

この皇后宮大輔時代の彼女が、定家や隆信・寂蓮、定家の友人で従兄弟にもあたる藤原公衡、友人の藤原家隆などに百首歌を詠むように勧誘した。「二見浦百首」に続いて、若手歌人たちが切磋琢磨する場が提供されたことになる。これを「皇后宮大輔百首」、また「殷富門院大輔百首」とよぶ。文治三年(一一八七)春のことであった。

おそらく、勧進主である大輔の好みを反映してであろう、この百首歌の半分の五十首は、「忍恋」「逢不遇恋」「寄名所恋」「雑恋」「旅恋」「寄法文恋」など、恋の題詠にあてられている。

　須磨の海人の袖に吹きこす潮風のなるとはすれど手にもたまらず

という歌は、「雑恋」の題を詠んだものであった。なれ親しむそぶりを見せながら、いざというとすりぬけるように逃れてしまう恋人を、須磨の海辺で潮をくむ海人の袖に吹いてくる、重くしめった潮風になぞらえた作である。このような比喩は、

　須磨の海人の塩焼き衣をさをあらみ間遠にあれや君が来まさぬ　読人しらず（『古今和歌集』恋五）

　馴れゆくはうき世なればや須磨の海人の塩焼き衣間遠なるらむ　（『斎宮女御集』）

などの古歌に負っていることは確かであるが、作者にはそれらとともに、やはりこの百首歌の勧進者である大輔の「雄島の海人の袖」の歌が思いおこされていたのであろう。しかし、悲しい恋に紅涙を流していますという大輔の作が、まぎれもない女歌であるのにたいし、とらえられない恋人の心を嘆く定家の歌は、やはり男の恋歌であることがふさわしいように思われる。もっとも、江戸時代の音曲に「須磨の海辺で潮汲むよりも、主の心は汲みにくい」(長唄「鷺娘」)という娘心を歌った歌詞もあり、恋の歌を詠む場合には男性歌人も女心を歌うことはむしろ当たり前であった。すでにみた「あぢきなく」という歌もその一例である。やはり近世の演劇で、女形が本当の女以上に女らしさを

表現しうるのと同じ芸術の不思議さ、面白さがそこにはある。

室町時代の歌僧正徹（しょうてつ）がほめたたえた、

忘れぬやさは忘れけるわが心夢になせとぞいひて別れし

という歌もこのときの作で、「逢不遇恋」の題詠である。「忘れてしまったのだろうか。それではやはりわたし自身の心を忘れてしまったのだ。ふたりの恋はなかったもの、あれは美しい夢だったとしてほしいといって、わたしたちは別れたのだ。にもかかわらず、わたしはあの人を今なお忘れることができないのだから」――これなども男の歌としても女の歌としても、どちらにも解しうるのであろう。「逢不遇恋」という題は、一度は会い、恋が成就したものの、そののち邪魔がはいったり、相手が心変わりしたりしてふたたび会えなくなり、破綻した恋を歌うのがふつうである。恋が破れても、残るものは未練である。それゆえに、それこそ「みれん」という題の演歌(艶歌)にでもなりそうな、めめしい心情が歌われるのであった。恋の歌はおおしさを拒否するのである。

もとより、四季の歌にも佳作はある。たとえば、

いかにせむさらで憂き世はなぐさまずたのみし月も涙おちけり

という一首は、こののちまもなく、父俊成が『千載和歌集』に選びいれたものであった。「どうしたらよいのだろうか。そうでなくて憂き世は心なぐさまない。それを見たならばなぐさまるかとあてにした月も涙をさそう」という、厭世的で感傷的な詠である。おそらく、

ながむるに物思ふことのなぐさむは月は憂き世のほかよりや行く　（『拾遺和歌集』雑上）

という大江為基（おおえのためもと）の歌を念頭におき、為基が月によってなぐさむといったのにたいし、月を見るにつけ涙がこぼれおち

ると、自身の悲哀を強調したのであろう。

「二見浦百首」「皇后宮大輔百首」と、少なくともすでに二度も定家が詠歌の場をともにした藤原家隆は、保元三年(一一五八)の生まれだから、定家よりも四歳年上で、権中納言清隆の孫、権中納言光隆の子である。藤原北家の良門流という流れで、その先祖には堤中納言兼輔や紫式部も出ているのだが、家の格式という点では俊成・定家らの御子左家より劣っている。二代にわたって院の近臣が出たことによって家格も上がってきた家筋とみられる。

遠い先祖はさておき、近いところにはこれといった歌詠みもいない。にもかかわらず、家隆は比較的早くから歌人としての道を歩みはじめたようである。そして、六条家の人びととともいっしょに詠歌するいっぽう、俊成の指導をも受けたらしい。後年、家隆が藤原長綱という若い歌人に語っているところによると、俊成は「風情ないたくあそばしそ(ひどく趣向を凝らされるな)」と教えたという(『京極中納言相語』)。このような関係で、定家とも早くから相知っていたであろう。

定家は文治三年(一一八七)十一月、この越中侍従家隆とともに百首歌を試み、それを「閑居百首」と命名した。どちらが発議したかはわからないけれども、おそらく定家のがわからではないかと想像する。家隆の家集『玉吟集』にもこのときの作品は収められているけれども、それによってはこの「閑居百首」という作品名は知られず、またそれがふたりだけの野心的な試みであったことも確かめられないからである。定家が積極的で家隆は受け身であったという印象をあたえるのである。

「閑居」は『和漢朗詠集』巻下雑にも小見出しとして立てられている詩歌題で、文字どおり閑寂な家居、清閑な生活を意味する言葉であるが、そのような状態は往々にして政治の枢要からはずれている閑人がおかれているものでもある。それゆえに、一見、悠々自適、閑居を楽しむ心は、しばしば才能があると自負するにもかかわらず、世にいれられない不平不満の心と表裏をなすのである。定家らがこの作品を「閑居百首」と命名した背後にも、当然このような不遇者意識をさぐることが可能である。二十六歳と三十歳のふたりの侍従は、悠々自適という心境に達するには若すぎた。彼らは前途が閉ざされているかにみえた現実への満たされぬ思いを内にこめながら歌うのである。それゆえ、この百首歌にはさびしくのどかな境地を歌った佳作が少なくない。

年ふれど心の春はそれながらながめなれぬるあけぼのの空

春には春の除目がある。そこで昇進すればわが世の春を謳歌することができるのだが、毎年季節はめぐってきてもその期待は裏切られているのである。それで「春はあけぼの」とたたえられてきた美しい空をじっと見つめながらものおもいに沈む心の習いができているのである。同じ「心の春」という句を、平資盛(すけもり)とのままならぬ恋に悩む建礼門院右京大夫(うきょうのだいぶ)は、

物思へば心の春も知らぬ身になにうぐひすの告げに来つらむ　(『建礼門院右京大夫集』)

と歌ったことがあるが、不遇をかこつ卑官卑位の男たちの述懐(愚痴)の歌は、そのような閨怨の歌にもかよう言葉を選ぶことになるのであった。

そのほか、

しばしとて出でこし庭も荒れにけりよもぎの枯葉すみれまじりに

ふるさとは庭もまがきも苔むして花たちばなの花ぞ散りける

松風の響きも色もひとつにてみどりに落つる谷川の水

ほのぼのとわが住む方は霧こめて蘆屋の里に秋風ぞ吹く

鷺のゐる池のみぎはに松ふりて都のほかのここちこそすれ

里びたる犬の声にぞ聞えつる竹よりおくの人の家居(いへゐ)は

などの佳作が得られた。「ふるさとは」の歌は『源氏物語』花散里の巻の、「里びたる」の作は同じく浮舟の巻のある場面を思わせるものがある。「ほのぼのと」の詠は『伊勢物語』第八十七段が念頭におかれているのであろう。「鷺のゐる」はおそらく都のうちの廃園の趣を歌ったものであろうが、のちに能の「鷺」では神泉苑の描写として巧みに用いられている。

この百首歌では恋の歌は十首にとどまっているが、後年『新古今和歌集』に選ばれた、

帰るさのものとや人のながむらむ待つ夜ながらの有明の月

という作があった。「あの人はわたし以外の恋人を訪れて、その帰途のものとしてながめているのでしょうか。わたしが夜通しあの人を待ちつづけて、今こうしてじっとものおもいに沈みながら見つめているこの有明の月を」というこの歌は、あきらかに女の心で詠まれたものである。ここにも仮構されたひとつの劇がある。

俊成が第七番目の勅撰和歌集を撰進せよとの後白河法皇の院宣を伝えられたのは、寿永二年(一一八三)二月、平氏一門都落ちの五か月前のことであった。源平動乱をなかにはさんで、撰集の仕事は俊成の五条の家で続けられていたのであろう。この集は『千載和歌集』と命名され、その仮名序には文治三年(一一八七)九月三十日の日付が記されたけれども、実際に奏覧されたのは、翌文治四年四月二十二日のことである。

定家は父の『千載和歌集』撰進の手伝いをしている。たんなる助手というよりも、この歌を入れてはいかがですか

などと意見を述べたことが、定家自身の言や書いたものによって知られる。たとえば、晩年、『順徳院御百首』に記していることによれば、定家は西行の、

山がつの片岡かけてしむる庵の境にみゆる玉のを柳　（『山家集』上）

という歌を入れるよう推薦したが、俊成は「事の体然るべしと雖も、此七字（「玉のを柳」の句）始めて詠み候か。押したる事か。又、事の体頗る普通に非ず」といって、ついにこれをとらなかったという。のちに『新古今和歌集』を撰進するさいに、定家は家隆・飛鳥井雅経とともにこの歌を選んでいる。

また、

尾上より門田にかよふ秋風に稲葉をわたるさを鹿の声

という歌は、作者寂蓮がうまく詠んだと自負している歌であった。けれども、俊成は、「おもしろき歌なり。これは道理叶はぬにはあらねども、末代の歌損ぜんずるものなり。入るべからず」といって、とろうとしなかった。しかし、寂蓮が「これ一首を書きいれたところで、なんでもないでしょう（さほど影響はありますまい）」と泣く泣く訴えたので、「予が得分に申入」れた、すなわち、定家が撰集の助力をした役得として父に頼んで入れてもらったのだと、六十八歳の定家は門弟の藤原長綱に語っている。

これは、やはり趣向が過ぎた面白い歌を非とした父の言が正しかったという文脈のなかで語られているのであるが、ともかく、俊成が大事な撰集の撰進の手助けをさせながら自身の後継者としての定家を育てていったこと、定家はそのような機会に先輩や仲間のさまざまな歌に目をさらし、その過程で批評眼・鑑賞眼を養っていたことが想像されて、興味深い。

そして、定家自身の作はこの集に八首入れられた。

花月と詠物と

文治六年(一一九〇)一月五日、定家は叙位で従四位下に叙された。十年ぶりの昇階であった。その翌月の二月十六日、西行は河内国弘川寺で七十三歳の生涯を閉じた。その知らせはただちに都にとどいたようである。定家は三位中将公衡と哀傷歌を詠みかわして、西行の死をいたんだ。

建久元年二月十六日、西行上人身まかりにける、をはり乱れざりけるよし聞きて、三位中将のもとへ

もち月のころはたがはぬ空なれど消えけむ雲のゆくへかなしな

上人先年詠云、願はくは花のしたにて春死なむそのきさらぎのもち月のころ、今年十六日望日なり

返し

むらさきの色と聞くにぞなぐさむる消えけむ雲はかなしけれども

この年は四月十一日に「建久」と改元される。その秋、後の名月といわれる九月十三夜を期して、左大将良経家でやや変わった百首歌が計画された。花の歌五十首と月の歌五十首の二部から構成されるもので、その名も「花月百首」と名づけられた。これが、生涯花の美しさを追いもとめ、月のあわれさを歌いつづけた西行をしのぶ意味をこめ

た催しであったことは、ほとんど疑いない。良経もまた西行を深く敬愛する歌人のひとりであったことは、その一周忌にとくに定家に歌を送っていることによってはっきりと知られるのである。

この「花月百首」には、叔父の慈円、家司の定家、やはり同家に出入りしていた六条家の藤原有家(ありいえ)、九条家の女房であった宜秋門院丹後(ぎしゅうもんいんのたんご)などが参加した。そして各人の百首から秀逸をぬいてそれを歌合とする、いわゆる撰歌合が試みられたらしい。俊成の筆跡によるその草稿が現存するが、清書本は伝わっていない。

花五十首は桜花が咲きそめてから散りはてるまで、月五十首は初秋(旧暦では七月)の木の間をもれる新月から秋の終わり(旧暦では九月末)のしぐれにくもる有明の月まで、ともに季節の進行順に花と月とのさまざまな美しさが歌われていく。そして背景となる自然は山から野へ、都へ、また山間の庵へ、海へと移っていき、海のかなたの唐土までもが思いやられる。それは豪華な織物を見るような美の世界である。

霞立つ峯のさくらの朝ぼらけくれなゐくくる天の川波
こきまずる柳の糸もむすぼほれ乱れてにほふ花ざくらかな
明けはてず夜のまの花に言問(こと)へば山の端しろく雲ぞたなびく
竹の垣松の柱は苔むせど花のあるじぞ春さそひける
山がくれ風のしるべに見る花をやがてさそふは谷川の水

「霞立つ」の作は、霞のうちに咲きにおう峰の桜が朝ぼらけの天の川を紅でくくり染めにすると見たてた、スケールの大きな歌である。もとより在原業平の、

ちはやぶる神代(かみよ)も聞かず竜田川からくれなゐに水くくるとは　(『古今和歌集』秋下)

という古歌を意識し、秋の竜田川を彩る紅葉を春の天の川を染める桜花と変えたところに本歌取りの妙味をみせたのである。それにたいして、「こきまずる」は、季節も景物も素性法師の、

見わたせば柳さくらをこきまぜて都ぞ春のにしきなりける　（『古今和歌集』春上）

そのままのようであるが、定家の作は「むすぼほれ乱れてにほふ」と歌うことによって、風の動きや花の香をとらえるところに新しさを出している。

「竹の垣」の歌は、『白氏文集』の、

五架三間新草堂　石階桂柱竹編牆
（香鑪峯下新卜山居草堂初成偶題東壁）

という詩句と、それを引いている『源氏物語』の須磨の巻の「所のさま絵にかきたらむやうなるに、竹編める垣しわたして、石の階、松の柱、おろそかなるものから、めづらかにをかし」という叙述をふまえて、閑居の花を詠じたものである。

「山がくれ」の歌は、深山の奥の花を深窓にこもる美女のごとくに見たてた歌であるが、おそらく、つい先ごろ加判した『宮河歌合』にも選ばれていた、

花さへに世をうき草になりにけり散るををしめばさそふ山水　（『聞書集』）

という西行の歌と、その本歌である、

わびぬれば身をうき草の根を絶えてさそふ水あらばいなむとぞ思ふ　（『古今和歌集』雑下）

という小野小町の古歌とが強く意識されていたことであろう。この「花さへに」の歌については、「定家卿におくる

文」の叙述から、判を加える過程で定家がおそらく西行の歌の「ちるをしめば」を「はるをしめば」と読みあやまり（「者」の草体の「は」は「ち」に似ている）、それを作者の西行が正すといったことがあったと想像されるので、それだけ印象の深い歌ではなかったかと考える。

さむしろや待つ夜の秋の風ふけて月をかたしく宇治の橋姫
関の戸を鳥のそら音にはかれども有明の月はなほぞさしける
明けばまた秋のなかばも過ぎぬべしかたぶく月のをしきのみかは
衣うつ響きに月のかげふけて道行き人の音もきこえず
月清みねられぬ夜しももろこしの雲の夢まで見るここちする
長月の月の有明のしぐれゆゑあすのもみぢの色もうらめし

「さむしろや」の歌は、

さむしろに衣かたしきこよひもやわれを待つらむ宇治の橋姫（『古今和歌集』恋四）

という読人しらずの歌の、また「関の戸を」の詠は、清少納言が藤原行成（こうぜい）に送った、

夜をこめて鳥のそら音ははかるともよに逢坂の関はゆるさじ（『後拾遺和歌集』雑二）

という著名な作の本歌取りであるが、「関の戸を」にはさらに、

遊子猶行二於残月一　函谷雞鳴（『和漢朗詠集』雑・暁）

という詩句の面影もあるであろう。

「明けばまた」の作は月五十首のほぼ中央にあたり、中秋の名月を歌ったもので、家隆が時の摂政（良経の子道家（みちいえ）か）

に定家の名歌を問われたさい、ついに答えようとしなかったが、わざと落としていった畳紙（たとうがみ）に書きつけてあったという逸話（『今物語』）が生じた佳詠である。

「衣うつ」は、月光に砧（きぬた）の音をとりあわせた、「長安一片月　万戸擣衣声」と歌いだされる李白（りはく）の詩にかようような風韻が感じられる。

「月清み」の詠は先にも言及した『松浦宮物語』などとともに、定家の浪漫的中国志向をうかがわせる作である。

「長月の」の歌は月五十首の最後の作である。九月尽近くの有明の月をくもらせるしぐれへの恨みを詠ずる。「の」の反復が、いささかもうるさい感じをあたえない。

建久二年（一一九一）十二月の末、良経はまた異なった趣向の百首歌を思いたち、慈円・寂蓮・定家らとこれを試みた。「十題百首」とよばれる作品群である。十題とは「天部」「地部」「居処」「草」「木」「鳥」「獣」「虫」「神祇」「釈教」の十の大きな歌題で、この十部のおのおの範疇において、さらに十の景物や事がらを想定してその心を詠んだものであった。たとえば、定家は「天部」では、日・月・星・夜・稲妻（電光）・風・雲・雨・霰（あられ）・雪といった天象を歌っている。結果的には百の小題をもうけたと同じことになるのであるが、それを十ずつまとめているところに、当時におけるいわば百科全書的というか、博物誌的体系をもった知識への関心がうかがわれる。それは歌学書の記述やさらに古くは『古今和歌六帖』の組織などから学んだものと思われるが、同時に良経が身につけていた漢文学的教養とも無関係ではあるまい。

漢詩文の世界では森羅万象、すべてが対象とされる。それならば和歌でもあらゆるものを歌えるはずだ――このような歌題の枠組みを設定した背後には、良経らのそんな意気ごみというか、野心のごときものが感じられる。実際、

「鳥」「獣」「虫」などの題では、それまで和歌ではほとんど顧みられなかった対象が歌われているのである。

人とはぬ冬の山路のさびしさよ垣根のそわにしとと降りゐて
塚古ききつねのかれる色よりも深きまどひに染むる心よ
春雨のふりにし里を来て見ればさくらのちりにすがる蓑虫(みのむし)
おのづからうちおく文(ふみ)も月日へてあくれば紙魚(しみ)のすみかとぞなる

などはその例である。それらには『白氏文集』や『枕草子』『源氏物語』などの古典の影響が認められ、そのような和歌以外の文学から素材や着想を貪婪に摂取することによって、自らの和歌の世界を拡充しようという定家の意欲をうかがうことができるが、成功しているのは、

夕立の雲間の日かげ晴れそめて山のこなたを渡る白鷺

という印象鮮明な叙景歌であろう。この歌は後代『玉葉和歌集』夏歌にとられている。

速詠歌のなかから

初心のほどはあながちに案ずまじきにて候。……口なれんためには早らかによみならひ侍るべし。さてまた時々しめやかに案じてよめと亡父(俊成)もいさめ申し候ひし。……初心の時は独歌を常に速くも遅くも自在にうちちよみならはすべく候。

というのは、定家が『毎月抄(まいげつしょう)』に述べている和歌初学者のための作歌練習法であるが、これは自身の経験にもとづく教えであろう。建久年間(一一九〇―一一九九)に彼はかなりの量にのぼる速詠の歌を試みているのであるが、それらは

ほとんどすべて『拾遺愚草』の正編に収められず、『拾遺愚草員外(いんがい)』と名づけた外編に入れられている。おそらく、「口なれんため」の習作という意識がはたらいているからであろう。

ではそれらは習作の域を出ないかというと、かならずしもそうはいえない。たしかに、いかにも習作的なものも少なくはないが、それはそれで、あたかも画家のデッサンが完成品とはまた異なった味わいをみせるような面白さもあるし、また習作というには完成度の高い作品もまま見いだされるのである。そこで、この時期の速詠歌群をざっとながめてみたい。

建久元年(一一九〇)六月二十五日、定家は触穢のことがあって籠居していた。徒然にたえず、全部で仮名百字になる語句二十を書きだし、その一字一字を一首の歌の最初に詠みいれるという条件で百首の歌を三時(とき)(六時間)で詠じた。これを「一字百首」という。二十の語句は次のごとくである。

あさかすみ(朝霞)　むめのはな(梅の花)　たまやなき(玉柳)　かきつはた(杜若)　〈以上、春〉
ほとときす(時鳥)　とこなつ(常夏)　はなたちはな(花橘)　〈以上、夏〉
をみなへし(女郎花)　しのすすき(篠薄)　ふちはかま(藤袴)　はしもみち(櫨紅葉)　〈以上、秋〉
はつゆき(初雪)　をののすみかま(小野の炭竈)　うつみひ(埋火)　〈以上、冬〉
おもかけに(面影に)　こひわひて(恋ひわびて)　うちもねす(打ちも寝ず)　〈以上、恋〉
あかつきは(暁は)　つゆふかし(露深し)　おもふこと(思ふ事)　〈以上、雑〉

たとえば、これらのうち「をののすみかま」の「ま」を詠みいれることによって、

まだ深き有明の空もそら霧(き)りて雪にくまなきをちこちの峯

という歌が、また「あかつきは」の「は」をすえた歌として、

はまゆふや重なる山のいくへともいさ白雲の底のおもかげ

という旅の歌が得られたのである。

後年、定家は『定家卿百番自歌合』を自撰しているが、そのなかには右の「はまゆふや」の歌と、「うちもねす」の「う」の字をおいた、

うつろはむ色をかぎりに御室山しぐれもしらぬ世をたのむかな

という恋の歌を選びいれている。定家自身、遊戯的な技巧によるこれらの作品にも愛着をいだいていたのであろうと想像されるのである。

その翌日には、あらかじめ和歌の句としてふさわしい語句を百書きだしておいて、それを第一句、第二句……第五句と、順々に詠みいれるという約束で百首の歌を試み、これを「一句百首」とよんだ。この百首には五時(十時間)を要したという。用意された百句のうち、春三十句だけを試みに示せば、次のごとくである。

春来れば　けふの子の日の　霞立つ　鶯来ゐる　若菜なりけり　雪消えぬ　梅の匂ひに　青柳の　早蕨あさる

けふの春雨　桜花　沢辺の駒の　帰る雁　苗代水も　喚子鳥かな　桃の花　咲ける藤波　すみれ摘む　井手の山

吹　春の暁　雉子鳴く　あがる雲雀の　杜若　岩躑躅咲く　玉椿かな　佐保姫の　山梨の花　つばくらめ　蛙鳴

くなり　春の暮れ方

これらのうち、たとえば、「杜若」の句を第三句に詠みいれるという条件で得られたのが、

おもだかや下葉にまじるかきつばた花ふみわけてあさる白鷺

という、絵画的な構図をそなえ、色彩感覚もあざやかな一首であった。造型的にも美しい、おもだかの細長い逆ハート形の葉の重なり、かきつばたの直線的な茎や葉、白鷺の長い脚とふんわりと丸い胴、その蓑毛（みのげ）、鋭い眼……というぐあいに、一幅の日本画にも似た静かに美しい世界が実現されている。それが「杜若」という一句を第三句に詠みこむという制約の速詠歌で生まれているのである。定家の技はほとんど工芸家のそれを思わせるほどである。

この二篇の速詠和歌を見た友人の藤原公衡と慈円は、ただちに自分たちも同じ条件の百首を詠み、所要時間の速さを競った。彼らにとってもそれらは、たんに読みすての習作というよりは、心中を吐露するひとつの場でもあったと考えられる。

建久二年（一一九一）六月の月が明るいある晩の夜ふけ、左大将良経（よしつね）は使いを遣わして、「いろは」四十七字をつぎつぎに歌頭に詠みいれた四十七首をただちに詠じて、その使いに持ち帰らせるよう、定家に命じた。このときとくに難しく感じられたのは、おそらく、ラ行音を頭に詠みいれることだったであろう。大和言葉にはラ行音で始まる語がないからである。それゆえ、この場合は漢字音を用いて逃げている。

楼の上の秋の望みは月のほど春は千里（ちさと）の日ぐらしの空
竜門の滝に降りこし雪ばかり雨にまがひて散るさくらかな
瑠璃（るり）の地に夏の色をばかへてけり山のみどりをうつす池水
例よりも今宵涼しきあらしかな秋待つけふの山の井の水
礼（らい）し拝むただ秋萩のひと枝も仏の種は結ぶとぞ聞く

その結果、詠まれた作品は期せずして漢詩的風韻をたたえたり、仏教的色彩豊かなものとなったりしている。

この「いろは歌」は家隆も試み、定家はさらにそれにも応和したので、もう一組が残されている。

また、建久三年(一一九二)の九月十三夜、定家が左大将家に参ると、急に『古今和歌集』の、

今来むといひしばかりに長月の有明の月を待ちいでつるかな

という素性法師の歌を仮名書きして得られる三十三字を、順次歌頭にすえて歌を詠むように命ぜられた。この三十三首はすべて秋の歌である。

釣舟のはるかに出づる波風に入江かなしき秋の暮かな

右の一首には白楽天の「琵琶行(びわこう)」の面影がある。

さらに、建久七年(一一九六)秋、病気でこもっていると、左大将良経は使いを遣わして、

秋はなほ夕まぐれこそただならね荻の上風萩の下露　(『義孝集(よしたかしゅう)』)

という、藤原義孝の名歌を仮名書きした三十一字を頭において即刻詠歌せよといってきた。この三十一首も全部秋の歌として詠まれている。

竹生ひて舟さし寄する川むかひ霧のみ秋のあけぼのの色

水墨画のような世界でもあるが、作者が思いえがいているのはおそらく宇治川の秋の曙で、『源氏物語』の宇治十帖の世界にもかようものであろう。

左大将家で、ある年の秋、夜居の僧が読経するのを聞きながら、「南無妙法蓮華経(なもめうほうれむくゐきやう)」の文字を頭において詠んだという秋の歌十三首もある。おそらくこれも速詠だったであろう。このときには、

歴山(れきざん)の裾野の小田の秋風やなびきし人のはじめなるらむ

というような作が詠まれた。これは、「舜が耕した歴山の裾野の田を吹く秋風は、民草が聖人の仁徳になびいた最初の例であろうか」という、中国故事を詠じたものであるが、それが無造作に詠みすてられているのである。もって定家の教養や政治思想の一端をうかがうことができる。

しかし、これらのなかでもっとも注目されるのは、建久七年九月十八日、内大臣良経の家で詠ませられた「韻歌百廿八首和歌」という作品群である。これは漢詩の韻字百二十八をあらかじめ選定しておいて、それを順次第五句に詠みいれるという約束で詠まれたものであった。「他人詠まず」と注しているので、定家ひとりが良経からこの課題を命ぜられたのであろう。九月十八日と記しているのは、あるいは詠みおえた月日を意味しているのかもしれないが、このように字を詠みいれる技巧的な作品の多くがそうであったように、これも同日一日のうちに詠じた速詠の可能性が大きいように思う。

のちに『新古今和歌集』に選ばれている、

旅人の袖吹きかへす秋風に夕日さびしき山の梯

という歌はこの作品群中の一首で、「梯」という韻字を詠みいれるという条件のもとになったものであった。このほかにも、

風かよふ花のかがみは曇りつつ春をぞわたる庭の砌
ゆきなやむ牛の歩みに立つ塵の風さへ暑き夏のを車
立ち昇りみなみのはてに雲はあれど照る日くまなきころの虚
形見かはしるべにもあらず君こひてただつくづくとむかふ霄

来しかたも行くさきも見ぬ浪のうへの風をたのみに飛ばす舟の帆

などにみられるように、大胆で、しかも緊密な言葉続きによって、はてしない空間に向かう浪漫的詩情を表現した作や、それまでの和歌がけっしてとりあげようとはしなかった中世都市京都のスナップをいきいきと試みた「ゆきなやむ」の歌など、異色作はすこぶる多い。これは韻字をあたえられ、かならずそれを脚韻のごとく詠みいれねばならないという制約によって、かえって、詩的想像力が日常的な次元を超えて飛躍した所産であると考えられる。であるとすると、定家にそのような困難な課題をあたえた内大臣良経その人の功も大きいといわねばならない。定家が広大な詩的想像の空間を駆ける天馬、千里の馬であるとしたならば、良経はまさしくその御者であり、それ以前に、定家が千里の馬であることを見ぬいていた伯楽であったのである。

母を喪う

建久四年(一一九三)の仲春は、三十二歳の定家にとって悲しい季節であった。この年の二月十三日、彼は母を喪った。

年上の女性歌人殷富門院大輔(いんぷもんいんのたいふ)が弔問の歌を送ってきた。

常ならぬ世は憂きものといひいひてげにかなしきを今や知るらむ

定家は、

かなしさはひとかたならず今ぞ知るとにもかくにも定めなき世を

と返歌した。

主家の良経は三月尽日、

春霞かすみし空のなごりさへけふをかぎりの別れなりけり

と定家をなぐさめた。ここでの「春霞」は定家の母の遺骸が荼毘に付されて立ち昇った煙を暗示している。定家は謹んで、

別れにし身の夕暮に雲消えてなべての春はうらみはててき

と答えた。

五月には六条家の藤原季経(すえつね)が遅い弔問の歌を送ってきた。そして、季節は進んで秋になる。初秋の七月九日、台風めいた強い風が京の街を吹きすぎ、雨をもたらした。このころ父とは住まいを異にしていた定家は、父を見舞った。

七月九日、秋風荒く吹き、雨そそきける日、左少将まうできて帰るとて、書きおきける

たまゆらの露も涙もとどまらずなき人恋ふる宿の秋風

返し

秋になり風のすずしく変るにも涙の露ぞしのに散りける

俊成の晩年の詠を集めた家集『長秋草(ちょうしゅうそう)』(『長秋詠藻(ちょうしゅうえいそう)』とは別本)は、このとき父子で詠みかわされた、美福門院加賀をしのぶ悲しみの歌を、このような詞書とともに収めている。もとより、同じ贈答歌は『拾遺愚草』にも収められているが、その詞書は「秋、野分せし日、五条へまかりて、帰るとて」という簡潔なものである。そして、『新古今和歌集』の哀傷歌の巻にも、「母身まかりにける秋、野分しける日、もと住み侍りける所にまかりて」という詞書を

ともなって、定家の歌だけが収められた。俊成の返歌はずっと時代が下って、『玉葉和歌集』にとられている。

この詞書の記述の違いは注目される。初秋に荒く吹いた風を定家は「野分」ととらえた。このとき、彼はあきらかに、常日頃から親しんできた『源氏物語』の二、三の場面を想起していたにちがいない。その一は桐壺の巻で、桐壺更衣を失ったのち悲しみに沈んでいる桐壺の御門が、更衣の母をとぶらう使いとして靫負命婦を遣わす場面である。

> 野分だちてにはかに肌寒き夕暮のほど、常よりも思し出づること多くて、靫負命婦といふを遣はす。

その二は、その名も野分の巻で、父とは居所を異にしている夕霧が六条院なる父光源氏のもとへ野分の見舞いにいき、はからずも美しい義母紫の上をはじめて垣間見て、深くその面影を心にきざみつける、あまりにも有名な情景である。

> 野分例の年よりもおどろおどろしく、空の色変りて吹き出づ。（中略）南の殿（紫の上の御殿）にも、前栽つくろはせたまひけるをりにしも、かく吹き出でて、もとあらの小萩はしたなく待ちえたる風のけしきなり。折れ返り、露もとまるまじく吹き散らすを、（紫の上は）すこし端近くて見たまふ。大臣（源氏）は姫君（明石の姫君）の御方におはしますほどに、中将の君（夕霧）参りたまひて、東の渡殿の小障子の上より、妻戸の開きたる隙を何心もなく見入れたまへるに、女房のあまた見ゆれば、立ちとまりて音もせで見る。

その三は、御法の巻で、紫の上が秋なくなったのち、夕霧が野分の巻のあのときのことを思いおこしている叙述である。

> 風野分だちて吹く夕暮に、昔のこと思し出でて、ほのかに見たてまつりしものをと、恋しくおぼえたまふに、また限りのほどの夢の心地せしなど、人知れず思ひつづけたまふに、たへがたく悲しければ、人目にはさしも見え

じとつつみて、「阿弥陀仏、阿弥陀仏」とひきたまふ数珠の数に紛らはしてぞ、涙の玉をばもて消ちたまひける。

いにしへの秋の夕の恋しきにいまはと見えしあけぐれの夢

ぞなごりさへうかりける。

野分めいた風が京の街を吹き荒れた日、伴侶(俊成は『長秋草』で妻のことを「年ごろの友、子供の母」とよんでいる)を失ってぽつねんとしているにちがいない老父を見舞おうと思いたち、家を出た定家は、そのときすでに自らの姿を『源氏物語』の夕霧とかさねあわせてしまっているのである。そして、老父は源氏となってしまっている。それは見たてというべきではないであろう。虚構である『源氏物語』の叙述が、その悲しい体験に遭遇したことによって人生の真実として了解され、定家はおのずとそのような行動をとらされているのである。

「たまゆらの」の歌については、早く正徹が、『新撰朗詠集』にとられている源為憲の、

故郷有レ母秋風涙　旅館無レ人暮雨魂

の詩句を引いて鑑賞しており(『正徹物語』。ただし、正徹はこの詩句を白楽天のものと誤認している)、注釈的には、藤原兼輔の、

五月ばかりに、女の、人におくれてほととぎすを

世のつねに聞くだにあるをほととぎすなき人恋ふるをりをりの声　(『兼輔集』)

や、相模の、

あかつきの露は涙もとどまらでうらむる風の声ぞ残れる　(『相模集』)

といった古歌との関係が注目されている。それらからの影響を考えることももとより必要であるが、それとともに、

この詠がなされる以前の行動においてすでに定家が物語と現実とを区別しがたくなっていること、現実が物語世界にとけこんでしまっていることを認識すべきであろう。その『源氏物語』に親しみ、これを読む習いを教えてくれたのは、父であるとともに、源氏供養などをもしたこの母でもあったのである。

正徹は定家のこの歌を「あはれさも悲しさも言ふ限りなく、もみにもうだる歌ざまなり」と激賞し、それにたいする俊成の返歌は「すげなげによめるが、何ともえ心得ぬ」が、考えてみれば「わが女房のことなり、わが身はや老体なれば、あぢきなし、悲しなどいひては似合はねば、ただをり、「秋になり風の涼しく」と、何となげにいへるが、何とも覚えず殊勝なり」(『正徹物語』下)と評している。

しかしながら、俊成の「秋になり」の返歌も、正徹のいうように「すげなげに」詠まれたものとは考えられない。ここには『伊勢物語』第四十五段の世界が想起されているのである。この段では若い女の死後、その喪に服してこもっている男の姿が描かれている。季節は夏の終わりである。

時は六月(みなづき)のつごもり、いと暑き頃ほひに、宵は遊びをりて、夜更けてやや涼しき風吹きけり。

定家が『源氏物語』の夕霧と同化しているように、八十歳の俊成は『伊勢物語』の主人公である若い王朝の風流才子と同じような体験をしているのである。

現代人の感覚から、定家のこの哀傷歌があまりにも技巧的で、実母の死を悲しむ真率の響きがいささかも伝わってこないと批判する立場がある。それは定家の、というかむしろこの父子が沈湎していた、このような文学的精神環境を知らず、また広く、和歌という、本来現実を超えるべき性格をそなえた言語が、現実をとらえるときに作用する表現の機微を知ろうとしない者の見当ちがいの非難である。

この二月二十一日には、親友の公衡もなくなった。九月尽日には、定家はやはりこの亡友と親しかった慈円や殷富門院大輔と世の無常を悲しむ歌を詠みかわした。

冬、雪の朝には主の良経からまたもやなぐさめの歌を送られた。そして、その年の暮れに、彼は比叡山の根本中堂にこもり、新春のめぐってくることをも忘れていた。俊成はそのようなわが子を案じて、山上に使いをやった。

　春の初めも分かれず、かつ降る雪に跡絶えたりしあした、入道殿、山のおぼつかなさなどこまかに書き続けたまひて、奥に

子を思ふ心や雪にまよふらむ山の奥のみ夢に見えつつ

　御返し

うちも寝ずあらしのうへの旅枕(たびまくら)みやこの夢に分くる心は　（『拾遺愚草』下）

六百番歌合

母を喪った悲しみのなかでも、定家は詠歌をやめたわけではなかった。というか、歌うことを求められて、それに応じている。悲しみの涙が美にたいする目をくもらすことはなかった。

当時のよびかたによれば、「左大将家百首歌合」、のちに「六百番歌合」という呼称が一般となった、左大将良経家における大歌合のための百の歌題が主催者良経をふくめて十二人の作者にあたえられたのは、建久三年（一一九二）のことであった。そして、年明けてまもなく、定家は母を喪う不幸にあったのである。彼としてはこの歌合に参加する

ことをも辞退しようとしたらしいが、良経はやはり百首歌の提出を強く求めた。

こうして、建久四年(一一九三)の秋に詠まれた作品群が『拾遺愚草』では「歌合百首」とよばれているものである。十二人の百首が集められ、結番(左右に番えること)され、何度かにわたって評定(左右の方人によって優劣を議論すること)が試みられ、その概要は記録されて、判者俊成のもとに送られたようである。彼の亡妻をしのぶ思いは、いつまでも長く深く、それは定家が母を恋うる心にけっして劣らなかったことが、『長秋草』に収められている俊成自身の少なからぬ詠草から知られるが、彼はその悲しみのなかで、きわめて的確な批評を六百番千二百首の作品に加えていった。おそらくそれは建久四年の末ごろから翌五年にかけてであったであろう。

この歌合には、主催者良経、その叔父慈円、定家・寂蓮・家隆ら、新進歌人たちと、藤原季経・同経家・顕昭ら、六条家の歌学を奉ずる旧派の歌人たちが、ともに参加している。すでに述べたように、六条家の清輔は俊成が祇候するようになる以前の九条家の和歌師範であったから、六条家の人びとは早くから九条家に出入りしていた。そして定家同様、家人のようなはたらきをしている人物もいたのである。それゆえ、彼らが参加しているのは当然であった。歌合の結番では常に新旧両派が組みあわされるというわけではなく、新風歌人同士、旧派同士の対戦もありえたのであるが、新旧の代表ともいうべき寂蓮と顕昭が対峙しての評定の場における応酬のはげしさは、独鈷鎌首の論争という説話となって頓阿の歌学書『井蛙抄』に伝えられている。

そのような過程を経て成立したこの『六百番歌合』は、平安初期から中世末、近世初にいたるまでの長い歌合の歴史のなかでも、きわめて文学的密度の高い、注目に値する歌合とみられるのである。

ここではそのなかから、定家の問題作をふくむ四、五の番を、歌合本文のかたちで読んでおきたい。

二十八番（春曙）

左　　　　　　　　　　　　　　　　定家朝臣

霞かは花うぐひすにとぢられて春にこもれる宿のあけぼの

右勝　　　　　　　　　　　　　　　家隆

霞立つ末の松山ほのぼのと波にはなるる横雲の空

右方申云、左歌別して難無し。左方申云、右歌甘心。

判云、左歌「霞かは」とおける、霞のみかはなどいふべき心にや。「花うぐひすにとぢられて」「宿のあけぼの」などいへるは、「秦城楼閣鶯花裏」といふ詩の心と覚えて、よろしくも侍るべし。右歌は末の松山に思ひ寄りて、「波にはなるる横雲の空」といへる気色ことごとしく侍るめり。初に「霞立つ」とおけるぞ、霞・波・雲重畳して覚え侍る。但し「横雲の空」ことに強げに侍る上、左方甘心すと云々。「宿のあけぼの」負けて侍れかし。（春中）

定家は、「霞だけに閉じこめられているのだろうか。いや、一面に咲き誇る桜花とあたりにみちみちている鶯の声に閉じこめられて、春にこもっている家だ。その家のなかに閉じこもったまま、わたしは曙の美しさを思いやっている」と歌う。俊成は「霞かは」の句がやや舌足らずの気味があることをそれとなく指摘しつつも、「花うぐひすにとぢられて」「宿のあけぼの」などの句に耽美的なものを感じ、その背後に、『新撰朗詠集』の「春興」に見いだされる

杜甫の詩の心を読みとった。『新撰朗詠集』では、

秦城楼閣鶯花裏　漢主山河錦繡中

とみえる詩句である。けれども、杜甫の詩集では「鶯花」でなくて「煙花」とある。

右の家隆の詠は左方をして「甘心(感心)」させたものであった。もとより、『古今和歌集』の東歌、

君をおきてあだし心をわが持たば末の松山波も越えなむ

の歌以来、恋の歌として歌われることの多かった陸奥の歌枕末の松山を、春の曙の景として詠じたところに新しさがあったのである。俊成は「霞・波・雲重畳して覚え侍る」と、イメージの重層をとがめるような口ぶりを示してもいるが、「横雲の空」という結句のよさを認め、かつは相手かたも感嘆したということを考慮に入れて、わが子の作を負と判した。俊成としても苦しいところだったであろう。実際この番はどちらも佳詠でほとんど互角とみられるが、言葉の続けかたの点で定家の作にはあきらかに飛躍があるのにたいして、家隆の歌にはそれが感じられない。定家の作は危うきに遊んでいるようなところがあるが、家隆の歌は安らかな感をあたえるのである。このふたりの作風の違いを端的に物語る一番といえるかもしれない。

十二番　(秋夕)

左勝　　定家朝臣

秋よただながめすてても出でなましこの里のみのゆふべと思はば

右　　寂蓮

ながめつる軒端の荻のおとづれて松風になる夕暮の空

左右互に共に難無きの由申す。

判云、この左右も心詞わりなくは見え侍るを、右歌、軒端の荻のおとづれつらんほども、松風吹かずやは侍るべからん。この松風になる心こそ、前の十番のつがひにや、「虫の音になる庭の浅茅生(あさぢふ)」と侍りつるよりは似劣りにやと覚え侍れ。左、余情(よせい)あるにや侍らん。

(秋中)

定家のこの歌は自筆詠草が伝存する。それには「ながめすてての詞肝心々々」という俊成の評語が書きそえられている。本歌は、

さびしさに宿を立ち出でてながむればいづくもおなじ秋の夕暮　(『後拾遺和歌集』秋上)

という良暹(りょうせん)の歌である。

俊成はわが子の歌については「余情あるにや侍らん」と評するのみで、判詞のほとんどを寂蓮の歌での「松風になる心」への批判についやしている。これはおそらく、先に言及した、俊成がやはり寂蓮の、

尾上(をのへ)より門田(かどた)にかよふ秋風に稲葉をわたるさを鹿の声　(『千載和歌集』秋下)

という歌をきらったことと同様の理由にもとづくのであろう。すなわち、うがった見かたをして風情(趣向)を凝りすぎることが、かえって真実から遠ざかる結果になるのを戒めたものであると考える。

四番　(冬朝)

左勝　　　　定家朝臣

ひととせをながめつくせる朝戸出(あさといで)に薄雪こほるさびしさのはて

右　　　　　　　　　　　　　　　　　　　　　隆信朝臣

人をさへ問はでこそ見れけさの雪をわが踏みそめむ跡のをしさに

右申云、左歌ゆゆしげにおどされたり。左申云、右歌常の心なり。

判云、左歌、一年をながめ尽し「さびしさのはて」といはば、雪も深くや侍らんとこそ覚え侍るを、「薄雪こほる」といへるや、こと違(たが)ひて聞ゆらん。右歌は、雪の朝人さへ問はず、「わが踏みそめむ跡のをしさ」などいへる、常の心なる上に、詞くだけて、あまり確かに聞えて、「問はでこそ見れ」などいへる心も、薄雪にも劣りてや侍らん。（冬下）

難陳(なんちん)の部分で「ゆゆしげにおどされたり」という箇所を「落とされたり」と読む説もあるが、「大仰に脅かしなさったよ」という揶揄的言辞と解する。左方がいった「常の心なり」も、「当たり前の心、ただごとで歌になっていない」という非難である。「おどされたり」との批判は、おそらく「さびしさのはて」という句に向けられているのであろう。「さびしさ」という抽象的な観念をあえて空間的、視覚的なものとみなして、その「はて」といいきった点である。

それは先の「春曙」の歌で「花うぐひすにとぢられて」といい、「春にこもれる」といったのにも通ずるものであるが、それ以上に観念を具象化しようという意図があらわである。そういえば、「ひととせをながめつくせる朝戸出に」と歌うこの作では、一年の生という時間の流れもまた視覚的にとらえられ、その視覚化された時の流れの尽きる地点に「さびしさのはて」があると歌われているのである。一種の抽象絵画に通ずるような、言葉の新しい組みあわせによる冒険が試みられているのである。

俊成はその冒険をとがめることはしなかった。ただ、それならば薄雪でなくて深雪でなければ理屈にあわないだろうと指摘した。けれども、これはやはり「薄雪こほる」という、蕭条たる風景でなければならないと思われる。やわらかな深雪がふかぶかと積もっているありさまは、さびしさよりもむしろ静かなうちに安らかさのごとき感情を起こさせるであろう。この冬の朝の風景は、一年を「ながめつく」した、すなわち、ものおもいに沈みながら見つめつづけてきた人が朝戸を開けて見いだしたものである。それは安らぎなどは思いもおよばない、かたく凍てついた、冷えびえとしたものでなければならない。これにたいする隆信の作がとうていおよばないことはあきらかである。

五番（祈ル恋）

左勝　　　　定家朝臣

年もへぬ祈るちぎりは初瀬山尾上の鐘のよその夕暮

右　　　　家隆

朽ちはつる袖のためしとなりねとや人を浮田の杜（もり）のしめ縄

左右共にさせる難無きの由申す。

判云、両首共に風体はよろしく見え侍るを、左は心にこめて詞に確かならぬにや。右は朽ちはてん袖をぞ杜のしめ縄のためしとやとは

いふべきを、わが袖を本とせるにや。「杜のしめ縄」あたらしくや
聞え侍らん。「尾上の鐘」まさるべくや。（恋二）

「祈恋」という題によって、定家は、初瀬寺の観音に長年恋の成就を祈ったけれども、その霊験はなく、初瀬山の尾上に響く鐘の音は、自分以外の恋人たちが会う時刻である入相（いりあい）を告げているという、絶望的な恋を描いた。源俊頼（としより）の、

うかりける人を初瀬の山おろしよはげしかれとは祈らぬものを（『千載和歌集』恋二）

の名歌が念頭にあったことは疑いないであろう。俊成は「心にこめて詞に確かならぬにや」と批判している。これは『古今和歌集』仮名序で在原業平の歌風を「心あまりて言葉足らず」と評しているのにも似ている。意味は深いが表現が明確でないというのである。これも言葉続きのうえで断絶と飛躍が存することを指摘していることになる。俊頼の作とくらべればそれはあきらかで、おそらくそのことは定家自身十分気づいていたであろう。

心と詞とのかねあいの問題は、のちに定家が苦慮するにいたることで、それは時代を問わず詩人の共通の課題でもあろうが、この時期の定家はいずれかといえば詞よりは心を先行させていたと思われる。当時のいいかたによれば、「詞をいたはらず」、つまりかなり無理な表現をあえてすることによって、新しい心を創始しようとしていたのであると考えられるのである。

三十番（旅恋）

左持　　定家朝臣

ふるさとを出でしにまさる涙かなあらしの枕夢に別れて

右　　　　　　　　　　　　　　　　　　信定

あづま路の夜はのながめを語らなむ都の山にかかる月影

左右共に難じ申さず。

判云、左の「ふるさとを出でしにまさる」とおき、「あらしの枕夢に別れて」といへる、微言殆ど及び難く侍るを、右の「都の山にかかる月影」といへる、感涙やゝこぼれて、勝負既に分明ならず。大方はこの旅恋の題の殊に宜しく侍るにや。番ごとに歌の宜しく見え侍るほどに、老涙筆と共にそそきて、いよいよいかなる僻事どもか申し侍らむ。（恋五）

相手の信定は慈円の借名である。良経は「女房」、慈円は「従五位下源朝臣信定」（実在人物であるとみられる）と名のってこの歌合に加わっていたのであった。

これは左右とも相手かたを非難せず、判者もすっかり感動して批評を放棄した番、「よき持」の典型的な例である。おそらく定家は『大和物語』の第二段、宇多上皇の山ぶみに随行した橘良利の歌と伝える、

ふるさとの旅寝の夢に見えつるはうらみやすらむまたととはねば（『新古今和歌集』羇旅）

という古歌などを念頭におき、この作を詠んだのであろう。それにしても嵐に夢さめ、故郷びとの面影が消えてしまったありさまを「あらしの枕夢に別れて」とあらわしたところは非凡である。

もとより、これらのほかに、あまりにも深い心をこめようとして、強引な言葉の用いかたをしたために、わけのわ

からなくなってしまった失敗作もあるのであるが、この歌合への参加(定家の場合はおそらくいわば紙上参加であっただろう)が、彼の歌人としての成長にきわめて大きな意味をもたらしたであろうことは、ほとんど疑いをいれないのである。

豊饒の時代

建久の政変

後鳥羽天皇は高倉院の第四皇子である。諱は尊成(たかひら)。源三位頼政(よりまさ)・以仁(もちひと)王の挙兵、福原遷都など、物情騒然たる事がらがあいついだ治承四年(一一八〇)の七月十四日、修理大夫藤原信隆女(のぶたかのむすめ)典侍殖子(しょくし)(七条院)を母として誕生した。源平の戦はしだいに平氏に不利となってきて、この四宮が四歳になった寿永二年(一一八三)七月、平氏は安徳天皇を擁し、三種の神器をいただいて西海に落ちていく。そのとき、同母の兄宮(二宮守貞(もりさだ)親王、後高倉院)と四宮も、平氏と運命をともにするはずであった。四宮の乳母は藤原範兼(のりかね)という学者で歌人でもあった人の娘範子(はんし)であったが、彼女は平家に連なる僧法印能円(のうえん)の妻となっていたからである。四宮と範子をひきとどめたのは、彼女の兄弟の範光(のりみつ)である。彼は「この宮の御運は只今開けさせ給はんずるものを」といって、能円の招きに応じてすでに都を出て西国へ下ろうとしていた範子と四宮をとどめたと、『平家物語』は伝えている。

　そののちまもなく、やはり都にとどまった、というよりは平家に連れていかれる直前に叡山に逃れた後白河法皇は、院宣によって、安徳天皇に代わる新帝として、三種の神器のないままにこの四宮尊成親王を践祚せしめた。平氏が二宮を連れさったあとには、この四宮のほかに三宮、それから木曾義仲が後見していた北陸宮(ほくりくのみや)といった、高倉院のふたりの皇子もいちおう候補に上ったのだが、神籤の結果四宮が吉と出たからであるという。北陸宮を位につけて威をふるおうとした義仲はくやしがったが、どうにもしようがなかった。

こうして幼い天皇が位にあり、その祖父にあたる法皇がそれを後見する意味で院政をとった。西海の平氏は三種の神器を奉持している安徳天皇が正しい天皇であると主張していたから、一時は兄弟ふたりの天皇が日本の国に並びたっていたことになるが、元暦二年(寿永四年、一一八五)三月二十四日、安徳天皇は外祖母二位の尼(清盛の妻時子)が抱いて壇ノ浦の荒波に身を沈めた。以後、後鳥羽天皇は名実ともに日本の主となる。

建久三年(一一九二)三月十三日、後白河法皇が崩じた。以後しばらくは関白九条兼実が政治の枢要をおさえていた。兼実は関東の主源頼朝と親しかった。そもそも兼実が内覧の宣旨をこうむり、摂関の地位につけたのも、すでに述べたごとく頼朝のバックアップによってであると想像される。同様に、法皇が崩じてまもなく、頼朝が征夷大将軍に任ぜられた背景にも、兼実の協力関係を想像してよいであろう。ここに始まる新しい時代、鎌倉時代は、京の兼実と鎌倉の頼朝と、公家と武家との協調関係をもって出発したのである。

ところが、この協調関係がしだいに微妙なものとなってくる。それには土御門通親という有力貴族が介在している。

土御門通親は村上天皇の皇子具平親王の子孫で、いわゆる村上源氏に属する。院政期に太政大臣にまでいたった久我雅実のひ孫にあたる名門の出で、九条兼実と同年の生まれである。高倉天皇に近侍して、その譲位後もよく仕え、『高倉院厳島御幸記』『高倉院昇霞記』などを書いている。先に、木曾義仲が松殿基房の女婿となったことを述べたが、義仲が討ち死にしたのち、その基房女を愛人のごとき存在として、そこに生まれたのがのちの曹洞禅の高僧道元であったともいわれている。

この通親が後鳥羽天皇の乳母藤原範子を妻とした。範子には先に述べたように、能円法印という夫がいたのであるが、動乱が夫婦を生き別れさせてしまったのである。壇ノ浦に平氏一門が滅亡したとき、能円は生け捕りにされてやがて帰京したが、範子との仲はもはやもどらなかった。あるいはそのときすでに彼女は通親と生活をともにしていたのかもしれない。ところで、先夫能円と範子とのあいだには女子がいた。在子という。通親はこの在子を養女としてかわいがっていたらしいが、彼女を後鳥羽天皇の後宮に入れることをもくろみ、のちにこれを実現させた。

いっぽう、九条兼実にも任子という女子がいた。良経の妹である。兼実は文治六年(一一九〇)一月、任子を女御として入内させ、やがて立后のことがあって、中宮となった彼女が皇子を生んで、天皇の外戚となることを熱望していた。けれども、建久六年八月十三日、任子が生んだのは皇女昇子内親王であった。そして同年十一月一日、源在子は皇子為仁親王(土御門天皇)を生んだ。通親と兼実の明暗はきわだっている。

ここに関東の頼朝がからむのである。頼朝には大姫という娘がいた。頼朝と義仲のあいだが険悪だったとき、和解の手段として、義仲は清水冠者義高(義基とも)を鎌倉へ送り、頼朝も大姫をその許婚とした。けれども結局、頼朝・義仲の両雄は並びたたず、義仲の敗死後、義高は殺された。幼心にも彼に親しんでいたのであろう、大姫はノイローゼのようになってしまった。娘が不憫でならない頼朝は、日本一の婿をとろうとした。すなわち、彼女を入内させようとしたのである。しかし、このことを兼実に相談するわけにはいかない。むしろ天皇の乳母を妻としている通親に気脈を通じたほうが成就しやすい。というわけで、兼実と頼朝の連携に隙が生じた。兼実の政敵通親はこの隙を見逃さなかった。彼は頼朝と兼実とが疎くなったのに乗じて、十七歳の天皇に関白兼実の失政を訴えて、彼を罷免させ、近衛家の基通をこれに代えさせた。建久七年十一月二十五日のことである。これを建久七年の政変という。慈円はその著『愚管抄』で語る。

同(建久)七年ノ十一月廿三日ニ、中宮(兼実女後鳥羽天皇中宮任子)ハ八条院ヘイデ給ヒニケリ。廿五日ニ、前摂政(基通)ニ関白氏長者ト宣下セラレヌ。上卿通親・弁親国・職事朝経トキコヘケリ。ヤガテ流罪ニヲヨバント、コノ人〳〵申ヲコナイケレドモ、ソレヲバ、ツヨク御気色エアラジトヲボシメシタリケレバ、云ツグベキ罪過ノアラバヤハサシテモ申ベキナレバ、サテヤミニケリ。

慈円も天台座主を辞し、代わりに後白河法皇の皇子梶井宮承仁法親王が座主とされた。『愚管抄』はこの人が在任わずか五か月で没したことを「アラタナル事カナト人云ケリ」と、憎にくしげに叙している。また、「カヤウニテアレド、内大臣良経ハ、サスガニイマダトラレヌヤウニテオハセシヲ」ともあり、良経は内大臣を罷免されることはなかったものの、おそらく籠居したのではないかと想像される。今まで花開いていた九条家の歌の花園、九条家サロンは閉ざされた。

良経の家集『秋篠月清集』で、

曇りなき星のひかりをあふぎてもあやまたぬ身をなほぞうたがふ

照らす日をおほへる雲のくらきこそ憂き身に晴れぬしぐれなりけれ

などの作をふくむ「西洞隠士百首」という作品群は、このころの詠と考えられるのである。慈円の、

おしなべて日吉のかげは曇らぬに涙あやしききのふけふかな　(『拾玉集』)

という作も同様であろう。

九条家と命運をともにする同家の家司定家にとっても暗い日々が続いたことであろう。政変の翌年である建久八年

（一一九七）の作としては、わずか二首の歌が知られるにすぎない。

そのうちの一首は、『明月記』建久八年八月十六日、駒牽の公事にしたがって退出したのち、右中弁藤原資実に送ったものである。すべて漢字で宣命書のごとく表記されているが、これを書きあらためてみると、次のようになる。

　　立ち馴れし三世の雲井を今さらに隔てて見つる桐原の駒

資実は次のような返歌をしてきた。

　　時の間の隔てなるらむ立ち馴れし雲井に近き桐原の駒

定家の歌での「三世の雲井」とは、高倉・安徳・後鳥羽の三代をさしているのであろう。そして「桐原の駒」（信濃国桐原牧の馬）はとりもなおさず定家自身でもあろう。彼は建久二年の八月十六日、やはり駒牽の引分の使者として、当時後白河法皇がいた嵯峨の栖霞寺に参ったさいに、

　　嵯峨の山千代の古道あととめてまた露分くる望月の駒

と詠じた。平安初期における嵯峨行幸の故事（『伊勢物語』に語られている）を思い、公事に奉仕しているわが身の晴れがましさを感激をもって歌っているのである。その感激は父俊成のものでもあった。『長秋詠藻』にもその折のことがくわしく記されている。

それから六年たった。同じ八月十六日同じ公事に奉仕しているけれども、事態はすっかり変わってしまっている。主家は悲運に沈み、それに連なるがゆえに宮中からもへだてられている自身の前途は、暗澹たるものでしかない。そういう気持ちがこの一首となったのであろう。それにたいし、かつて歌莚を同じくしたこともある知友資実は、「それはほんの少しへだてられているだけですよ」となぐさめた。彼は後鳥羽・土御門・順徳天皇の側近でありつづけた、

学者（儒者）の家出身の弁官である。

もう一首は、『拾遺愚草』下の秋歌に見いだされるものである。

建久八年秋歌あまたよみける中に

ながめつつ思ひしことのかずかずにむなしき空の秋の夜の月

「秋歌あまたよみける」という詞書が注目される。この叙述はこの年の秋、定家は多くの秋の歌を詠んだのであるにもかかわらず、家集にはこの一首しか書きとどめていないということを意味する。それは、それらの作の多くが、あまりにもはげしいやり場のないような悲しみや激越な憤りに満ちたものなので、公表をはばかった結果、捨てられたのではないかという想像をも起こさせるからである。

建久七年の政変以後正治のはじめまで、九条家と御子左家は暗雲のもとに逼塞していた。

春の夜の夢の浮橋

九条家の失脚にともなって定家が無用者のような意識をいだいていた建久年間の末、俊成・定家父子に久しぶりに詠歌の機会があたえられた。仁和寺御室守覚（しゅかく）法親王が五十首歌会を思いたち、彼ら親子の参加を求めたのであった。建久八年（一一九七）十二月五日の『明月記』にいう。

少輔入道（寂蓮（じゃくれん））来たる。一日召しに依り仁和寺宮に参れり。仰せに云はく、五十首和歌を詠まんと欲す、定家父子詠進すべきの由相示すべしてへり。時と云ひ、身憚（はばか）り多しと雖も、此の事を聞き、左右無く領状す。宮の御事更に他事に似ず。

守覚法親王のもとには六条家の顕昭(けんしょう)がしばしば出入りし、著書などをも献じているが、俊成も家集『長秋詠藻』を献上するなど、以前から知遇を得ていた。法親王の父後白河法皇や同母妹式子(しょくし)内親王と俊成との密接な関係を考えれば当然のことであろう。

定家のこの五十首歌には興味深い資料が残されている。それは五十首の草稿と考えられる詠草に、なにびとかが批評添削を加えたものの写しである。草稿といってもかなり定稿に近いと思われるが、それでも結局定稿では捨てられた作もふくまれている。批評添削をしているのはおそらく父俊成であろう。それらを検討することによって、定家の表現形成の過程、そのさいにはたらいた創作心理などをいきいきと追うことが可能である。

わずか五十首の作品群ではあるが、完成度は高く、後年『新古今和歌集』に選ばれた作は六首を数える。それらをふくめ、秀逸を掲げてみる。

　大空は梅のにほひにかすみつつ曇りもはてぬ春の夜の月

春の夜の大気は梅の芳香で満たされ、おぼろにかすんで、その霞を通して月が見える。そういった夢幻的なまでの良夜を歌った。「大空は梅のにほひにかすみつつ」という言葉続きが大胆である。下句は、大江千里(ちさと)の『句題和歌』で、

　不レ明(ニアラ)　不レ闇(ニアラ)　朧朧(タル)月　　不レ暖(カナルニアラ)　不レ寒(キニアラ)　慢慢(タル)風

という白楽天の詩句を翻案した、

　照りもせず曇りもはてぬ春の夜のおぼろ月夜にしくものぞなき　（『新古今和歌集』春上）

という著名な歌の本歌取りである。そして、この千里の歌句は、『源氏物語』花宴の巻で、源氏の恋人となる朧月夜

の尚侍が口ずさむものでもある。その艶な気分は千里の歌をとった定家の作にも揺曳しているであろう。

霜まよふ空にしをれし雁がねの帰るつばさに春雨ぞ降る

帰雁を歌った作である。「霜まよふ空」というのは、霜がおきまよった空、霜がひどく降って鳥がかよう空のなかの道もわからなくなってしまった冬の空の意であると思われる。そのような空を飛んでしおれていた雁のつばさを、今は暖かい春雨がぬらしている。そのなかを雁は故郷の北国へ帰っていくのである。冬から春への季節の移り変わり、それを端的に示す天象の変化がとらえられている。

春の夜の夢の浮橋とだえして峯に別るる横雲の空

定家の歌のなかでもおそらくもっとも著名な作で、あるいは『新古今和歌集』の代表作といってもよいかもしれない。

春の歌である。春の夜、見つづけていた夢がとぎれた。横に細く長くたなびいた雲が峰に別れて空高く立ち昇っていく。『枕草子』の冒頭で清少納言が「春はあけぼの」とたたえた春曙の趣を歌った歌である。が、そこにはさまざまな文学作品の表現がブレンドされているのである。

まず第一に「夢の浮橋」というのは、『源氏物語』五十四帖の最終巻の巻名である。この巻でこの長篇物語は、それこそ見果てぬ夢のごとく、かつて愛しあった男と女――薫と浮舟が別れたまま、ふっつりととぎれたように終わる。そしてまた、不安定な通い路の比喩として、「夢のわたりの浮橋」といういいかたが、同じ『源氏物語』の薄雲の巻に見いだされた。そこには、

世の中は夢のわたりの浮橋かうちわたりつつものをこそ思へ

という歌が引歌とされていると考えられている。この句は『狭衣物語』でも用いられている。九条兼実を追いおとした源通親には、高倉院の近臣であった時代の著作として、すでに述べたように『高倉院厳島御幸記』と『高倉院昇霞記』という二篇の仮名日記があるが、それらには「夢の浮橋降りたる心地」(譲位の比喩)とか「聞くも夢の浮橋の心地のみして」(高倉院の臨終近くのありさまを聞いて夢ではないかという気持ち)といった表現が見いだされる。定家のこの歌での「夢の浮橋」は、これらさまざまな作品での表現の累積のうえに考えられたものであろう。

次に、「峯に別るる横雲の空」という下句に、壬生忠岑の、

風吹けば峯に別るる白雲のたえてつれなき君が心か　(『古今和歌集』恋二)

の古歌が本歌として用いられていることは確かであろう。が、それとともに、「横雲の空」の句が、かの『六百番歌合』の「春曙」の題で定家があわされた、

霞立つ末の松山ほのぼのと波にはなるる横雲の空

という家隆の作の模倣であることもほとんど疑いない。定家は好敵手の佳句を踏襲しつつ、それをしのぐ山居での春曙の趣を仮構しようとしているのである。

そしてまた、中国の巫山にかかる朝雲は、暮雨とともに、王の夢にあらわれて契った神女の化現であるという故事が、『文選』の「高唐賦」ならびに「神女賦」に語られているのである。それゆえに、春の曙、「峯に別るる横雲」は、たんなる自然の景というよりは、一夜愛しあった男と女の後朝の別れの暗示であり、寓意であるとも考えられてくる。それは『源氏物語』全体の世界の主題ともかかわってくるであろう。この一首はそのようにきわめて物語的な意味あいをこめ、耽美的な恋歌の趣にもかよう春の歌なのであった。

後世におけるこの作品にたいする評価が常に芳しかったとはいえない。定家の孫にあたる藤原為顕（ためあき）の歌論書『竹園抄（ちくえんしょう）』では、道理の通らないという歌の病（欠陥）として、乱思病（らんしのやまい）なる病を説き、その例歌に、名歌であるとしながらもこの作をあげているのである。のちに『新古今和歌集』が撰ばれると、この作は先の家隆の「霞立つ」の詠と並んで入れられるのであるが、淡彩色の絵のような家隆の作をむしろよいとする人も当然あるであろう。けれども、定家のこの作がこの時代に愛された文学的表現を凝縮したものであり、その意味において、この時代の和歌を代表するものであることは疑いないのである。

夕暮はいづれの雲のなごりとて花たちばなに風の吹くらむ

これはきわめて難解な歌である。花橘を詠んだ夏の歌であるが、まず橘は、

さつき待つ花たちばなの香をかげば昔の人の袖の香ぞする　読人しらず　（『古今和歌集』夏）

という古歌によって、懐旧の思いをさそう景物であるということをおさえておく必要がある。それから、和歌での雲や霞は、しばしば人のなきがらを荼毘に付した煙が立ち昇ってできたものとして歌われる伝統があるということが思いだされる。

ふるさとに君はいづらと待ち問はばいづれの空の霞といはまし　（『後撰和歌集』哀傷）

見し人のけぶりを雲とながむればゆふべの空もむつましきかな　（『源氏物語』夕顔の巻）

雨となりしぐるる空の浮雲をいづれの方とわきてながめむ　（同・葵の巻）

などはその例である。定家のこの歌も、それら和歌表現の伝統にそって解すべきであろう。

「初夏の夕暮れは、花橘に風が吹いて、かぐわしい香りを運んでくる。その香りは昔なれ親しんだなつかしい人の

袖の香を思いおこさせる。すると、この風はどこの空に漂う雲のなごりの風であろうか。もしかして昔の人の荼毘の煙が凝った雲から吹いてきた風なのではないだろうか」――だいたいこのような重畳した意味のたたみこまれた歌と考えられる。

ひとり聞くむなしき階に雨落ちてわが来し道をうづむこがらし

「むなしき階」とは漢語「空階」をやわらげたいいかたで、人のいないがらんとしたきざはしの意である。独りそのようなきざはしにしたたる雨の音を聞いている「わたし」は旅人なのであろう。その「わたし」が旅してきた道は、こがらしが吹き散らした落葉で埋まってしまっている。さびしい異郷での秋のおわりの風景である。

はじめに言及した評語入りの本五十首の草稿の写しに、「此新賦ハ吉候」という短い評語が添えられている。この歌は『和漢朗詠集』の次の詩句の面影を詠んだものなのである。

三秋而宮漏正長　空階雨滴
万里而郷園何在　落葉窓深

これは「愁賦」という詩賦の一部であるという。その全体は失われて、この対句しか伝えられていない。定家が愛唱してやまない詩句であった。すなわち、『明月記』文治四年(一一八八)九月二十九日の条に、次のように記されている。

天陰り、夜に入りて雨降る。良辰徒らに暮れたり。黙止し難きに依り、黄昏殷富門院に参り、大輔と清談す。漸く亥の時に及び、無人寂寞たり、退出せんと欲するの間、忽ち門前に松明の光有り、参入の人有り。内外相驚く。権中将(公衡)参入せるなり。語られて云く、已に寝に付かんと欲するの間、庭前の木葉忽ち落ち、嵐の音を聞き、遂に寝ぬる能はず、忽ち出でて騎馬参る所なり。人候べからざるの由を存ずるの間、件(くだん)の車を見て感涙相催すの由なり。女房感悦し、掌灯を更(か)へ、連歌・和歌等、新中納言・尾張(をはり)等相加はり、種々狂言等あり。雞鳴(けいめい)数声に及び、雨漸く滂沱(ばうだ)たり。遠路天明けなば不便の由急ぎ出でらる。猶(なほ)徘徊し、「空階に雨滴る」の句数返、笠を借り退出し、蓬門(ほうもん)に帰り、天漸く曙(あ)けたり。

感傷的な文学青年であった定家や公衡と、彼らのよき話し相手であった年上の女性殷富門院大輔の風貌が躍如とする文章であるが、ここで定家はこの詩句を口ずさみながら雨のなかを帰宅するのである。そこには同じ詩句を口ずさんでいる『狭衣物語』の主人公を気取るポーズもあるのかもしれないが、この悲しい情感を深く愛していたからであろう。その夜、ともに語った公衡はもはや故人である。「ひとり聞く」と詠じた定家は、きっとこのなき親友を、そしてまた彼とほとんど時を同じくして死んだ母を思いおこしていたのであろう。

そなれ松こずゑくだくる雪折れに岩うちやまぬ浪のさびしさ

冬の海辺の風景である。そこには潮風に吹きたわめられた磯(そ)なれ松が生えている。雪折れでその梢は無残にも砕けている。そして寄せては返す波もあたっては砕け、あたっては砕けて、永劫に岩を打つことをやめようとはしない。「浪のさびしさ」という結句などは評価の分かれるところかもしれない。「さびしさ」という語を使わずにさびしさをあらわすべきだという意見も出そうであるし、この体言止めを好まない人もいるであろう。が、このような風景をとらえる定家の目は、西行のそれにかようものがあるようにも思われるのである。すなわち、『山家集』や『山家心中集』には、

浦近み枯れたる松の梢には波の音をや風は借るらむ

という、さびしい風景を詠じた作がある。定家の作はそれに一脈かよいながら、しかも自然を支配する時間の永劫性を歌いえていると考えられる。

　あす知らぬけふの命の暮るるまにこの世をのみもまづなげくかな

「述懐三首」の最初の歌で、本歌は、

　紀友則（きのとものり）が身まかりにける時よめる　　紀貫之

　あす知らぬわが身と思へど暮れぬまのけふは人こそかなしかりけれ　（『古今和歌集』哀傷）

である。おたがいに「あす知らぬけふの命」、無常な存在なのであると自覚しつつ、その無常であること自体よりも、一日の「暮るるま」にも似た短い「この世」での不幸不運がまず嘆きの種なのである。目先のことにとらわれている人間の愚かしさ、そしてそれに気づいていながら依然としてそのとらわれた心から自由になれないあわれさがしみじみと歌われている。おそらくこのころの作者の偽らざる心境であろう。

　わくらばにとはれし人も昔にてそれより庭の跡は絶えにき

「閑居二首」のうちの一首。「たまたま人に様子を尋ねられたのも昔のことで、それ以来人のかよう庭の道筋はすっかり絶えてしまった」という、世間から忘れさられてしまった閑人のさびしいわび住まいの趣を歌ったもの。第一、二句が在原行平（ゆきひら）の、

　わくらばに問ふ人あらば須磨の浦に藻塩たれつつわぶと答へよ　（『古今和歌集』雑下）

を念頭においていることは確かであろう。ところで、行平のこの歌は「田村の御時に、事に当りて、津の国の須磨といふ所に籠り侍りけるに、宮のうちに侍りける人につかはしける」という詞書をもつものである。それを意識してわ

び人の閑居を歌う定家の心情は、おそらく行平のそれに近かったであろう。添削者はこの歌を「殊甘心(ニ)」と評している。彼には作者のそのような心情がわかりすぎるほどわかっていたにちがいない。

わたの原浪と空とはひとつにて入る日をうくる山の端もなし

「眺望二首」の二首目、この五十首の巻軸の歌、最終の歌である。渺茫と広がる大海原の落日を歌った。初案は「海原や」であったのを、俊成と思われる批評者の意見にしたがって「わたの原」と改めたようである。先に「そなれ松」の作では時間の永劫性を歌った定家は、ここでは虚無的なまでの広漠たる空間を歌う。それは先にみた、「韻歌百廿八首和歌」での、大空を歌った「形見かは」の作にもかようものがあり、さらに探れば、白楽天の新楽府(しんがふ)「海漫漫」の世界を想起させる。みてきたように、この五十首には全体的に王朝物語とともに、漢詩文によってもたらされた浪漫性が顕著なのである。

けれども、そのような定家の教養や好尚を育成した九条家の団居(まどい)は、閉ざされていたのである。

正治初度百首の詠進まで

建久九年(一一九八)一月十一日、後鳥羽天皇は四歳の東宮為仁(ためひと)親王に譲位した。すなわち、土御門(つちみかど)天皇である。土御門通親(みちちか)が新帝の外戚として勢威をふるう時機が到来したかにみえた。けれども、十九歳になった後鳥羽院はしだいに通親に制約されることなく、院政の主として主体的に行動する帝王に成長していった。建久七年の政変以来逼塞していた良経をふたたび政界にひっぱりだしたのも、宮廷和歌の振興につとめたのも、そのような主体性のあらわれであろう。

もっとも、毬杖や蹴鞠などに熱中していた後鳥羽院が和歌にも興味をいだくようになったについては、やはり通親そのほかの側近の影響があるかもしれない。通親は歌人をもって任じていたようであるし、少年時代の後鳥羽天皇に近かった梶井宮承仁法親王（後白河法皇の御子）も歌心はあったとみられるから、彼らが帝王学のひとつとしての詠歌を勧めたことは想像できないでもない。彼らは後鳥羽天皇の鞠のお相手役として、鎌倉幕府に仕えていた藤原（飛鳥井）雅経をよびかえしたが、この雅経は俊成と親しい刑部卿頼輔の孫で、祖父同様歌詠みでもあった。また、源家長も承仁法親王のもとから後鳥羽天皇に近仕するにいたったのであるが、彼ものちには歌人として活躍する。このような環境にあり、これらの人びとにとりまかれていた後鳥羽院が歌を詠みはじめたのは自然である。

だが、詠歌を好み、しかもすぐれた才がなければ、永続きはしなかったであろう。院は詠歌が面白くなり、今まで心を奪われていたスポーツ同様、これに熱中するようになった。院は歌才にも恵まれていたのである。その様子をみていた通親らは、堀河天皇や崇徳院そのほかの天皇が試みたように、群臣らから百首歌を召すことを勧めたらしい。正治二年（一二〇〇）のことである。このようにして立案されたのが、『正治二年院初度百首和歌（正治初度百首）』であった。

定家がこの百首歌の計画を義弟の藤原（西園寺）公経から知らされたのは、正治二年七月十四日のことであったらしい。十五日の日記に、

宰相中将示し送る事等有り。其の内院百首の沙汰有り、其の作者に入れらるべきの由、頻りに執り申すなりと。若し実事となさば、極めて面目本望となす、執奏の条返す返す畏まり申すの由返答し了んぬ。（中略）昨日の百首の事僻事なり。全く其の人数に入れられず。是存の内なり。

と記している。定家ははじめから喜んだり、失望したりさせられている。

十八日の日記にはくわしい事情が記されている。

> 十八日、天晴る。早旦内供来臨す。請ふに依りてなり。院百首作者の事、相公羽林(宰相中将の意、公経)に相尋ねん為なり。昨日消息を以て之を示す。返事に云はく、事の始め御気色甚だ快し。而るに内府(源通親)沙汰の間、事忽ち変改し、只老者を撰んで此の事に預ると云々。古今和歌堪能、老を撰ぶ事未だ聞かざる事なり。是偏に季経の賂に眄して、予を弃て置かん為に結構する所なり。季経・経家彼の家の人なり。全く遺恨に非ず。更に望むべからず。但し子細密々之を注し、相公の許に送り了んぬ。漸々披露の為なり。存知すべきの由返事有り。

季経は六条家の藤原季経。顕輔の末子である。経家は顕輔の子重家の息。ともに『六百番歌合』の作者でもあった。季経は、定家の母がなくなったときは、すでに述べたように弔問の歌を送ってきたりもしているが、定家とはしっくりしなかった人である。この年の四月、季経は、定家が「季経のようなえせ歌詠みが判者となる歌合に参加するのはいやです」といったと、ひどく怒って、その不当を良経に訴えたらしい(正治二年四月六日の条)。定家は名指しで季経をそしったりはしなかったのであろうが、そのように解されてもしかたのない仮名状を書いたことは事実であるようだ。そんなこともあって、定家にふくむところのある季経は、定家を作者からはずそうとして、実力者の通親に賄賂を贈り、通親はそれにうごかされて、作者に何歳以上という年齢制限をもうけたというのである。これは定家の推測もまじっているだろうから、通親が本当に季経にうごかされたのかどうかはわからない。が、作者に若い(といっても定家はこの年に三十九歳である)者を入れないという条件をつけようとしたことは確かであろう。

定家はそんな百首に参加しなくてもいいと強がりをいっているものの、やはりしゃくにはさわるので、事情(おそらく季経との前まえからのいきさつなどであろう）をしたためて、公経のもとに送った。公経を通して上聞に達することを期待したのであろう。

七月二十五日には隆信が百首歌につき相談のためやってきた。定家は「弃て置かるるの身更に其の沙汰に及ばざるか」とすねて、会おうとしなかったらしい。これより先、二十二日の夜、歌僧の覚盛がきたとき、病と称して会わなかったのも、あるいは似たような気持ちからであろうか。覚盛も通親や季経に近い人物のようである。

二十六日には、公経のもとを訪れている。

　宰相中将の許に向かふ。即ち出で逢はる。所労有りて、以つて両三日出仕せずと云々。委しく院の御気色趣等を示され、思ふ所を達して退帰す。時に亥の時許。此の百首の事凡そ叡慮の撰に非ずと云々。只権門の物狂なり。弾指すべし。

定家はやはりあきらめきれないのである。それで公経に憤懣を訴えたのであろう。そして、この百首歌の人選が院の意思によるものでなく、「権門」、通親あたりの所為であることを確かめて、それを非難することによって腹の虫をおさめようとしているのである。

そこで、ついに老俊成が仮名奏状を提出するにいたったのである。この文書は「正治二年俊成卿和字奏状」「正治仮名奏状」などとよばれて、現存する。

まず最初に、俊成は今回の百首歌の計画を、歌道の復古ととらえて、慶祝する。

　神の代よりこの国の風俗としてこの道興り候へば、世の中も治まり、めでたき例にて候へば、このためめでたく、うれしき事に候。

ついで、老人からのみ歌を召されるということで、おかしな歌を詠む手合いがはいっているが、『堀河百首』や『久安百首』など、今までの百首の例をみても、作者を老人にかぎるという例はないと述べて、ここでわが子定家を加えられるべきことを強調して、次のようにいう。

それに定家は既に四十に近くまかりなりて候。歌の道におき候ひては心やすく見給へ候へば、入道まかりかくれ候ひなんのちは、歌の判にも候へ、もしは撰集にも候へ、もしわが君もこの道御沙汰候はば、さりとも折節の召しにはまかり入り、召しもつかはれ候ひなんとこそ思ひ給へ候ひつるを、この度の召しにまかり入らずなり候ひにける、思はざるほかの憂へ歎きに候なり。

そして、定家がいかに新しい歌を詠もうとして努力し、それをそねむ連中が彼を誹謗しているかを述べる。

おほかた、さたの判も集も撰び候はんずることも、わが歌をよくよみてのうへの事にて候。この比歌よみ候と名乗り候者どもは、みなちうの者どもに候。よみ出でて候歌は聞きにくく候。言葉多く、品々あやしくのみ候により候ひて、定家は、かつは姿を変へ、詞づかひ言ひちらし、古歌によみ合せ候はじとおもしろくつかまつり候を、この歌よみ候者どもは、おのづからよろしく候時はひとへに古歌、又ただことばのあやしきをのみよみ候ままには、これをそねみ候ひて、別の字など名を付けて候ひて、かまへてあしざまに人にも申し歩き候なり。

「別の字など名を付けて」というのは、六条家の連中が定家たちの新風和歌を新儀非拠達磨歌(しんぎひきょのだるまうた)とあだ名したことをさしているのであろう。これは定家自身はるかのちに『拾遺愚草員外』に書きつけていることでもある。

文治建久より以来、新儀非拠達磨歌と称し、天下貴賤の為に悪(にく)まれ、已に棄て置かれんとす。

「新儀」というのは新しいやりかたの意、「非拠」とは拠りどころのないことの意である。万事伝統を尊重するこの時代においては、新儀も非拠も糾弾されるべきことであった。そして「達磨歌」とは、当時難解とされた仏教の達磨宗(密宗)の教義、わけのわからない歌という意味の、誹謗中傷に類するあだ名だったのである。

このあと、俊成は今はなきかつてのライヴァルである清輔や藤原教長(のりなが)、そして当の定家の敵である季経を名ざしで、具体的事例に則しつつ、彼らがいかに物知らずで、見識がないかを痛罵している。そして、院が季経などの言にまどわされることなく、先例の百首の作者の人数にもこだわらずに、定家を加え、藤原隆房や家隆をも加えるべきことを強く訴えたのである。

されば、定家は必ず召し入れらるべき事に候か。かれはよろしき歌、定めて仕り出で候ひなん。御百首のため大切のこととなん。これらはさらに子を思ひ候ても申さず候。世の為君の御為吉事(よきこと)候べきことを申し候。

仮名奏状の効果はてきめんであった。八月八日、定家は作者の人数に加えられた。

九日、(中略) 早旦相公羽林夜前百首作者仰せ下さるるの由其の告有り。午の時許長房(ながふさ)朝臣奉書到来す。請文を進(たてまつ)らせ了んぬ。今度加へらるるの条、誠に以て抃悦(べんえつ)、今においては渋るべからずと雖も、是偏に凶人の構なり。而るに今此の如し。二世の願望已に満つ。

十日、(中略) 家隆、隆房卿又題を給ふと云々。是皆入道殿申さしめ給ふ旨なり。五六度頭中将(源通具(みちとも))に付きて内府に達するも、人数定められ、加へ難きの由答ふ。仍りて仮名状を進らせらる。出御の間、使ひ書を持して参入の間、上北面を以て直に召し取りて御覧じ、即ち三人を加へらる。親疎を論ぜず道理を申さると云々。

十三日には文学の神である北野天神に参詣し、「自歌一巻」を奉納した。「先日参詣、先日の祈願已に以て満足せり。仍りて重ねて詠進する所なり」とあるのによれば、日記には作者に加えられることをあきらめているように書いていながらも、やはりあきらめきれず、祈願していたので、この日の参詣はこのお礼参りを意味していたのであろう。

この百首歌にとりかかったのはいつごろか。それはよくわからないが、二十日は「詠歌辛苦、門を出でず」という状態であった。

二十三日に、明日提出せよという右中弁(藤原長房)奉書があって、あわてて俊成のもとに参り、まだ二十首たりない状態で詠んだぶんを校閲してもらった。俊成は、皆無難だから早く詠進せよといった。このとき、俊成の作も示されて、意見を述べて帰っている。二十四日に残りを詠んだらしい。未の時、法性寺殿に参上、良経(よしつね)に見てもらい、夜には兼実(かねざね)に見てもらっている。二十五日にも兼実の前で手直しして、校閲してもらい、良経と相談して書いて、秉燭(へいしょく)(灯ともしごろ)以後院に持参、右中弁長房に託して詠進をおえた。

翌二十六日、頭弁(藤原資実(すけざね))が書状を送ってきて、定家の内昇殿をゆるすむね仰せ下されたと知らせてきた。

このようにして、この百首歌は後鳥羽院が歌人としての定家を認識し、その歌才に傾倒する端緒となった。

「あしたづ」の父子

定家のこの百首歌には、そのうち「鳥」という題の五首を書き、定家が自らその創作意図を注記し、俊成の助言を請い、これにたいして俊成が意見を記した、一枚の書状が残されている。このように往信の行間に返信をしたためた書状を勘返状(かんぺんじょう)という。これまで『明月記』の記述をたどりながら追ってきた詠進の過程のなかにこれを入れて考えると、おそらく、八月二十三日以後、二十四日ごろ、定家がしたためて俊成のもとに届けられ、俊成は使いを待たせてそれに自分の意見を書きそえ、ないしは合点を加えて、ただちに返したものであろう。これは「鳥五首」に定家がどのような思いをこめようとしたかを雄弁に物語っている資料で、きわめて貴重である。

「鳥五首」の最初は、

宿に鳴く八声(やこゑ)のとりは知らじかしおきてかひなきあかつきの露

という、鶏を歌ったもので、定家はそのかたわらに、

朝綱卿詩云(ニク)

家鶏不(ハ)ㇾ識(ラ)官班冷(ノすさまジキヲ)　依(リ)ㇾ旧(ニ)猶催(シ)報暁声(ヲ)

と、大江朝綱(あさつな)の出典未詳の詩句を書きつけている。この詩句にもとづき、鶏は時をつくるが、早起きをしてもその甲斐のない閑人(無用者)の嘆きを歌った作であることが知られる。

第二首目は、

君が代にかすみをわけしあしたづのさらに沢べの音(ね)をや鳴くべき

という、鶴を詠じた歌である。これについては注記がまったくないが、先にも述べたように、二十四歳の定家が自分のことをからかった少将源雅行(まさゆき)を脂燭で打って除籍されたのち、俊成が切々たる思いで提出した申文(もうしぶみ)の歌、

あしたづの雲路まよひし年暮れてかすみをさへやへだてはつべき

と、それにたいする左少弁藤原定長(さだなが)の、

あしたづはかすみを分けて帰るなりまよひし雲路けふや晴るらむ

という返歌を念頭においた作であることはあきらかである。さらに、つい先ごろ俊成が提出した「正治仮名奏状」も、

和歌の浦の芦べをさして鳴くたづもなどか雲居に帰らざるべき

という歌で結ばれていたのであった。

それらの歌を背景とし、さらに、

鶴九皐（きうかう）に鳴く、声野に聞ゆ。

という『詩経』小雅・鶴鳴の心などをあわせ考えると、この作は、「後鳥羽院の御代に昇殿をゆるされたわたしが改めて今上天皇（土御門天皇）の御代では地下の嘆きをしなければならないのでしょうか」と、愁訴したものであると知られる。

その次ははし鷹（ハイタカ）の歌で、

手なれつつすゑ野をたのむはしたかの君の御代にぞあはむと思ひし

と歌い、

文治の比、禁裏御壺に鶏を飼はれ、近臣を以て結番せらる。其の事に供奉す。長房（ながふさ）・信清（のぶきよ）・範光（のりみつ）・保家（やすいへ）・定家。

之に依りて之を詠ず。

と注記している。後鳥羽院の幼帝時代、たぶん好んでいた鶏合（とりあわせ）用のものであろうが、その養鶏の世話掛として奉仕したことを思いだして、鶏はすでに歌ってしまったから、鷹狩用のはし鷹に変えたのであろう。そして、自分が藤原長房以下の今を時めく寵臣たちと同様、昔から院に忠勤これつとめてきたことを暗に寓しているのである。

その次は、雁の歌で、

いかにせむつら乱れにしかりがねのたちども知らぬ秋の心を

と詠む。近衛職（このえしき）の唐名を「羽林（うりん）」というから、この列に遅れて飛びたてないでいる雁がねは、いつまでたっても左近衛府の少将で、中将に昇任できない自身をたとえたものと知られる。

そして最後は千鳥の歌。

わが君にあぶくま川のさよ千鳥かきとどめつるあとぞうれしき

昔から文字を、砂地などにしるされた鳥の足跡、とくに千鳥の足跡になぞらえる習慣があった。それにより、後鳥羽院の御代に会い、百首歌の作者に加えられた喜び、というかお礼を述べている。この一首だけが喜びの述懐となっている。

このように「鳥五首」の作を書きつけたのちに、定家は次のように自分の考えを披瀝した。

鴈・千鳥已に停止候と云々。然れども此の二首殊に大切に思ひ給へ候。此の外凡(およ)そ構へ出すべしとも覚えず候。制の仰せただそらしらずしてや候べからむ。凡そは述懐題を以て止めらるる題に述懐の心を詠む、旁(かたがた)其の憚(はばか)り有りと雖も、此の鳥の題凡そ一切叶ふべからず候の間、此の如く詠み候。又偏に狭事を以て先と為すは道の為遺恨候の故なり。

これによると、「鳥の題で雁や千鳥のようなありふれた鳥は詠むな」といったたぐいの後鳥羽院の意向を定家はもれうけたまわっていたのであろう。だいたいにおいて、「十題百首」のような詠物題への関心をあからさまに示した組織ならともかく、春・夏・秋・冬・恋・旅・山家・祝という、一般的な歌題のなかで、「鳥」という題は変わっている。ここにはおそらく出題者のなんらかの意図が秘められているだろう。そしてその出題者がだれであるかはまったくわからないのであるが、この百首歌の立案推進の過程から考えて、俊成などでないことはほぼ確かである。すると、源通親(みちちか)か、通親の家人のような存在であったらしい六条家の季経(すえつね)あたりではないだろうか。

ところで、その季経には、現存しないが、『枕草子注』という著書があった。定家ものちには『枕草子』を書写しているが、六条家の歌人たちは、おそらく歌学書のような意識でこの作品を読んでいたのではないであろうか。その『枕草子』には「鳥は」という段がある。そして、『正治初度百首』での各作者の鳥の歌を読むと、あきらかに『枕草子』に取材したとみられる作が存するのである。これらのことから、本当の出題者は各人が珍しい素材をどうこなすか、その点を競わせようという、かなり技巧的なというか、いわば職人的な技の面白さをねらってこの題をもうけ、その意図がよくわかっている形式上の出題者たる院も、ここで雁や千鳥などを詠むなと制したのであろう。

定家にもそれはわかっている。しかし、同時にそのことに反発しているのである。「鳥」で当然歌に詠まれるべき雁や千鳥などの優雅な鳥をさしおいて、鳥や雀、さては鸚鵡や鳳凰など珍禽・奇鳥のたぐいを詠む必然性があるだろうか。それは「狭事」を優先することである。普遍を閑却視して特殊を追求することである。そしてまた、今回は「述懐」という題がもうけられていない。けれども、わたしは述懐したい(いつまでも地下で滞っている愚痴を訴えたい)。それをこの「鳥」の題であえて試みようとして、院の「制の仰せ」を知らなかったふりをしてこう詠んでみたのですが、いかがでしょうか。定家はそのように俊成に相談したのである。

それにたいして、俊成はほとんどすべて息子の考えに同意した。すなわち、五首の歌に合点を付し、「ただそらしらずしてや候べからむ」の部分、「又偏に狭事を以て……」の部分にも合点を加え、さらに、

内府歌(だいふのうた)述懐多リキ

と書きくわえている。俊成が請われて下見した通親の歌にも述懐的な詠みかたをした作が多かったから、大丈夫だというのであろう。ただ、「鴈と鷹の間一を止めらるべきか」と指示している。「手なれつつ」と「いかにせむ」の二首

のうち、どちらかひとつをほかの作にしたらよいという指示であるが、定家は結局それにもしたがわず、順序を一部入れかえるだけで詠進したのである。そして、内昇殿をゆるされるという栄誉を得たのであった。

このように、述懐として歌われた鳥の歌五首は、定家の期待した以上のすばらしい現実的効果を発揮したのであったが、歌として芸術的、文学的にすぐれているものとしては、むしろ以下のごとき作をあげるべきであろう。

　梅の花にほひをうつす袖のうへに軒もる月の影ぞあらそふ

梅の花が芳香を放って咲いている。そのにおいは「わたくし」の袖の上に移る。袖は感傷のあまりこぼす涙にぬれ、かおりはしめりけをおびた袖に移りやすくなっているのである。そしてそこに、においと競うかのように、荒れた軒端をもれてさしこんでくる月の光が映る。これはさながら、男が去年の春を思い起こして、「月やあらぬ春や昔の春ならぬ」と嘆く『伊勢物語』第四段の世界である。

この作と隣りあわせている、

　花の香のかすめる月にあくがれて夢もさだかに見えぬころかな

という歌も、先にのぞいた『明月記』のはじめ近い記事、治承四年（一一八〇）二月十四日の夜の体験などを思いださせる歌である。そしてまた、先に述べた若書きの作り物語、『松浦宮物語』のある場面にも通じる夢幻的世界でもある。

　駒とめて袖うちはらふかげもなし佐野のわたりの雪のゆふぐれ

「佐野のわたり」は紀伊国の歌枕である。馬をとどめて袖に降り積もった雪を払う物陰もない。一面の銀世界である佐野のわたりに暮色が迫ってきた。

『万葉集』巻三に収められている、長忌寸奥麿の、

苦しくも降り来る雨か神が崎狭野の渡りに家もあらなくに

という羇旅歌の本歌取りとして知られる。本歌での雨を雪に変えたところが巧みである。

このときには、ほかにもすぐれた冬の歌が詠まれている。たとえば、

山がつの朝けの小屋にたく柴のしばしと見れば暮るる空かな

という、山家の冬の短日を歌った作、

ながめやる衣手寒く降る雪に夕やみ知らぬ山の端の月

と、雪に「すさまじきもの（興ざめなもの）」と古来いわれてきた冬の月をとりあわせたもの、

白妙にたなびく雲を吹きまぜて雪にあまぎる峯の松風

という、はげしいうごきのある冬の天象をとらえた詠などである。

松が根をいそべの浪のうつたへにあらはれぬべき袖のうへかな

これは恋十首の第二首目で、のちに『新勅撰和歌集』に自撰している作である。磯辺に寄せる海の波が、そこに生えている松の根を打ちつづけるので、根は波に洗われ、現れてしまっている。そのような風景を、涙に袖は洗われ、忍んでいた恋心が顕れてしまったことへと転じていく。その場合、「松」は「待つ」を、「浪」は「涙」を暗示しているのである。

これらのほかにも、定家の新しい心とさえた表現技法をうかがわせる作は少なくない。おそらく後鳥羽院にしても、それらに魅了され、そのうえで「鳥五首」での述懐に同情して、定家の内昇殿をゆるしたのであった。

定家が努力したことは事実である。が、それ以上に俊成が頑張ったのである。定家の「あしたづ」の歌もさることながら、俊成のこの切々たる夜鶴の思いが後鳥羽院に歌人定家を知らしめ、ひいては新古今時代を実現せしめたのである。

老若対抗の歌合

後鳥羽院の仙洞御所を焦点として、『正治二年院初度百首和歌』以外にも、『仙洞十人歌合』『院第二度百首和歌』そのほかさまざまな歌の催しがにぎやかに行われて、宮廷和歌が空前の活況を呈するうちに、正治二年は暮れた。明けて正治三年(一二〇一)は二月十三日に改元されて、建仁元年となる。この年一月二十五日に式子内親王がなくなった。

建仁元年の『明月記』は完存しない。一月・二月の記事はごくわずかの逸文が知られるにすぎない。そして、そのなかには一月二十五日の条は存在しない。一月のぶんは目下のところ二十九日と三十日の記事が知られるだけである。それゆえに、おそらく定家の精神形成にも無関係ではなく、ましてや歌人としての成長にもそうとう深いところで影響をおよぼしていることはほぼ疑いないこの内親王の死を、彼がどのように受けとめたか、それを直接知ることはできないのである。

一周忌の建仁二年(一二〇二)一月二十五日には、追善法要に参加している。

廿五日、天陰り、雨降り止む。午の時許東帯大炊御門旧院に参る。今日御正月(祥月命日、正忌)なり。入道左府(三条実房)経営せらると云々。彼の一門の人済々(おおぜい)たり。予衆に交らず尼に謁す。大納言殿(同母姉前斎院大納言、竜寿御前(りゅうじゅごぜ)退出す。今日此の院を出で左女牛(さめうし)の小家に住まるべし。仍りて車を借る。

と、その記事はきわめて実務的であって、彼の心の底をうかがうことはできない。けれども、この記事が、式子内親王建仁元年(一二〇一)一月二十五日没という事実そのものを立証する、目下のところ唯一の史料なのである。

後鳥羽院は後年、『後鳥羽院御口伝』において歌人式子内親王を高く評価している。したがって院もこの伯母の薨逝の報に接して感慨は深いものがあったであろうが、それはうかがい知るすべもない。

この年のはじめごろ、院はまたもや新たな歌の試みを企てつつあった。それは近臣たちに百首の半ば、五十首を詠進させる企てである。

仁和寺には『明月記』の自筆断簡が蔵せられている。そのなかに正治三年(建仁元年)一月二十九日から二月二日までの記事と考証されているものがある。たんに「廿九日」と書いて始まる記事に、春の除目で任官した定家の知人たちのことが書きとどめられてあり、それらがこの年の事実と合致するので、そのように考証されるのである。

この断簡によれば、一月二十九日、定家はしきりに責めたてられて、五十首歌を「形の如く書き連ね」て、夕刻持参し、家長(いえなが)に託して詠進した。そして、二月二日、参院して家長に会うと、彼は「今度の歌殊に宜しきの由沙汰有り」といったが、定家はそれをお世辞と受けとったのか、「此の言虚言なり」と記している。これが一月二十九日に詠進した五十首についての言であることは確かであろう。

また、これとは別に、宮内庁書陵部などに『十首和歌 建仁元年当座』とよばれる写本が伝わっているが、その奥に年月未詳の八日と九日の記事を書きとどめた記録が、ひきつづいて写されている。その内容を考証すると、これも『明月記』の正治三年二月八日・九日の記事であることが判明する。その九日の記事に、おおよそ次のようなことが書いてある。

「院より召されて参上すると、すでに寂蓮・藤原家隆が参上していた。藤原長房を通じて召しあり、御前に参じた。院は次のように仰せられた。「御製五十首と左府(後京極良経)の五十首を歌合に番えた。定家・家隆・寂蓮の三人はそれぞれの判断に任せて虚飾なく勝劣を申せ。もしも偏頗があると(えこひいきすると)後悔するぞ。左右は乱合(左が院、右が良経のように一定していない)だ」。やむなく三人が交互に評定をした。家長が読みあげて五十番を判定し申しあげた。するとまた、「作者名をあらわす(公表する)から聞け」と仰せられた。公表されてみると、じつは乱合ではなくて、左は左府、右は院の御製であった」

仁和寺蔵の断簡とこの逸文とをつきあわせると、後鳥羽院は定家に五十首歌を詠進させたのと前後して、良経にも五十首の詠進を求め、自身も詠じたのであろう。同様にして、慈円・家隆・寂蓮・藤原雅経・藤原忠良、女房の宮内卿、女房の越前などにも詠ませたのであろう。それらのうち、自作と良経の作を歌合形式として定家ら三人に批評させ、彼らを一杯食わせたこの試みが面白かったので、いっそのこと、すべての作者の詠を歌合として批評しようと思いたって、これを実行に移したのであろう。このようにして成立したものが、計二百五十番からなる『老若五十首歌合』である。この作者は左方が老(老人グループ)で、忠良・慈円・定家・家隆・寂蓮の五人、右方が若(若者グループ)で女房(後鳥羽院)・良経・宮内卿・越前・雅経の五人であった。『後鳥羽院御集』に「建仁元年二月老若五十首御歌合十六十八両日評定有り勝負を付けらる」とあるから、二日にわたって披講されたことになる。おそらく、院の発言力の強い衆議判(合議のうえの加判)だったのであろう。

この五十首での定家作を若干ながめてみよう。

心あてに分くとも分かじ梅の花散りかふ里の春の淡雪

雪中梅の趣、そしてその雪は歌でいう残雪、すなわち春の雪である。歌合では十八番左で、右の女房（後鳥羽院）の、

武蔵野のきぎすよいかに子を思ふけぶりのやみに声まよふなり

に番えられて負とされた。しかし、凡河内躬恒（おおしこうちのみつね）の、

心あてに折らばや折らむ初霜のおきまどはせる白菊の花　（『古今和歌集』秋下）

の秋・菊・初霜を春・梅・淡雪へと変えた技巧はさえている。

年の内のきさらぎやよひほどもなくなれてもなれぬ花のおもかげ

「春十首」のおしまいの歌であるから、暮春の心で、惜春の情を詠嘆する。歌合では四十八番左で、右の良経の、

花の色はやよひの空にうつろひて月ぞつれなき有明の山

に負けた。しかし、「きさらぎやよひ」という言葉続きは軽快で、「なれてもなれぬ」という一読矛盾した語の連鎖とともに、一種のリズムを感じさせる。

はるかなる初音（はつね）は夢かほととぎす雲のただぢはうつつなれども

これは歌合では六十八番左として、右の女房（後鳥羽院）の作に勝った。夢うつつとも分かぬほととぎすの初音へのあこがれを詠じたものである。しかし、定家自身は、この次の、

さみだれの月はつれなき深山（みやま）よりひとりも出づるほととぎすかな

のほうを自負しているらしい。こちらのほうは歌合では七十三番左で、右の良経の作に負けている。

秋をへて昔はとほき大空にわが身ひとつのもとの月影

在原業平の、

月やあらぬ春や昔の春ならぬわが身ひとつはもとの身にして　（『古今和歌集』恋五）

という名歌の本歌取りで、本歌の恋を秋に変えた。懐旧の念にいつまでたっても出世しないことへの述懐の思いがこめられており、心としては雑歌に近いともいえる。歌合では百二十三番左とされ、右の良経の歌、

露のうへに雁の涙をおきて見むしばしな吹きそ荻の夕風

に負けている。

同じ五十首で、慈円は、

秋をへて月をながむる身となれりいそぢのやみをなに歎くらむ

と感慨をもらしている。「秋をへて」という句はその人の人生の年輪を思わせる句ではある。

外山(とやま)よりむら雲なびき吹く風にあられよこぎる冬の夕暮

荒あらしい冬の天象を詠じた。歌合では百六十八番左で、右は良経の、

ときはなる松のみどりを吹きかねてむなしき枝にかへる木がらし

この勝負はどちらの勝か、はっきりしない。が、定家の作はややのちの『玉葉和歌集』や『風雅和歌集』など、いわゆる京極派の和歌にかよう趣があって、よい作であると思う。

雑の題では述懐調が著しい。

わが友と御垣(みかき)の竹もあはれ知れよよまでなれぬ色も変らで

なげかずもあらざりし身のそのかみをうらやむばかり沈みぬるかな

などはその例であるが、歌合で宮内卿と番えられて勝をあたえられたのは、

身を知れば人をも身をも恨みねど朽ちにし袖のかわく日ぞなき

という作であった。

中納言藤原朝忠(あさただ)の、

逢ふことのたえてしなくはなかなかに人をも身をも恨みざらまじ　（『拾遺和歌集』恋一）

を本歌とし、二条院讃岐(さぬき)の、

わが袖は潮干に見えぬ沖の石の人こそ知らねかわくまもなし　（『千載和歌集』恋二）

を連想させるものがある。しかし、その涙は悲恋の涙ではなくて、出世しないことを嘆く愚痴っぽい涙なのである。

大成の時代

和歌所寄人としての日々

百首歌を一度ならず召し、しばしば歌合や歌会を催して、多くの歌人たちをその御所に集めた後鳥羽院は、延喜(醍醐天皇)・天暦(村上天皇)の聖主に倣って、勅撰集を撰ばせることを思いたった。その手始めとして、建仁元年(一二〇一)七月二十七日、二条殿の弘御所北面に和歌所が設置された。村上天皇の時代の撰和歌所に倣ったものである。それに先だって、十一人の寄人が選ばれた。その顔ぶれは、藤原良経・源通親・慈円・藤原俊成・源通具・藤原有家・藤原定家・藤原家隆・藤原雅経・源具親・寂蓮といった面々である。後日、さらに藤原隆信・鴨長明が加えられた。いずれかといえばいささか古くなった俊恵の教えを信奉していた歌人の長明にとっては、たいへんな抜擢である。

二十七日の戌の刻終わりごろ、院が出御、人びとが参上した。五位殿上人が文台切灯台をおき、講師の円座を敷く。そこには定家が着座し、講師をつとめるよう、かねてより命ぜられていた。そして、兼題(あらかじめ提示された歌題。「当座」にたいする語)の「松月夜涼」という一首が講ぜられ、さらに当座として、良経が出題した「暮山遠雁」という歌が詠まれて、初度の和歌所歌会は終わった。定家はこの日の和歌所の図面を『明月記』に書きとどめている。

八月三日には、通具・具親らと和歌所に着到(出勤簿)をおくこと、源家長を和歌所年預(役所の雑務にあたる役)とすること、召次(とりつぎなどの雑事をつとめる役)ひとりをつけ、歌合などのさいに人びとを参集させる仕事などにあてることなどを相談し、すべて院の許可を得た。ただし、家長の役は和歌所開闔とよばれるのがふつうである。

こうして、和歌所は発足した。以後、後鳥羽院関係の歌会・歌合は、ほとんどこの和歌所を舞台として催される。後鳥羽院はここで、人びとに当座に歌を詠ませ、上の上から下の下まで、それらを九段階にランク付けする、「和歌九品」の試みに興じたり(建仁元年八月十五夜)、春・夏は「大ニフトキ歌」、秋・冬は「からび、やせすごき」歌、恋・旅は「艶躰」にと、六首の歌を三種の風体(スタイル)に詠みわけよという、「三体和歌」なるたいそう難しい宿題を寄人たちに課したり(建仁二年三月二十二日)したのであった。「三体和歌」にいたっては、定家も「極めて以て叶ひ得難し」と音をあげ、有家・雅経のごときは所労と称してついに欠席している。

この会に召されたことは、世をすね、その身の不運を悟って遁世したのちも、鴨長明が忘れることのできない晴れがましい思い出であった(『無名抄』)。これらの歌会でしばしば講師を命ぜられたり、紙硯をあたえられて、人びとの和歌の評定(良しあしについての論議)の言葉を書きつける、執筆の役をつとめ、「此の役極めて堪へ難し。評定の詞流るるごとし。暫くも停滞せず」(建仁元年八月十五日)と悲鳴をあげている定家にとっても、このような歌運隆昌のときが感激の日々であったことは疑いない。

建仁元年(一二〇一)八月九日、定家は後鳥羽院の熊野御幸に供奉すべき殿上人のひとりに選ばれた。彼は感激を次のように書きとめている。

九日、南山(熊野)御共の事、已に催し有り、面目分に過ぎたり。但し尩弱為ん方無し。之を如何と為す。御共の人、内府(源通親)、大理(検非違使別当。藤原定輔か)、仲経卿、公卿三人、殿上人七人、保家、定家、隆清、親兼、

　長房朝臣、忠信、有雅と云々。皆以て清撰の近臣なり。俗骨独り相交る。争か自愛せざらんや。

そして、十月五日、出京、石清水八幡を経て天王寺にいたっている。定家は石清水八幡の社高良社への御幣使をつとめた。

　猶々此の供奉世々の善縁なり。奉公の中宿運の然らしむる、感涙禁じ難し。

と、定家の感動はつづく。

六日、住吉に参拝した。定家にとってはじめての参拝であったという。住江殿において三首の和歌が講ぜられ、定家は講師をつとめた。

　相生の久しき色もときはにて君が代まもる住吉の松

という賀歌は通り一遍の儀礼的なものではなく、心からの慶祝の思いをこめたものであったと考えられる。

七日は廐戸王子泊。ここでも二首題が講ぜられた。

八日、日前宮御幣使をつとめ、藤代の宿に宿った。

九日、湯浅に宿した。定家は道中の景を叙して、「藤代の坂に攀ぢ昇る。（中略）道崔嵬殆ど恐れ有り。又眺望遼海興無きに非ず。（中略）此の湯浅の入江の辺松原の勝形奇特なり」と書きとめている。ここでも二首題が講ぜられた。

十日は小松原に宿る。南国であるためか、冬なのに暑く、夏のように蝿が多かった。

十一日は切部王子に宿した。ここでも二首題が講じられている。そのうちの一首は、「羇中聞レ波」という題で、

　うちも寝ず苫屋に波のよるの声たれをと松の風ならねども

と詠まれている。聞きなれぬ波音が定家の旅寝を妨げたことは確かであった。

十二日は田辺に宿した。定家は前の日から調子が悪くなっていたらしいが、この日咳病が起こって、悩まされる。十三日には滝尻王子で和歌を講じ、一寝ののち輿に乗って、山中宿に宿した。輿に乗ったのは、川を渡るさい足をけがしたためらしい。

十四日には二首を講じたのち、王子王子を経て、夜中に湯河宿所に着いた。

十五日、発心門にいたった。

　此の王子の宝前殊に信心を発す。紅葉風に翻り、宝殿の上四五尺隙無く生えたり。多く是れ紅葉なり。(中略)今日の道、深山樹木多く、苺苔木の枝に懸りて藤の枝の如くなる有り。遠見偏に春の柳に似たり。

定家ははじめてこの王子の門柱に詩と歌を書きつけた。その歌は次のごときものである。

　入りがたき御法の門はけふ過ぎぬ今より六の道にかへすな

十六日、ようやく本宮に着いた。

　山川千里を過ぎ宝前奉拝を遂ぐ、感涙禁じ難し。

しかし、定家の咳病はいよいよひどくなった。ここでは発心門の二首と本宮の三首と、二座の和歌が講じられている。

十七日は本宮に滞在、十八日新宮に参拝し、宿した。ここでも和歌が講ぜられた。そのうちの一首は「庭上冬菊」という題で、

　霜おかぬ南の海の浜びさし久しくのこる秋の白菊

と歌われている。海南の気候は定家に珍しく、新鮮であった。

十九日は那智に着き、滝殿を拝し、二座の和歌があったが、定家は「窮屈病気の間、事毎に夢の如し」という。那智の滝は、

滝ノ間ノ月

やはらぐる光そふらし滝の糸のよるとも見えずやどる月影

と歌われている。もとより滝を神と仰ぎ、しかもそこに仏の和光を感じているのである。

二十日はふたたび本宮にもどった。

本宮にて又講ぜられし、遠近ノ落葉

苔むしろみどりにかふるからにしき一葉のこさぬをちのこがらし

熊野の深山あらしは自然の奥深さを痛感させたことであろう。

二十一日から帰路につき、帰京したのは二十六日のことであった。習慣どおり稲荷に御幸あって熊野御幸がすべておわったのち、定家はただちに日吉に参詣して京へもどり、精進落としとして魚食をしている。こうして、珍しくも苦しかった長途の旅はおわった。

そののちまもなくの、十一月三日、定家ら六人の寄人、すなわち通具・有家・定家・家隆・雅経、そして寂蓮は、勅撰集撰進の院宣を下された。

三日、左中弁奉書、上古以後の和歌撰進すべしてへり。此の事所の寄人に仰せらると云々。

ここに和歌所全体は、『新古今和歌集』へ向けてうごきだすのである。

現在知られるかぎりでは、『明月記』建仁元年(一二〇一)九月の記事は、九月二十六日のぶんだけである。

> 廿六日、巳の時許召しに依り大臣殿(左大臣良経家)に参る。五十首御歌、此の間又題を進らせらる。他人其の事に入らずと云々。院より忩ぎ仰せらる、仍りて進らせんとす、見るべきの由仰せ有り。愚眼を加へ返上し、少々猶御案有るべきの由申す。自余殊勝例の如し。

これによると、後鳥羽院はこの年二月九日、良経と自詠五十首を歌合にしたてて定家らに批評させた思い出を忘れかねてか、ふたたび良経とふたりだけの五十首歌を思いたち、まず良経に出題を求めたのであろう。けれども、その過程でこれもやはりもう少し多い人数で競い詠んだほうが面白いと考えるようになって、慈円・定家、そして女房の宮内卿・俊成卿女に同じ題の五十首を詠進させたのであろう(家隆は服喪中で入れられなかったか)。その題というのはすべて漢字三、四字からなる、いわゆる句題で、花・月・恋に関するものであった。そして、六人の作品が出そろったところで、今度は歌合形式にはしないで、女房ふたりを除く四人に俊成(釈阿)と寂蓮のふたりの入道を入れた六名が点者となって、作者でもある四人は自詠を除き、相互に評点を加えることにした。

このようにして成立したものが、『建仁元年仙洞句題五十首』とよばれる五十首歌である。定家が詠進したのは十一月とのみで、日まではわかっていない。全体の成立もあきらかではないが、おそらく十二月のことであろう。

定家自身はこのときの自詠をさほど高く評価していないらしく、自筆本の『拾遺愚草』には、過去に用いたのと似たような表現を、うっかり忘れてまた使ってしまったなどと注記している例なども見かけられるが、しかし捨てがたい佳作も見いだされるのである。その例を若干あげてみる。

湖上花

さざ波やさくら吹きかへす浦風を釣する海人の袖かとぞ見る

これはあきらかに、『万葉集』巻九で「槐本の歌一首」と題詞にある、

楽浪の比良山風の海吹けば釣する海人の袖かへる見ゆ

という古歌の本歌取りである。槐本の歌ではまことの海人の袖であるのを比良山に咲いていた桜に変えたところがねらいであった。

同じ題を宮内卿は、

花さそふ比良の山風吹きにけり漕ぎ行く舟のあと見ゆるまで

と詠んで、のちに『新古今和歌集』春下に選ばれた。この歌を選んだ三人のなかに定家もはいっている。これまた、沙弥満誓の、

世間を何に譬へむ朝びらき漕ぎ去にし船の跡なきがごと　（『万葉集』巻三）

という古歌の本歌取りだが、このほうが本歌の趣をがらりと変えた面白さはある。四十歳の定家は後生畏るべしという感を深くしたことであろう。

月前竹風

ふしわびて月にうかるる道のべの垣根の竹をはらふ秋風

夜長、じっと臥しているのにたえかねて、月に誘われてさまよい歩くと、道のほとりの垣の竹を秋風が吹き払うと

いう、風騒の士の姿、そしてものさびしい秋の夜の情趣を歌った。「ふし」は「臥し」に「竹」の縁語の「節」をかけている。だれの点も加えられてはいないけれども、「ふしわびて月にうかるる」という句に、定家その人、そして今は故人となってしまっている藤原公衡（きんひら）のありし日の姿、さらに古代中国の風流人王子猷（ゆう）の姿などが髣髴とする。

旅泊ノ月

虫明（むしあけ）のまつと知らせよ袖のうへにしぼりしままの浪の月影

「虫明の松」に「待つ」をかける。虫明の瀬戸は『狭衣物語』に出てくる瀬戸内海備前国の泊りである。

つくづく沖の方を舳先（へさき）の方へ見やれば、空はつゆの浮雲もなくて、月さやかに澄みわたれるに、海の面（おもて）も来（き）し方行末も見えず。ただはるばると見えわたりて、寄せ来る波ばかり見えわたりて、舟の遥かに漕ぎ行けば、いと心細き声にて、「虫明の瀬戸に御舟漕ぎたり」といふなる声のほのかに聞ゆるも、いみじくあはれなり。

飛鳥井姫流れても逢瀬（あふせ）ありやと身を投げて虫明の瀬戸に待ちこころみむ　（『狭衣物語』巻一）

それゆえに、「あの人がわたしのことを尋ねてくださるのを待っていると伝えておくれ」という定家の歌はいわば飛鳥井（あすかい）姫の心で歌われているのである。

同じ題を後鳥羽院は、

船とむる虫明の瀬戸の秋風に忘れがたくも澄める月かな

と詠んで、良経・定家・寂蓮の三人の点を得ているが、定家の作にはだれの点もない。けれども、この両者をくらべれば、物語の女主人公の心情をさながら代弁したような定家の詠のほうが、叙景歌的にあつかった院の作より面白いことは確かであろう。おそらくは、定家自身をふくむ三人の点者もそのことは感じていたと思われる。

寄レ雨恋

雨そそきほどふる軒の板びさしひさしや人目もるとせしまに

「雨だれがいつまでも落ちる古びた軒の板庇のしたで、わたしは恋人があらわれるのを待つ。ずいぶん久しく待たせるものだ。番人が見張っているので、その目をかすめて彼女が出てくるまで」といったような、昔物語の一齣にも似た情景を歌ったものである。それもそのはずで、この作は『源氏物語』東屋の巻にもとづくのである。

薫「佐野のわたりに家もあらなくに」など口ずさびて、里びたる簀子の端つ方にゐたまへり。

　さしとむるむぐらやしげき東屋のあまりほどふる雨そそきかな

とうち払ひたまへる追風、いとかたはなるまで東国の里人も驚きぬべし。

そして、この薫の歌は、

東屋の　真屋のあまりの　その　雨そそき　我立ち濡れぬ　殿戸開かせ

という催馬楽を引歌としているから、定家の作を解するにはそれをも念頭におくべきである。

この作は評判がよかった。院・良経・慈円・俊成・寂蓮、すなわち点者六人のうち当然自作なので評定を下さない定家を除き、五人が一致して加点している。物語的傾向が著しいこの五十首のなかでも、きわだった作品であったと考えられるのである。

そのほか、定家の作で高点を得たものを掲げると、それらは次のような作である。

故郷ノ花

飛鳥川かはらぬ春の色ながら都の花といつにほひけむ

野径月

めぐりあはむ空ゆく月の行末もまだはるかなる武蔵野の原

月前聞鹿

秋の野にささ分くる庵の鹿のねにいくよつゆけき月を見つらむ

以上の三首はやはり自分以外の五人の点をあたえられたものである。「めぐりあはむ」の作は、

忘るなよほどは雲居になりぬとも空行く月のめぐりあふまで（『拾遺和歌集』雑上）

の、また、「秋の野に」の歌は、

秋の野にささ分けし朝の袖よりも逢はでこし夜ぞひちまさりける（『古今和歌集』恋三）

の、本歌取りである。定家はすでに三代集を自家薬籠中のものとしおおせている。

千五百番歌合

歌合史上、空前絶後の規模を誇るものは、『千五百番歌合』全二十巻である。

この歌合の成立過程は十分わかっているとはいえない。ただ、これは当初から歌合としてではなく、最初は「正治二年院初度百首和歌」「同年院第二度百首和歌」につぐ、「建仁元年院百首和歌」として立案、詠進されたものであることが注意される。

定家は建仁元年（一二〇一）六月十一日に詠進している。十三日には、定家の百首がとくによろしいとの後鳥羽院の御気色があったと、内大臣通親や宰相中将公経、そのほか上北面などから聞かされて、定家は、

　日来沈思心肝を摧き、今此の事を聞く。心中甚だ涼しく感涙に及ぶ。生きて斯の時に遇ふ、自愛休し難し。

とひどく感激した。

十六日には院の百首を見せられて、

　之を披けば金玉の声、今度凡そ言語道断、今においては上下更に以て及び奉るべき人無し。毎首不可思議、感涙禁じ難きものなり。

と絶賛している。二十三日には俊成を見舞って、その百首を託され、参院して詠進している。

しかし、そののちは和歌所設置のこと、熊野御幸のことなどがあって、この百首歌がどうなったかは、しばらくはっきりしない。『明月記』の記事そのものが、この年はとびとびにしか伝わっていないのである。

翌建仁二年九月六日の条に、「藤原長房の奉行で歌合二巻を賜り、判をまいらすべき由仰せられた。去年の百首歌である。判者は十人とのことだが、その人がだれかは知らない」と記されている。このとき、定家が加判を命ぜられたのは、秋四・冬一の二巻であった。十名の判者とその担当巻は、次のごとくである。

藤原忠良　春一・春二
藤原俊成　春三・春四
源　通　親　夏一・夏二
藤原良経　夏三・秋一
後鳥羽院　秋二・秋三
藤原定家　秋四・冬一

藤原季経　冬二・冬三
源　師光（もろみつ）　祝・恋一
顕昭（けんしょう）　恋二・恋三
慈　円　雑一・雑二

ただし、内大臣源通親は建仁二年（一二〇二）十月二十一日、五十四歳で急逝したので、その担当巻である夏一・夏二の二巻はついに無判のままに残された。

例のごとく、定家の作品を少々ぬきがきしてみよう。

　さくら花うつろふ春をあまた経て身さへふりぬるあさぢふの宿

歌合では二百二十一番右の歌。左は有家（ありいえ）の、

　朝日影にほへる山のさくら花つれなく消えぬ雪かとぞ見る

という、彼の代表歌とされるものであった。判者俊成はこの番を持と判する。

左、「朝日影」とおき、「つれなく消えぬ」と見ゆらん風情、いとをかしく侍るべし。

右、「うつろふ春をあまた経て」と言ひ、身さへふりぬらん浅茅生（あさぢふ）、心の闇のくらすにや侍らん、あはれをもかくべくや覚え侍れど、なほ左の「朝日影」も、昔の夜鶴（やかく）の侍らましかばと、心をかへて覚え侍れば、勝負すでにまどひて、同科とや申すべく侍らん。

親心の闇から息子定家の歌も悪くないと思うが、故重家（しげいえ）が生きていたならば、やはり自分の子有家の作をよいと思うだろう、それゆえに引き分けにするという、私情そのものを表に立てた判詞である。

ひさかたの中なる河の鵜飼ひ舟いかにちぎりてやみを待つらむ

歌合では四百六十番で、左藤原隆信の、

旅人の友呼びかはす声すなり夏野の草に道まよふなり

という作とあわされて、勝っている。判者良経は分担の百五十番の判詞として七十五首の七言絶句を詠じ、その二句を分かって二番の判詞にあてるという、凝ったことを試みた。この番での判詞は次のごときものである。

任地草野行人路　只翫桂河漁客船

（さもあらばあれ草野行人の路　只翫ぶ桂河漁客の船）

幾秋をちぢにくだけて過ぎぬらむわが身ひとつを月にうれへて

歌合では七百二十七番右の歌。左は宮内卿で、

衣手は秋の山田のそぼつとも月さゆる夜の露ははらはじ

という作。後鳥羽院はこの番を持とした。判歌は、

おける露もとあらの小萩ひまをなみえだもとををにすめる月影

で、「おもひえす」（思ひ得ず＝どちらがすぐれているか判定できかねる）の折句となっている。

ひとり寝る山鳥の尾のしだり尾に霜おきまよふ床の月影

これは秋四、七百五十五番右の作である。定家の担当巻であるので、相手の公経の、

　くれなゐの色にぞ浪も立田川もみぢの淵をせきかけしより

を勝としている。判詞は、

「山鳥のしだり尾」「床の月影」、霜夜の長き思ひ、詞足らぬところ多く、心もわかれがたく侍るめり。「紅の浪」「もみぢの淵」はまことに深く思ひ入れて、心の色も染めましてこそ侍らめ。

　鳴く千鳥袖のみなとをとひ来かしもろこし舟もよるの寝覚めに

歌合では冬三、九百八十番右の作で、左公経の、

　さびしさをいかに問はまし夕づく日さすや岡べの松の雪折れ

という作に勝っている。判者は季経。その判詞は公経の作の論評に多くをついやして、定家の詠については、

右歌、伊勢物語に「おぼほえず袖にみなとはさわぐらしもろこし舟もよせつばかりに」といふ歌をとるなり。ゆゑなきにあらねば、右を以ちて勝とす。

という。『伊勢物語』第二十六段の歌の本歌取りという指摘である。

　消えわびぬうつろふ人の秋の色に身をこがらしの杜の白露

千百九十一番右の作。藤原季能の、

　面影にゆくへをとへばあぢきなく知らぬ涙のこたへがほなる

という作とあわされて、勝っている。師光の判詞は簡単で、

左は心をかしく、右は心詞言ひくだされてことによろしくこそ聞え侍れ。仍りて勝となすべきにや。

という。定家のこの作は『新古今和歌集』恋四に選ばれた。

幾世経ぬかざしをりけむいにしへに三輪の檜原(ひはら)の苔の通ひ路

千三百八十八番右の歌。左の讃岐(さぬき)、

心あらば行きて見るべき身なれども音にこそきけ松が浦島

の作に勝っている。判者慈円は、

住む海人の心あるべき松が浦も三輪の檜原に及ぶべきかは　仍りて右を以ちて勝となす。

と、歌を判詞として定家の作に勝をあたえている。おそらく、『万葉集』にかよう森厳な世界をよしとしたのであろう。

水無瀬殿での定家

『正治二年院初度百首』で後鳥羽院に認められた定家は、以後、院の近臣として水無瀬殿(みなせどの)に随行することが多くなった。

たとえば、建仁元年(一二〇一)三月の『明月記』を見ると、この月十九日に、定家は巳の時にまず鳥羽殿に参り、それから船と騎馬で水無瀬御幸のお供をしている。院の船は釣殿に着き、院は弘御所にはいる。すると「遊君両方参

着、郢曲(俗曲)神歌了り退下例の如し」とある。「両方」というのは、おそらく江口と神崎の両方なのであろう。定家は「此の間御共の上下皆其の近辺に候す。親疎に随ひて遠近在り」とも記している。定家自身はおそらく院から遠いところに候していたのであろう。

翌二十日には白拍子合が行われた。「清撰十二人」が参加し、「三人替舞数反」という。二十一日には院は釣殿に出、江口・神崎の遊女各五人を召して今様各一首をあわせる。今様合である。院はそれから馬に乗る。二十二日には釣殿で碁・将棋に興じてから、遊女が参着して、郢曲が歌われる。そののちまた院は馬に乗る。有通・具親と定家の三人は「事毎に未練の間、惣じて指し出でず、片角に隠居」と記している。二十三日には郢曲のほか、乱拍子があり、「上北面以上皆悉く乱舞、是れ例の事なりと云々」とある。おそらく定家はこれにも加わっていないのであろう。

そして、このような遊興のさなかに、二十日の夜などは飛鳥井雅経が関東から帰洛して、ただちに水無瀬殿に参入し、なにやら報告しているらしい。雅経は翌日には出京し、幕府の要人中原親能も鎌倉へ下向すると聞いて、定家は「往反の間天下の事決定の事か」と注記している。

また、二十二日には、これ以前に出題された十首歌を二十八日に詠進せよという院の仰せが下される。

すなわち、水無瀬殿は遊興の場であり、しかも政治と文学の場でもあるのだ。そしてそのすべてを後鳥羽院というひとりの権力者が掌握、統治しているのである。定家はその場への参加をゆるされたものの、それはかならずしも居心地のよいものではなかった。彼は遊女や白拍子の郢曲・今様を楽しみ、人びととともに乱舞する面白さを解しなかった。彼の価値観からすれば、それらはむしろ苦にがしいことであった。それゆえ、彼は片隅で無興げにつくねんと候していたと思われるのである。

建仁二年（一二〇二）二月十五日の『明月記』によると、水無瀬での遊興のさい、近臣は遊君を預けられ、彼女らに衣装をあたえるよう指示されることもあったらしい。定家は「予の如き貧人は此の中に入らず」と記している。後鳥羽院のほうでも、一緒に浮き浮きすることのない定家は面白くもないから、お供のメンバーに加えないこともあったのであろう。すると、それは定家にとってやはり気になるのであった。同年三月八日の条によれば、明日から水無瀬御幸があるというが、今度はお供のメンバーにもれていると述べ、「事において恐れを懐く。是れ只貧窮無流吹挙の人無く、和讒（讒言）の輩有るの故か。薄氷を踏む如し」と記した。

建仁二年五月二十八日には、一品宮昇子内親王（後鳥羽院の姫宮、母は藤原兼実女宜秋門院任子）の千度御祓に奉仕したのち、鳥羽に行って船に乗り、雨がしきりに降り、風がはげしいさなか、船のなかで浄衣を水干に着替え、水無瀬殿に参仕し、はるかに院の見参にいって、退いた。そして、その夜は近くの仮小屋に宿るのである。彼は日記に書きつらねる。

> 無益の身を相励み、貧老の身を奔走し、病と不具と、心中更に為ん方無し。妻子を棄て家を離れ、荒屋に困臥す。雨は寝所を漏り、終夜無聊なり。浮生何日か。一善を修さず。悲しいかな。
>
> 　行く蛍なれも闇にや燃えまさる子を思ふ涙あはれ知るやは

折から都に残してきた息子の三名（為家の幼名）は発熱していたのであった。

五月三十日の日記にも、

> 羇旅雨中、胡地妻児を捐て、只縛戎人の思ひの如し。一事の面目無く、応に衆に交はらんとす。後輩若冠悉く卿相たり。眼疲れ心摧くも、遂に何の益か有らむ。

と白楽天の新楽府「縛戎人」の字句を用いながら、愚痴を述べている。

六月三日、水無瀬殿に参上すると、源家長が御前からとして六首の歌題を記した一枚をあたえた。たったいま詠進せよとの命である。定家が思案をめぐらせていると、ようやく院のおでましで、それとともに例のごとく遊女が着座する。定家が即座に詠んだ歌を内大臣通親が見て、「うまく詠んだ」などとお世辞をいう。家長が詠進せよというので、定家はそれを献ずる。すると今度は藤原清範がやってきて、「今日はことによろしく詠んだと院は仰せられる」と伝える。またしばらくして彼がきて、「御製はまだおできにならない。明後日ごろ沙汰があるだろう」という。そこで定家は退く。

六月五日、一日中雨が降っているなかを水無瀬殿に参上すると、清範を通じて御製をあたえられ、一見して返上せよと命ぜられる。見ると三日にあたえられてその場で詠んだのと同じ六首題を詠じた院の作であった。それらのなかで、定家は、

　　久恋

　思ひつつ経にける年のかひやなきただあらましの夕暮の空

を、「此の題殊に以て殊勝殊勝」と称賛している。

　そののちも雨は降りつづけ、水無瀬殿は水びたしになる。遊女たちは嘆いている。しかし、院は平気で船に乗って遊覧したり、狩をしたりしている。留守番を命ぜられた定家は日記に詩歌を書きつけている。

　　旅亭晩月明　単寝夏風清　遠水茫々処　望郷夢未成

　おもかげはわが身はなれず立ちそひて都の月に今や寝ぬらむ

この「おもかげ」は愛くるしい三名の面影であろう。
十三日帰京して、十五日九条家の良輔に見参していると、小冠者が走ってきて、清範が尋ねているという。そこではせ参ずると、一巻の巻物をあたえられた。三日詠進した六首に院の御製をあわせ、院自身判を加えたものであった。定家は「面目過分畏まり申すの由申して」退出する。
このようにしてなったものが、『水無瀬釣殿当座六首歌合』である。作者は左藤原朝臣定家、右藤原朝臣親定、判者藤原親定とする、作者ふたり計六番のみの小歌合で、藤原親定とはすなわち後鳥羽院の作名(筆名)であった。そして、その判は、一番が持、二・三・四・五番が左定家の勝で、最後の六番のみが右親定の勝となっていた。それは定家がことに殊勝と奏上した「思ひつつ」の歌があわされている番である。

六番（久恋）

左　　　　　　　　　　　　　　　　　定家

幾代経ぬ袖振山のみづがきにたへぬ思ひのしめをかけつつと

右　　　　　　　　　　　　　　　　　親定

思ひつつ経にける年のかひやなきただあらましの夕暮の空

右の歌、さしたることなく、又さしたる咎なくは、一番などは勝つべきか。

このほか、二番での定家の歌は、日記に縷々と書きつけている心情をそのまま反映しているようで注目される。

二番（海辺見蛍）

左　　　　　　　　　　　　　　　　　　　定家
須磨の浦藻塩(もしほ)の枕とぶほたるかりねの夢路わぶと告げこせ
右　　　　　　　　　　　　　　　　　　　親定
津の国の蘆屋(あしや)の里にとぶほたるたが住む方の海人(あま)のいさり火
左の歌、行平(ゆきひら)の中納言藻塩垂れわびけん須磨の浦、まことに面影もある心地してありがたく侍るうへに、「秋風吹くとかりに告げこせ」などいへる古歌思ひ出でられ、結句などことにやさしく侍り。右の歌、詞(ことば)めづらしからざるうへに、初の五文字ことさらこひねがふべくもなかるべし。

定家の作についての院の判詞は、その解釈として当を得ている。しかし、その院も定家が日記のなかで、この随行にともなう旅寝をこれほどかこっているとは想像しなかったであろう。

『水無瀬殿恋十五首歌合』が催されたのも、そのような水無瀬殿での遊興の前後においてである。定家が十五首題をあたえられたのは建仁二年(一二〇二)八月二十九日、これを清範のもとに書きおくったのはその翌日である。九月九日には、十三夜に歌合を行うから、俊成も水無瀬殿に参るようにとの指示をあたえられている。そこで俊成の家へ向かい、このよしを伝えると、咳(せき)の気があるが参候すると答えた。そこで、十二日あらかじめ新中納言公経(きんつね)に借りておいた宿所に俊成を迎え、十三日、歌合と当座歌会が催された。

定家の恋歌の秀吟、

　白妙（しろたへ）の袖の別れに露おちて身にしむ色の秋風ぞ吹く

が披露されたのはこの歌合においてである。「寄レ風（スル）恋（ニ）」を題とするこの秀逸も歌合の場では、右の飛鳥井雅経の、

　今はただこぬ夜あまたのさよふけて待たじと思ふに松風の声

という作に負けている。

さらにこの歌合を母胎として、撰歌合が作られた。そこでは「白妙の」の歌は、宮内卿（くないきょう）の、

　聞くやいかにうはの空なる風だにもまつに音するならひありとは　（『新古今和歌集』恋三）

という、これまた著名な作とあわされて、持と判定されている。

釈阿九十の賀、その死と新古今和歌集成立

建仁三年、俊成入道は九十歳である。後鳥羽院はその九十の賀を行うことを思いついた。

まず、『明月記』同年八月六日の条に、

　夜深（ふ）けて清範（きよのり）奉書に云はく、入道皇太后宮大夫和歌所において九十の賀を賜はるべし。屏風歌詠進すべしてへり。

　此の事入道殿深く謙退せしめ給ふ。可否未だ思ひ得ざる事か。

とある。しかし、院は八月十四日、良経・慈円・有家（ありいえ）・定家・雅経・讃岐（さぬき）・丹後（たんご）・宮内卿（くないきょう）・俊成卿女（しゅんぜいきょうじょ）らに屏風歌を詠進させ、もとより自身も詠じて、十五日の夜には京極殿（きょうごくどの）においてこれらの屏風歌を選定した。屏風は四季各一帖、計四帖で、各帖三面の画題が想定されていたので、一面に一首、計十二首の歌を選んだのである。

定家の作は、「雪」の絵に書かれる、

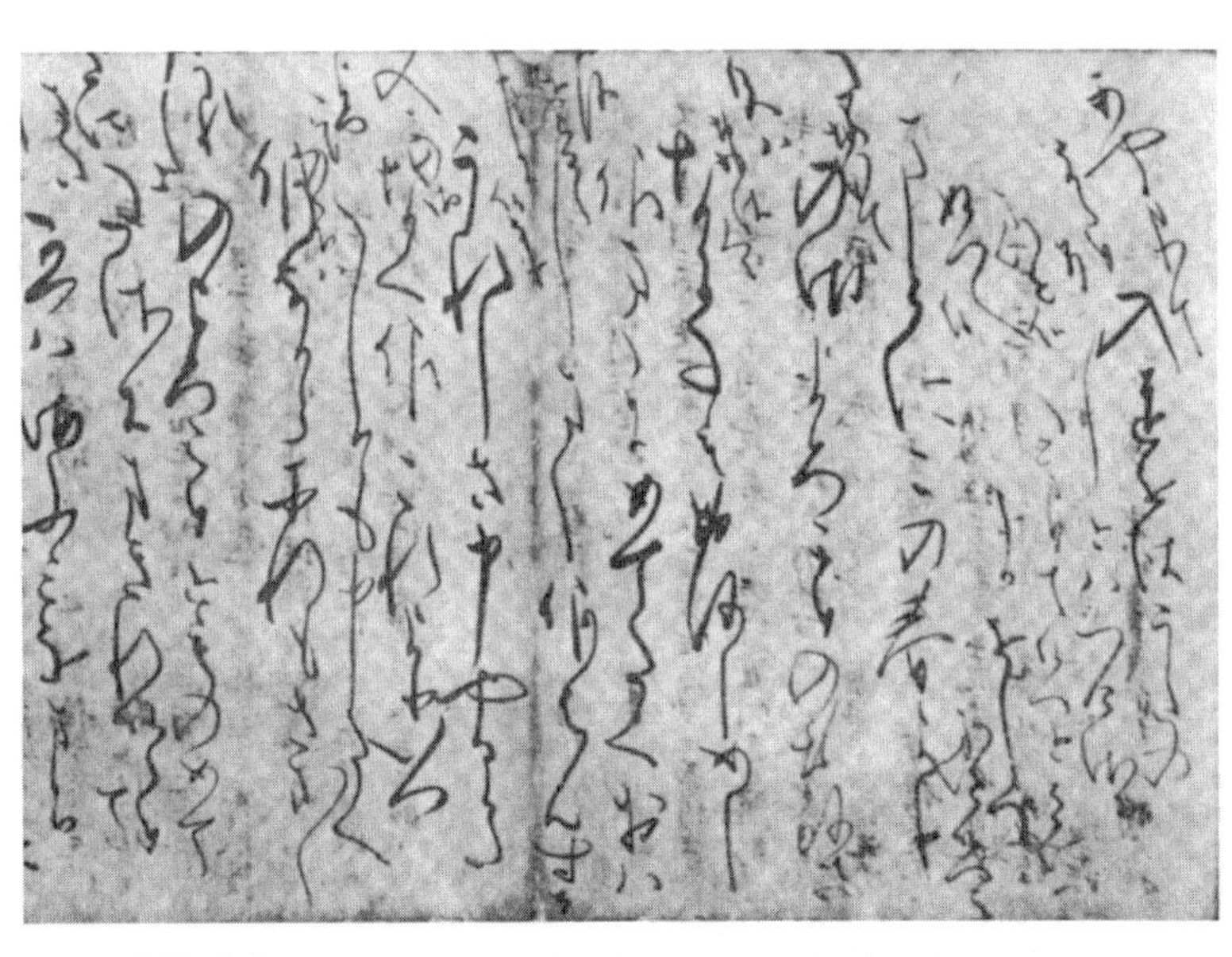

「藤原俊成仮名消息」(MOA 美術館蔵)　俊成九十歳の折に書かれた書簡

花山のあとをたづぬる雪の色に年ふる道のひかりを
　ぞ見る

という作が選ばれた。この賀宴は光孝天皇が花山僧正、遍昭に賜った七十の賀の先蹤（前例）を院が尋ねての行為であり、雪をいただく九十翁釈阿にとって無上の光栄であることを息子として感謝しているという心である。

九十賀は十一月二十三日に行われた。『明月記』はその前日までの記事も、その翌日以降の記事も克明に記されているにもかかわらず、肝心のこの当日の日記を欠いている。おそらく、俊成一個人のみならず、俊成一家の人びとにとって最大の栄誉に輝いたこの日の記録として、定家は詳細な別記を記したのだが、それが失われたのであろう。けれども、賀宴のだいたいの様子は、後京極良経の『俊成卿九十賀記』と、源家長の仮名日記『源家長日記』により、知ることができる。さらにまた、『建礼門院右京大夫集』も、この賀宴の準備やその前後の和歌所の雰囲気を伝えている。

元久元年（一二〇四）十一月二十五日から俊成の容態があらたまった。

二十六日には病人の希望で法性寺に渡った。

二十七日には源通具が現在はすでに別居している押小路女房（俊成卿女）をともなって見舞いにやってきた。

二十八日、病人はこの日ことに苦痛を訴えた。

二十九日、定家は九条兼実に召されて、兼実がいる最勝金剛院に参った。兼実は「俊成の臨終に立ちあう善知識（人を善道に導きいれる高僧）はそれにふさわしい器量ある僧を選べ。これは多生曠劫（きわめて長い時間）一度の大事である。このことを教えるために招いたのである」と述べ、さらに病人の苦痛をやわらげる術を具体的に教えた。それから病人を見舞うと、病人は雪を食べたがっていたが、まだそれを求められないので、しきりにうらんでいた。そこで手をつくして雪を尋ね、北山から送ってもらう段取りになった。のどの鳴るのがひどくなった。定家はいったん自分の家に帰った。

三十日、夜が明けてから見舞いに参ろうと思っていると、使いがあり、あわててはせ参ずると、念仏の声が高く聞こえ、俊成が目を閉じたところであった。なおかすかに息はかよっていた。定家は父の閉眼には間にあわなかった。

姉健御前が語る。

> 健御前云はく、夜中雪尋ね出でて献ず。殊に悦喜せしめ給ひ、頻りに之を召す。其の詞、「めでたき物かな。なほえもいはぬ物かな」、猶之を召し、「おもしろい物かな」。人々頗る恐れを成して之を取り隠す。夜半許又召し出す。猶尋ねて進らす。志有るの由頻りに感ぜしめ給ふ。其の後休息御寝す。此の間小僧念仏音を断たず。此の天明の程仰せられて云はく、「死ぬべくおぼゆ」。此の御音を聞き、忩ぎ起きて御旁に参りて、申して云はく、

「常よりも苦しく御すか」、頷かしめ給ふ。此の間、普門品覚悟せしめ給ふかの由申す。おぼゆる由仰せらる。一品読ましめ給ふ。停滞無し。申して云はく、「さらば念仏して極楽へまゐらむと思し食せ」。又頷かしめ給ふ。又申して云はく、「かきおこされむとや思し食す」。又諾ふる御気色有り。小冠を召し寄せて抱き起さしむ。此の男参ると雖も、心を得ず御傍に在り。自ら仰せられて云はく、「いだきおこせ」。此の間我本所に還り入る。打ち臥す程に、抱き起し奉るの間、延寿御前、「あの御顔の」とありつれば、又起し見奉る。事の外くるしげに見えつれば、小僧を近く寄せて念仏を勧め奉らしむ。御念仏御気色安穏に終らし給ふなりと。之を聞き歎きの中聊心を慰め見奉るの間、遂に以て御気絶え了んぬ。

安らかな死であった。

母の死後は、はげしい悲しみの歌を少なからず詠んでいる定家ではあるが、直接父の死にかかわる歌は残していない。天寿を全うしたとはいえ、やはり子として父の死が深い悲しみをさそわないわけはなかったであろうが、あるいは定家にとってこの父は思慕よりも畏敬の対象だったのであろうか。

父の喪に服していた定家は、元久二年(一二〇五)二月十九日、和歌所に復帰した。和歌所では『新古今和歌集』編集の作業が進められつつあった。建仁元年(一二〇一)十一月、撰者として下命されたのは寂蓮(少輔入道)をふくむ六名であったが、寂蓮は建仁二年七月二十日ごろなくなったので、撰者は五人となっている。彼らがめいめい選んだ歌は翌建仁三年四月二十日ごろ院のもとに提出され、以後院はそれらを家長に書きださせて自ら精選したうえで、元久元年七月末ふたたび撰者たちにさしもどした。そして、以後はこれら院の校閲を経た歌を主題ごとに分類配列する、部類の段階にはいっていたのである。

部類、詞書の叙述の手入れなどの作業ののちには、寄人たちがまわりもちで饗宴の亭主をつとめている。定家は二月二十三日、主をつとめた。定家は『伊勢物語』の心によって、海松・ひじきなどの海藻や菓子、魚鳥、飾りちまき、飯などの酒肴を用意した。これらの酒肴を院はことごとくたいらげ、高器だけを和歌所へ返した。院は健啖でもあったのである。

三月二日には、「各巻の巻頭歌がほとんど故人の作ばかりであるのはよくない。定家・家隆・押小路女房ら三人の歌を巻頭においた巻をもうけよ」という院の命令があり、巻を継ぎなおして、家隆の歌を秋下、俊成卿女の作を恋二、定家の詠を恋五の、それぞれ巻頭の歌とした。恋五巻初にすえられた歌は、『水無瀬殿恋十五首歌合』で「寄レ風恋」を詠じた、

　白妙の袖の別れに露おちて身にしむ色の秋風ぞ吹く

の歌である。

　身の事為るに依り、態と末に入るべきなり。此の仰せ尤も面目と為す。但し当時の如きは、連世一字未だ知らざる者多く之を入る。又昨今末生等十首に及ぶ。予の歌四十余、家隆二十余と云々。今の仰せ頗る人を撰ぶに似たり、如何。

三月四日には現存作者の歌を校合し、入集歌数を計算した。家隆(総州)が酒饌(酒肴)を供した。それらはたいそうぜいたくであった。五日・六日・七日と、寄人たちは目録を作製している。この目録というのは、現存作者(当世作者)と物故作者(故者)の二部からなり、それぞれの作者の略伝、入集歌数などを書きだしたものであったと想像されるが、現在は伝わらない。

それ以後も、院は定家らに「自讃歌」を二十首とか十五首とか選んで進覧せしめ、自身作品の入れかえをやっている。「五人の撰者たちは自分の歌については自撰しなかったので、いい歌がはいっていない」と、定家は晩年弟子の藤原長綱(ながつな)に語っているが(『京極中納言相語(きょうごくちゅうなごんそうご)』)、たしかに他人の選では不本意な作がとられ、ひそかに自負する作がもれるということはありえたであろう。院はそのような点をもいちおう配慮して、こういった自撰歌を参考にしてさらに集全体の作品水準を高めようとしたのであろう。もとより、院自身の作の出入りも行っている。

三月二十日には、「新古今和歌集竟宴」に関する問いあわせが源通具からあった。定家は「日本紀竟宴」以外にその先例を知らないと答えたが、あくまでもこれを実行しようというのが後鳥羽院の意向であった。院は自身の勅撰集たる『新古今和歌集』完成の祝宴を、国史である『日本書紀』講説の竟宴になぞらえたかったのである。

こうして、三月二十六日、良経執筆の仮名序はまだ書きあげられない中書本の段階で、「新古今和歌集竟宴」が行われた。その直前まで和歌所に参り、「此の集猶未だ見得ず。其の誤り多きか。人数多くして還(かへ)りて事の妨げ有り」(三月二十五日の条)などとぼやいている定家は、ついに参加せず、ひそかに「抑(そもそも)此の事(竟宴)何故に行はるる事か。先例に非ず。卒爾の間事毎(ことごと)に調はず。歌人又歌人に非ず。其の撰不審」(三月二十七日の条)などと批判的言辞を書きつけていた。

後鳥羽院はこのとき、

いそのかみ古きを今に並べこし昔の跡をまたたづねつつ

と、自身下命し、さらに手を下して精選したこの集の完成を祝している。『新古今和歌集』はここにいちおう成立した。しかし、その直後に良経の仮名序が書きあげられ、ひきつづいてはげしい切り継ぎ(改訂作業)が行われて、このときの中書本は著しい変貌を遂げるのである。

後京極良経の急逝

古代の天文学では、天変、すなわちふだんと異なった天文現象を、国家的重大事件の予兆と考えて、ひどく恐れた。天文博士はそのような天変に気づくと、朝廷に勘文をさしだし、朝廷では攘災のための祈禱を行わせた。

元久三年(一二〇六)二月の末ごろ、三星合という天変が起こった。太白(たいはく)(金星)・木星・火星の三つの惑星が異常接近するという現象であるが、これは重大な天変と考えられていたので、朝廷では慈円に祈禱を命じた。慈円は後鳥羽院の御所五辻殿で薬師法を修して、天変が消えることを祈った。現代の科学的知識では、このような惑星の異常接近は一定の時日がたたなければ解消しないことがわかっているから、祈禱が効果あるとは考えられないであろうが、当時のことであるから、雨が降って三星合が一時的に見えなくなったことをも祈禱の効験と解していたようである。雨は降ったりやんだりをくりかえし、そのたびに三星合は消えたりあらわれたりしていたが、やがて消えた。

このことがあってまもなく、摂政太政大臣藤原良経が急逝した。三月七日未明のことである。この少し前、良経は往時の風雅な遊宴である曲水の宴を復活させようという計画を立てていた。

『明月記』はこの良経の急逝前後の記事を欠いている。しかし、『拾遺愚草』に、宮内卿(くないきょう)藤原家隆とのあいだに交わされた哀傷歌が収められている。

故摂政にはかに夢の心地せし御事のあくる日、宮内卿とぶらひつかはしたりし返事のついでに

きのふまでかげと頼みしさくら花ひと夜の夢の春の山風

返し

かなしさのきのふの夢にくらぶればうつろふ花もけふの山風

それから何日かたって、今度は家隆から十首を書きおくってき、定家も同じ数の哀傷歌を返した。そのうちの三組を書きぬいてみる。

家隆

臥して恋ひ起きてもまどふ春の夢いつか思ひのさめむとすらむ

かりそめの宿に堰き入れし池水に山もうつりて影を恋ふらし

たまきはる命はたれもなきものを忘れね心思ひ返して

返し

定家

夢ならで逢ふ夜も今はしらつゆの起くとは別れ寝とは待たれて

山の色は堰き入れし水にうつるとも恋しき影をいつか見るべき

世々経とも忘れじ心たまきはるあだの命に身こそ替らめ

『拾遺愚草』には、さらに同じころある人の弔問歌への返し八首、同じ年の夏に人に送ったこの悲しみに関する歌十首、翌年三月八日慈円から送られた十首への返歌十首と、良経の急死を悲しむ哀傷歌は綿々と続く。

同じ頃、人のとぶらへりし返し

道かはるけぶりのはてに立ち添はで夢ならねばぞ明け暮らすらむ

同じ年の夏頃のことにや、人に

思ひかねひとりなごりをたづねつつその世にも似ぬ宿を見しかな

日をさして急ぎし池の花の舟水草(みくさ)のなかにうき世なりけり

又の年三月七日、賀茂に御幸侍りし次の日、大僧正十首御歌の返し

遠ざかる月日の憂さを数へても面影のみぞいとどけぢかき

頼まれぬ夢てふもののうき世には恋しき人のえやは見えける

良経がなくなって二か月以上たった五月十二日、定家は中御門殿を訪れている。

十二日、天晴れ、新月明し。懐旧の思ひに依り中御門殿に参り、前庭の月を望み独り襟を霑(うるほ)す。護摩僧最珍(さいちん)出で逢ふ。深更帰る。漸く旬月を送り、閑居寂寥たり。啻(ただ)前途後栄の憑み無きに非ず、天曙(あ)け日暮るる毎に、遠く慈悲の恩容に隔り、恋慕の思ひ堪へ忍び難し。

先に掲げた、「思ひかね」の作をふくむ十首の歌は、こののちに詠まれたのであろうか。

七月二十五日には和歌所に参上して、『新古今和歌集』の沙汰ののち、『卿相侍臣歌合(けいしょうじしんうたあわせ)』とよばれる歌合が行われ、定家は講師をつとめ、さらに当座歌合があった。その日の日記にも、

興遊の座に侍し、評定の詞を加ふる、緇素(しそ)尊卑万事旧日に同じ。欠くる所只一人。君臣相顧みて、誰か恋慕の心無からん。此の中悲しみ尤も深き者、私に満衫(まんさん)の涙有り。

と記している。

この『卿相侍臣歌合』のなかから、院は九首もの作を『新古今和歌集』に切り入れ(増補)させている。そのなかには「海辺ノ月」という題を詠んだ定家の、

もしほくむ袖の月かげおのづからよそに明かさぬ須磨の浦人

という作もあった。

七月二十八日にも、暮れがた、清範を通じて三首題をあたえられた。そのうちの一首、

寄(スル)レ風(ニ)懐旧

月日へて秋の木の葉を吹く風にやよひの夢ぞいとどふりゆく

という作が、良経の夢のような急逝を詠んでいることは疑いない。

それは家隆も同様である。同じとき、彼はこの題を、

夢と見し春はむかしの秋風にわかるる雁も恋ひつつぞ鳴く

と詠んだ。

いっぽう、これらの題をあたえた後鳥羽院は、この題を、

忘れぬる今はみとせの冬のあらししぐれし露の袖にまがひぬ

と歌った。これはほかの二首とともに、寵妃尾張(おわり)のことを思った作である。後鳥羽院にとっても、良経や、それ以前の土御門(つちみかど)内大臣通親の急逝は大きな衝撃であったにちがいないが、院はそれら臣下の死を歌おうとはしなかった。

先に父俊成を喪い、今また主良経に別れた定家は、たしかに頼むべき陰を失ったのである。これ以後定家がたとえ失策をおかしても、それをとりなしてくれる人びとはいなくなった。

円熟の時代

最勝四天王院障子和歌

最勝四天王院は後鳥羽院の御願寺で、『承久記』には鎌倉の将軍源実朝調伏のために建立されたのであると伝えている。

　三条白河に寺を建て、最勝四天王寺となづけて、四天王を安置し、障子に詩歌を詠ぜらる。実朝討たれ給ひぬと聞し召して、にはかにこの寺をこぼたれぬ。調伏の法成就すれば、やくする家なり。（『承久記』）

この所伝が真実かどうかは不明であるが、実朝が暗殺されたのちに、この御堂がとりこわされたことは事実である。この御堂に障子絵（襖絵）が描かれ、そこに和歌が書かれることになった。

『明月記』建永二年（一二〇七）四月十九日の条に、

　明後日和歌所において新御堂障子画名所を定めらるべし、早参すべしてへり。

という頭弁（藤原光親）の奉書があり、二十一日、このことが議されている。この日に始まる『最勝四天王院障子和歌』に関する記述は、和歌と絵画美術との具体的な関係を物語るものとして、和歌史・美術史の両方に有益な資料である。

この日参集したのは、藤原有家・藤原家隆・源通具らであった。彼らは源家長に名所を書きださせ、預法師に御堂（最勝四天王院）の指図（図面）を写させ、そのおのおのあいだに名所をあてがい、書きいれていった。また、絵に描き、また詠ずるさいの、それぞれの名所の景色のポイントや季節をくわしく一巻に書きだした。これらのことはほとんど定家が指示して、藤原清範が執筆した。そして、定家としては衆議を待ったのだが、ほかの面々は「賢者」（おりこうさん）で遠慮していわないのか、とくに意見がないのか、発言しない。「予本自至愚、軽微の事と雖も、猶国忠を思ひ竜鱗を犯すを顧みず、仍りて傍難を顧みず微言を出し了んぬ」と、定家は書いている。彼は自分の損な役回りを十分承知していながら、やはり思ったことを黙っていられないのである。

このとき定家が提案した原案は、王族・貴族たちが日本六十六か国に散在する数多くの名所・歌枕をどのような価値観をもってみていたかという問題を考えるさいに、きわめて示唆的である。それゆえ、やや事がらが細かくなるが、その具体的プランをながめてみる。

巽の方南面の晴（時々御簾を上ぐべき所なり）三間障子、大和国の名所を以て書かしむ（春日野、吉野山、三輪山、竜田川）
其の西の南面、摂津国の名所を書かしむ（難波以下）
東方端つ方楽所（其の所弘く間数有り）、陸奥を書かしむ（此の国殊に幽玄、名所多く弁へ難し。仍りて御所遠キ方に之を書く。乱を以て和を干すべからざるの故なり。之を以て隠れたる方に用ゐる）
常の御所、山城国を書く。御寝所の御傍、鳥羽、伏見を書き、西の御障子の内（帳代の内）、水成瀬、片野を書く。
其の前、播磨国を書く。御棚の辺（台盤所の隔）、シカマノ市。

これによれば、御堂はそのまま治天の主後鳥羽院が統治する日本国全体の縮図のごとく考えられているのである。

それゆえ、常の御所には王城の所在地山城国の風景が描かれ、とくに院が愛してやまぬ鳥羽・水無瀬などの名所が選ばれているのである。そして、晴(改まった場)の障子には日本の歴史の故郷である大和国の名所が描かれ、「幽玄の(奥深くてはっきりしない)名所」の多い陸奥国の風景は、人目につかないところに描いたらよいというのである。

五月十一日の条には、「御障子名所猶沙汰すべし。清範之を承る」とみえる。そして、十四日には、前夜の院の命により、和歌所に画工を召し集めて指示している。定家は、「わたくしは洛外を見ておりません。また絵心がございませんので、このお役目は不適当でございます」といったんは辞退したのだが、院は、思う様があって命ずるのであるというので、辞退しきれなかったのである。東国を見ているというので、仰せにより、藤少将雅経が加わった。藤原秀能も招かれている。彼も定家にくらべれば、旅の体験が多かったにちがいない。

大輔房尊智・内舎人宗内兼康・信濃房康俊・八幡平三光時という四人の絵師が予定されていた。後鳥羽院はその四人が描くべき名所についても、自らの好みで注文する。つまり、尊智と兼康には晴のほうを描かせ、康俊と光時には褻(日常的な場)のほうを描かせよというのである。定家らは「晴と褻は計らいがとうございます」と言上し、「ではよきに計らえ」とゆるされた。四人の絵師のうち三人が参入したので、画面を割りあてた。そして、まず絵様(構図のごときもの)を進覧するよう指令した。四人の割りあては次のごとくである。

大輔房尊智――春日野・吉野山・三輪山・竜田川・泊瀬山・若(和歌)浦・吹上浦・富士山・浄(清)見関・大井河・宇治〔川〕・相坂関

宗内兼康――難波〔浦〕・住吉〔浜〕・葦屋〔里〕・布引滝・生田杜・泉河・小塩山・末松山・塩竈浦・陬麻(須磨)浦・明石浦・志賀麻(飾磨)市

信濃房康俊――生(幾)野・海(天)橋立・野中清水・高砂・武蔵野・白河関・志賀浦・鳴海浦・浜名橋・宇津山・佐良之奈(更科)里

八幡平三光時――阿武隈河・宮城野・安積沼・鈴鹿山・二見浦・大淀〔浦〕・交野・水無瀬・鳥羽・伏見・松浦山

五月十六日には兼康がやってきていった、「名所には諸説があって書きだしにくうございます。明石や須磨はどれほどの道のりでもありません。出かけていってこの目で見たうえで絵様を進覧しましたら、遅くなっていけないでしょうか」。定家は答えた、「この仕事は少しでも早く仕上げるべきことである。しかし、現在でも後代でも過ちをおかすことを恐るべきである。鞭をあげてその場所に赴いたうえで描いたら、後代の美談となるであろう。少しは遅れてもよかろう」。

二十一日には、後鳥羽院が「因幡山を入れよ。ほかのところを出せ」と指令した。定家は清範と相談して、幾野をやめることにした。院はきっと山陰道の名所も加えたくなったのであろう。

二十四日、兼康が絵様を持参したので、院に進覧した。院は一見して返したが、なにもいわなかった。

翌二十五日には尊智の絵様を進覧すると、院は「昨日のにまさりたり」と評した。院はなかなかうるさい注文主なのである。

六月二日には和歌所に尊智を召して、大井河の絵様を描かせた。しかし、院はこれが気にいらなかったらしい。七日の条に、大井河は光時に描かせよと命じている。

このように絵師たちを指揮するいっぽうで、障子歌作者に選ばれた定家は作歌もしなければならなかった。八日には「和歌沈思(中略)健御前来らる。御障子歌を見せ申す。老後庭訓闕け、先公を喪ひ奉り、示し合す人無し」と記している。十日には清範を通じて詠進した。清範は「殊勝歟」という院の言を伝えた。有家は翌日詠進したらしい。二十二日には御堂に行き、源仲国らと絵師に指示をあたえている。

少々時がたって、九月二十四日、定家・家隆らが和歌所に参集して、御障子歌の選定が行われた。四十六か所の名所のおのおのにつき、十名の作者の作から一か所に一首の歌を選ぶのである。二十六か所はすでに歌が選ばれ、二十か所がまだ決定していなかったが、院の御点はだいたい加えられていた。そのうえで、院は彼らの意見を聞こうとしたのであった。定家は、すでに選歌が決定している場所でも、御製がことによろしい場合は改めたほうがよいこと、晴の南面東の第一間である春日野の絵の歌に「愚歌」(定家の歌)が選ばれているのは、このことの最初として恐れ多いので、しかるべき人の作がよろしいでしょうという意見などを答申した。このとき、定家は自作が六、七首選ばれていることを、面目をほどこしたと感じている。

院はこのように意見をいわせておいて、あらためて選定しなおしたのであろう。十月二十四日の日記には、

　秀能語りて云はく、御障子歌皆替へられ了んぬ。兼日の沙汰性躰無し。掌を反すが如し。万事此の如し。

と記している。定家にしてみれば、我われのせっかくの評定などまるで徒労ではないかという憤懣を覚えたのであろう。しかし、院は定家の意見をも用いているのである。つまり、春日野の歌ははじめに選んだ定家の作を捨てて、お気にいりの源通光の作を選んだのである。最高入選者が慈円の十首、次が院自身の八首、その次が定家・家隆の六首、次が通光・雅経の四首、俊成卿女・有家・具親・秀能が各二首という割合であった。身分と歌人としての力量を勘案しての選定であろう。それは常識的な線であったといってよい。

けれども、この障子のことにはじめからかかわり、尽瘁した定家にしてみれば、面白からぬ気持ちをいだいたのも、

これまた無理からぬことかもしれない。それゆえ、その選定結果について、つい批評がましい言辞を弄したこともあったのであろう。それが後鳥羽院の耳にはいって、院は不快に感じたようである。『後鳥羽院御口伝(ごくでん)』にいう。

最勝四天王院の名所の障子の歌に、生田の森の歌入らずとて、所々にしてあざけりそしる。あまつさへ種々の過言、かへりておのれが放逸を知らず。まことに清濁をわきまへざるは遺恨なれども、代々勅撰うけたまはりたる輩(ともがら)、必ずしも万人の心に叶ふことはなけれども、傍輩猶誹謗することやはある。

生田杜の歌としては、慈円の、

白露のしばし袖にと思へども生田の杜に秋風ぞ吹く

という作が選ばれた。定家は同じ題の自詠、

秋とだに吹きあへぬ風に色かはる生田の杜の露の下草

のほうがすぐれているといって、あちこちであざけりそしったというのだが、これはめぐりめぐって院の耳にかなり誇張したうわさが聞こえたのであろう。しかし、無根のことでもなかったとは考えられる。この作は『定家卿百番自歌合』に自撰しており、自信作にちがいないのである。

このとき院が選んだ定家の六首は、次のごときものである。

難波浦

春の色はけふこそみつのうらわかみ蘆の若葉をあらふ白波

松浦山

たらちめやまだもろこしに松浦山ことしも暮れぬ心づくしに

伏見山

伏見山つまどふ鹿のなみだをやかりほのいほの萩のうへの露

泉河

泉河かは波清くさす棹のうたかた夏をおのれ消ちつつ

会坂関

今はとてうぐひすさそふ花の香に逢坂山のまづ霞むらむ

大淀浦

大淀の浦にかりほすみるめだに霞にたえて帰る雁がね

そして、右の大淀浦は、『新古今和歌集』にも切り入れられた。けれども、『定家卿百番自歌合』にとられているのは、六首中では、『浜松中納言物語』か灯台鬼（とうだいき）の伝説（唐へ遣わされた日本の役人が生きながら燭台を頭に戴く奴隷とされる。父が生きていると聞いたその子が唐に渡り、連れ帰る。『宝物集』そのほかにみえる伝説）をふまえているとみられる松浦山の作のみである。『後鳥羽院御口伝』にいっているように、他人がよいと評しても定家は自分でよくないと思うと喜ばないのであった。

将軍源実朝の和歌師範

承元二年（一二〇八）五月二十四日、前日参詣し、通夜した日吉神社から、暁方定家が京にもどると、藤原清範が御教書を送ってきて、「住吉歌合（すみよしうたあわせ）」として三首を詠むよう、院の命を伝えた。定家はそのうち「寄山雑」の題を、

　行く末のあとまでかなし三笠山道ある御代（みよ）に道まどひつつ

と歌った。「三笠山」とは近衛の職の和歌的表現である。「道ある御代」、すなわちただいまは政道のあきらかな聖代であるが、わたくしはやっと左近衛中将になったというありさまで、将来子孫たちがどうなるかわからない、そのことを思うと、なすすべもわからないままに悲しいという、述懐の歌である。

同じ題を下命者の院自身は、

　奥山のおどろが下もふみわけて道ある世ぞと人に知らせむ

と詠み、これを『新古今和歌集』に切り入れた。この詠が院政の主として、後鳥羽院が自身を頂点とする政道宣揚の覚悟を披瀝したものであることは確かである。いっぽうは家門の将来を愁え、他方は王威を宣揚しようとする。立場が異なる以上、それは当然のことではあるが、その対照の著しいことも事実である。おそらくこの歌合は六月はじめに奉納されたのであろう。

承元四年（一二一〇）九月二十二日には、「粟田宮歌合（あわたのみやうたあわせ）」というものが行われた。粟田宮は崇徳院の怨霊を鎮めるために創建された社であるという。三首題のうち、定家は「寄海朝」を、

　和歌の浦やなぎたる朝のみをつくし朽ちねかひなき名だに残らで

また、「寄山暮」の題を、

　思ひかねわが夕暮の秋の日に三笠の山はさしはなれにき

と歌った。はじめの詠は、宮廷和歌界ですでに指導者的立場にあると、ひそかに自負している自身を和歌の浦の澪標（みおつくし）

(水脈の深さを示す串)になぞらえ、その自分にたいして、後代に残っても甲斐のない名など残すことなく朽ちてしまえとよびかけた自嘲の歌である。また、次の作は、人生の夕暮れどきにさしかかって、思案のあまり左近衛中将を辞職したという意である。この二首は、この年の定家に関する人事異動をみないと十分にわからない。

承元四年正月十四日、定家は讃岐権介に任ぜられた。そして七月二十一日中将を辞している。十三歳になっている息為家を左少将に申任ずるためである。為家はこれ以前、建仁二年(一二〇二)十一月十九日従五位下に叙されたのを振りだしに、承元三年四月十四日には侍従に任ぜられたが、彼に「三笠山」への道をつけてやるためには、定家自身が「三笠山」から離れなければならなかったのである。『拾遺愚草』下巻には、この二首に続いて、「同じ頃」として、

なきかげの親のいさめはそむきにき子を思ふ道の心よわさに

という作をも収めている。わが子為家の将来を思うあまりに、いったんついた職を自ら辞すようなことをするなと戒めた、亡父俊成の庭訓にそむいた定家の苦衷が吐露されているのである。承元から建暦、そして建保のはじめごろまで、定家の不遇者意識は強くなるいっぽうであった。

このように低迷した気分のもとにあった定家に和歌の指導を求めた、有力な門弟がいる。鎌倉将軍源実朝である。

将軍家御夢想に依り、二十首御詠歌を住吉社に奉らる。内藤右馬允知親。(好士なり。定家朝臣門弟。)御使となり。此の次でを以て、去んぬる建永元年御初学の後御歌卅首を撰び、合点のため、定家朝臣に遣はさるるなり。(『吾妻鏡』承元三年七月五日の条)

知親(中略)京都より帰参、京極中将定家朝臣に遣はさるる所の御歌、合点を加へ返し進らす。又詠歌口伝一巻を献ず。是れ六義風躰の事、内々尋ね仰せらるるに依りてなり。(同・承元三年八月十三日の条)

内藤知親は、定家にとって身近であった馬允盛時（もりとき）の子であるところから、定家も早くからその存在を知っていた武士である。建仁二年八月八日の『明月記』に、

> 盛時の子男東国より上洛し来たる。此の男和歌を好むに依り、喚び出す。道において頗る（すこぶ）其の意を得、京人に勝れり。奇とすべし。

とみえる。また、建暦三年（一二一三）正月十五日の条によれば、定家が選んで、読人しらずとして『新古今和歌集』に入れられた知親の歌もあるという。この知親を介して、実朝が自詠への批点を求めてきたのであった。

定家はそれに応じた。それのみならず、「詠歌口伝一巻」を献じた。幾篇か残されている定家の歌論書の最初の著作、『近代秀歌（きんだいしゅうか）』である。それは、

> 大和歌の道、浅きに似て深く、易きに似て難し。弁へ（わきま）知る人、又いくばくならず。

と書きだされ、平安和歌の流れをたどったのちに、

> 詞（ことば）は古きを慕ひ、心は新しきを求め、及ばぬ高き姿を願ひて、寛平以往の歌にならはば、おのづからよろしきこともなどか侍らざらん。

と、詠歌の大綱を鮮明にさししめし、さらに本歌取りの技法を具体的に教えたものであった。

承元三、四年の『明月記』は伝存しないので、この歌論書を執筆したころの定家の生活や感情を知ることはできないが、彼がこの関東の主の知遇を得たことを幸いであると思ったことは疑いない。のちのことではあるが、建暦三年十一月八日、定家は飛鳥井雅経（あすかいまさつね）を介して実朝に『万葉集』を献じている。そのときの日記にはこのように記している。

> 二条中将過談す。（中略）予此の中将に示し付す事有り。追従を恥づと雖も（いえど）、漁父（ぎょほ）の跡なり。将軍和歌文書を求

めらるるの由之を聞く。仍りて相伝する所の秘蔵万葉集送り奉る由書状を書き、昨日此の羽林に付し了んぬ。広元朝臣消息の次で、下官愁訴有る歟、委しく承るべき由示し送るの由、先度対面の時中将之を語る。其の事に依り此の志を表すなり。勢州地頭の事、年来の愁訴何事か之に過ぎんや。予本自世事に染まざるに依り奔営せざるも、此の事尋問せらるるの時猶黙止せんや。

雅経は幕府の要人大江広元の婿である。その雅経が、「もしも定家に愁訴することがあれば、委細承って善処したい」と広元がいっていると話したので、渡りに舟と、広元を通じて実朝に和歌文書を献じて広元の好意を謝し、係争の絶えない伊勢の所領問題につき配慮してくれるよう、伝言を依頼したのである。それゆえに、承元三年の場合も、定家がまったく「世事」とのかかわりなく、ただ実朝の天分を認めただけの理由で『近代秀歌』を書きあたえたとは考えにくい。

けれども、定家が実朝の和歌に、自らにはないものを認めたことも確かであろう。そのような実朝の歌才にたいする敬愛の思いは、後年『新勅撰和歌集』に実朝の作を選びいれるさいに、あきらかにされるのである。

結局、実際に相会うことはなかったけれども、定家は東国の主という権力者をいわば歌の弟子とした。そのことを治天の主である後鳥羽院がまったく気づかなかったとは考えにくい。そして、もし知ったとしたならば、それは少なくとも愉快なこととは受けとられなかったであろう。京と関東と、ふたりの主のあいだにある定家の位置は微妙であった。

建保期の歌運隆昌

順徳天皇は後鳥羽院の二宮で、諱を守成といった。二歳年長の兄土御門天皇(承明門院所生)とは母を異にする。すなわち、贈左大臣藤原範季女重子(修明門院)を母として、建久八年(一一九七)に誕生した。後鳥羽院は才気煥発なこの二宮を深く愛し、四歳になった正治二年(一二〇〇)四月には東宮にすえ、承元四年(一二一〇)十一月二十五日には土御門天皇に代わって、この東宮を帝位につけた。後鳥羽院にたいしてきわめて批判的な史論書『六代勝事記』は、土御門天皇につき、

凡そ在位十二年の間、天地変異なく、雨降時をあやまたず。国治まり、民豊かなり。

とほめたたえ、

太上天皇(後鳥羽院)威徳自在の楽に誇りて、万方の撫育を忘れ給ひ、又近臣寵女の諫め強くして、四海の清濁を分かざるゆゑに、今上陛下の帝運未だ極まり給はざるをおろし奉り、茅洞(仙洞御所)の風秋冷しく、茨山(上皇の唐名)の月影淋しかりき。

と述べている。

土御門天皇も詠歌がきらいであったとは思われない。弟宮に譲位して新院とよばれるようになってから詠んで、ひそかに藤原定家に評点を請うた百首和歌は、定家を驚かせるほどのできばえであったし、承久の乱以降、四国の地で吐露した述懐の歌にはすぐれたものが見いだされる。にもかかわらず、その在位中には内裏関係の歌会や歌合がまったく見あたらない。おそらくその消極的な性格から、父後鳥羽院にたいする遠慮などがあって、仙洞と張りあうようなかたちで宮廷和歌を振興しようとは試みなかったのであろう。

ところが、順徳天皇は即位するとまもなく、きわめてあからさまに詠歌に打ちこむようになる。そしてそれは後鳥羽院のよしとするところであった。この愛する御子を即位させたのちも、院は治天の主として万機を統べていた。それゆえに院は順徳天皇の内裏で行われる和歌行事についても、後見役だったのである。院は内裏関係の和歌についてしばしば指示し、作品を取り寄せては校閲し品評した。順徳天皇内裏での和歌はなかば後鳥羽院に管理されていたといってよい。

定家は家隆とともに、この内裏和歌の指導者であった。彼らが指導者として重用された背後にも、もとより後鳥羽院の示唆があるのであろう。つまり、彼らは院の近臣であってしかも天皇の和歌指南役をつとめていたのである。

順徳天皇の内裏における定家の活動は目ざましいものがある。彼はしばしば題者(歌題の出題者)や歌合の判者をつとめ、また衆議判のさいにも評定をリードし、判詞を執筆したりした。そして自らいよいよ深まってきた妖艶な歌境を、さまざまな機会にくりひろげてみせたのである。順徳天皇の治世では建保(一二一三—一二一九)という年号が代表的なので、この時期は建保期とよばれることが多い。

建保期でもっともまとまった宮廷和歌の所産は『内裏名所百首』である。この試みは建保三年九月十日に始まる。定家はこの日、天皇に命ぜられて、本歌取りのさいに著名な本歌があるような百か所の名所題を書きだして進覧し、それにもとづいて人びとに題があたえられ、まず前半の五十首が詠進されたようである。九月二十三日には定家は五十首を進覧し、二十四日には人びとの五十首を下見してやり、二十六日には天皇の命で詠進された人びとの五十首歌に加点している。そしてそののち題の変更などもあって、定家は詠みかえを余儀なくされているが、後半を詠みくわえた百首全体は十月二十六日に詠進された。十一月六日の『明月記』には、仲家語りて云はく、内裏名所恋の歌殊に沙汰有り、多く御点を加へらると云々。存外の面目か。

とあり、この百首での定家の恋の歌は当時から秀逸の誉れが高かった。なお、「御点」というのは、おそらく後鳥羽院の批点であろう。先に述べたように、天皇の和歌の後見役をもって任じていた院が、この百首をもさっそく召し寄せて目を通すかたわら、よいと思う作に合点をつけていったのであろう。

この『内裏名所百首』にほぼ並行するかたちで、二篇の百首が詠まれ、あるいは計画されている。その一は、内大臣であった藤原道家（故良経の嫡男）主催の百首歌会で、これは建保三年（一二一五）九月十三日、のちの名月を期して同家で披講された。それゆえ、計画としては『内裏名所百首』よりは先行していたはずである。この百首はまとまったかたちでは残っていないが、定家の百首歌は『拾遺愚草』上巻に「内大臣家百首」として収められている。

その二は後鳥羽院が久しぶりに召した百首歌で、題があたえられたのはやはり建保三年の九月二十九日であった。これは内裏や内大臣家の百首に刺激されて思いたたれたものであろう。さすがの定家も悲鳴をあげている。

清範朝臣奉書、百首題を給ひ、年内詠進すべしと云々。連連三百首、争でか風情を得んや。太く以て堪へ難し。

実際にはこの年内詠進は延期され、定家は翌建保四年正月二十八日に清書している。二月五日以前に詠進せよという院の意向であった。また、『拾玉集』によれば、「更に地歌（平凡な歌）を交ふべからず。皆悉く秀歌たるべし」という厳命をも下したようである。

この百首もまとまっては伝わっていないが、定家の作はやはり『拾遺愚草』上巻所載の「春日同詠百首応製和歌」の端作（懐紙や作品群の最初に作歌の趣旨などを記す、表題的な語句）を有する百首歌がこれである。

建保三年から四年は、建保期和歌の頂点であった。

連連三百首から

ここで、建保期の作品群から若干の歌をひいて、五十代の定家が作りだしている詩的世界を垣間見してみようと思う。

最初に、「内大臣家百首」から二首をとりあげてみる。

嶺郭公

よそにのみ聞きかなやまむほととぎす高間の山の雲のをちかた

葛城の高間山の遠い雲のかなたに鳴くほととぎすの声がかすかに聞こえる。もっと間近にはっきりと聞きたいのに、わたしはよそにのみ聞いて悩むのであろうか。——ほととぎすをさながら恋人のようにとりなし、その美しい声にあこがれる心を歌った。本歌は、『和漢朗詠集』の「雲」に載り、『新古今和歌集』恋一の巻頭歌ともされた、

よそにのみ見てややみなむ葛城や高間の山の峯の白雲

という古歌であるが、「聞きかなやまむ」という句は、『源氏物語』明石の巻での、

思ふらむ心のほどややよいかにまだ見ぬ人の聞きかなやまむ

という明石の上の歌によっているとみられる。定家はこの句が好きだったらしく、こののちも『道助法親王家五十首和歌』で、

まだ知らぬ岡辺の宿のほととぎすよその初音に聞きかなやまむ

とも詠じている。「岡辺の宿」も同じ物語で明石の上がいる家を意味する。

やすらひに出でけむ方も白鳥の飛羽山松のねにのみぞなく

これは同じ百首での「恋二十五首」のうちのひとつである。このときの恋歌は「寄二名所一」という条件をつけられていた。そこでこの作では「白鳥の飛羽山」という、『万葉集』に歌われている名所を詠みいれたもので、その結果当然のことながら、

白鳥の飛羽山松の待ちつつそわが恋ひわたるこの月ごろを　（『万葉集』巻四）

という笠女郎の作を本歌としている。「やすらひに出でけむ」というのは、やすらいながら、ためらうような素振りをしながら女（わたし）の部屋を出ていったのであろう男（あの人）の意である。女はその男の出ていった先を知らない。あたかも空に飛びさってしまった白鳥のように。そして、そのふたたび訪れることを待ちながら、女は泣いている。飛羽山の松の根に伏し倒れて。笠女郎の情熱的な恋の歌は、ここに哀艶きわまりない、劇的構図をもった暗い色調の絵となる。

次に、「内裏名所百首」から三首を読んでみたい。

伊駒山

生駒山あらしも秋の色に吹く手染めの糸のよるぞかなしき

「内裏名所百首」に関しては、興味深い資料が残されている。それは「名所百首歌之時与二家隆卿一内談事ノ書札」と題するもので、『衣笠内府歌難詞』という小冊子の歌学書に合綴（あわせて一冊とする）されている。定家が家隆に自身の百首歌を送って批評を請うた勘返状の写しであろうか。そのなかに、

手染めの糸は河内女がものにて候へば、さらぬものをだに手に取る心なれば、まして糸などは縒り候ひけむと、

河内の山に思ひ寄りたるを、人の目見せよかしと存じ候なり。

と述べている。これは定家が詠作意図を自身解説したものとみてよいであろう。これによって、この作が『万葉集』巻七の、

河内女の手染めの糸をくりかへし片糸にあれど絶えむと思へや

という作を本歌とし、しかもその「河内女」は『伊勢物語』第二十三段の二人妻説話（筒井つの話）で、自身飯匙（いいがい）（御飯しゃもじ）を手に取って御飯を食器に盛ったために男にきらわれてしまったと語られる、河内国高安の里の女という設定がなされていることが知られるのである。「あらしも秋の色」という句には、男の心がすさんで女にたいして「飽き」がきたことを暗示し、「よる」には「糸」の縁語「縒る」から、男の夜離れが続く「夜」へと転じていく掛詞の技法が用いられている。

生駒山の西側の、河内国高安の里に住むこの河内女は、様子ぶって自身御飯をよそることもない大和国の女と違って、御飯の給仕も自身ですれば、糸をも手染め、手ずから縒る、はたらき者の女なのである。しかし、それゆえに王朝の歌物語の世界では彼女は生活力のない男にきらわれるのである。そのような物語的世界を一首のなかに凝縮した。「伊駒山」は秋の題であるが、作品としてはむしろ恋に近い艶な秋の歌である。「人の目見せよかしと存じ候なり」とは、「人びとが注目してほしいと思います」の意であろう。定家の自信のほどが思いやられる。

緒絶橋（をだえの）

琴の音も歎きくははるちぎりとて緒絶の橋に中もたえにき

この歌は、良岑宗貞（よしみねのむねさだ）といっていた在俗時代の遍昭（へんじょう）の、

わび人の住むべき宿と見るなへに歎き加はる琴の音ぞする　（『古今和歌集』雑下）

という古歌を本歌とし、中国で友情の深さを語る故事とされる、鍾子期の死後伯牙が琴の緒を絶ったという逸話を、あえて中絶えた男女のあいだがらに改変したのであろう。「緒絶橋」は陸奥の歌枕であるが、本歌となりうるような有名な古歌としては、前斎宮当子内親王（三条院皇女）との恋を裂かれた藤原道雅の、

みちのくの緒絶の橋やこれならむふみみふまずみ心まどはす　（『後拾遺和歌集』恋三）

という作があり、悲恋のイメージがつきまとうのである。「名所百首歌之時与二家隆卿一内談事書札」には、

非管絃者が中間の琴の音、そのこととなく候らん。緒絶の橋など申し候へば、そのこととなけれど、「箏の」など申したくて、すずろごとを申し候。

という。右の文章での「こと」のくりかえしがしゃれであることはいうまでもない。

佐夜中山

関の戸をさそひし人は出でやらで有明の月の佐夜の中山

「名所百首歌之時与二家隆卿一内談事書札」に、

妻奴未レ出レ関　鳳凰池上月　送レ我過二商山一

この景気の術無く身にしみて覚え候あまり、「有明の月の佐夜の中山」は、類どもよも聞え候はじ。

という。定家の自負する作のひとつであることが知られる。「妻奴未出関……」は『新撰朗詠集』の「月」にみえる白楽天の詩句である。定家はこの句が大好きで、たとえば建暦二年（一二一二）十二月二日の『明月記』に「妻努（ママ）出レ関参二詣社頭一」などともじって用いている。そこでの関は逢坂の関であるが、白楽天の詩句では函谷関であろうか。し

かし、歌の世界ではやはり逢坂の関の戸を意味するであろう。そのさい、逢坂の関にはもはや関の戸がなかったという現実は不問に付せられる。ともに逢坂の関を越えて東路へ赴こうとした友はついに京から出られないままに、独り旅路に出て、佐夜の中山にさやかに照る有明の月をながめている旅人の心である。

次に、建保四年(一二一六)春の「院百首」から二首をひいてみる。

　ながめつつかすめる月は明けはてぬ花のにほひも里わかぬころ

春霞にかすむあけぼのの空に残る有明の月、花のかおりのみちみちている春の里を歌う。「花のにほひも里わかぬ」というのは、おそらく、『源氏物語』末摘花の巻での、

　里わかぬ影をば見れど行く月のいるさの山をたれかたづぬる

という光源氏の歌を念頭においているのであろう。また、「明けはてぬ」という句は、若いころの「花月百首」での、

　明けはてず夜のまの花に言問(こと)へば山の端しろく雲ぞたなびく

といった旧作をも思いおこさせるが、それよりも艶な気分が濃厚である。この作など、円熟した艶という感じがする。

　身をしをる炭のやすきをうれへにて氷をいそぐ麻(あま)の衣手

これは白楽天の「新楽府」五十篇のうち、第三十二「売炭翁(ばいたんおう)」による詠である。炭焼きの老人の労苦を同情的に歌っているこの詩のなかに、

　心憂㆓炭賤㆒願㆓天寒㆒　夜来城外一尺雪　暁駕㆓炭車㆒輾㆓氷轍㆒

　（心炭の賤(やす)きを憂へ天の寒からんことを願ふ　夜来城外一尺の雪　暁に炭車に駕して氷轍を輾(きし)らしむ）

という句があり、つとにこれを直訳するようなかたちで、曾禰好忠(そねのよしただ)が、

深山木を朝な夕なにこりつめて寒さを恋ふる小野の炭焼　（『拾遺和歌集』雑秋）

と詠んでいる。これとくらべると、定家の作のほうが炭を焼いて売る老人の姿をやや具体的に写そうとしているように思われる。

後年、『新勅撰和歌集』恋三に自撰し、「小倉山荘色紙和歌」にも自身の代表歌として選んだ、

来ぬ人を松帆の浦の夕なぎに焼くや藻塩の身もこがれつつ

という作もこの期の所産である。すなわち、これは建保四年（一二一六）閏六月九日内裏での『百番歌合』で九十一番右の歌として詠まれた。この歌合では定家は十首とも順徳天皇とあわされ、当然負がこんでいるのであるが、この作は勝とされている。判者は定家とも、衆議判で定家が後日詞を付したともいうが、あとのように考えるべきであろう。ここでの判詞では「常に耳馴れ侍らぬ松帆の浦に勝の字を付けられ侍りにし、何ゆゑとも見え侍らず」と卑下している。本歌は、

名寸隅の　船瀬ゆ見ゆる　淡路島　松帆の浦に　朝凪に　玉藻刈りつつ　夕凪に　藻塩焼きつつ　海少女　ありとは聞けど（以下略）（『万葉集』巻六）

と歌いつづけられる、笠金村の長歌である。いくら待ってもやってこない恋人を待つのは、やはり松帆の浦の海人乙女であろうか。彼女が焼く藻塩の煙はそのまま恋にこがれる彼女の身と心を象徴するものである。定家は貴族的な世界観、価値観のなかに生きつづけた人であった。その定家が河内女や松帆の浦の海人乙女を歌うと、絶妙な女の心のひだが織りだされる。歌言葉の不思議さがそこにある。

作品の整理

すでに述べたように、土御門天皇の代の終わりごろ、承元四年(一二一〇)には、定家はわが子為家を左少将に申任ずるために左中将の職を辞し、以後しばらく不遇者意識にさいなまれていた。同年十二月十七日には内蔵頭に任ぜられ、翌建暦元年(一二一一)九月八日には従三位に叙され、青年時代にその職にあった侍従に再任された。公卿の仲間入りをしたわけであるが、当の定家はそれをさほど喜んではいないのである。

このころの『明月記』を見ると、建暦元年九月六日、定家は姉の健御前(建春門院中納言、日記には「黄門尼上」と書かれている)を通じて、卿二品(藤原兼子。後鳥羽院の乳母範子の妹)に「所望の事」を訴えている。それは「只一日本望を遂げ、夕郎(蔵人の唐名)の名を仮らば、翌日其の職を去るべきの由」したためた書状であったらしい。それにたいして卿二品は「今度御約束の人有り、猶以て許さずと云々。但し上階に叙すかの由気色有り」と、院の意向を知らせた。そこで定家はふたたび書状をもって、「上階においては更に所望無し。只本望一事を申す所なり。但し若し侍従に任ぜらるれば、三品厭却すべからず。此の両事に非ずんば、全く昇進の望み無し」と申しいれた。

翌九月七日の夜も更けて、卿二品の書状が健御前のもとに届けられた。それには「昨日の申状に依り、侍従を相加へ三位に叙せしむるなり」としたためられていた。定家はそれをひらき見て、「已に生涯の本望を失ひ、先づ悲涙を拭」ったものの、公卿となり、かつ侍従として帯剣することは「僕の如き衰老の賊翁寧ろ此の恩有らんや。尤も宜しく抃悦すべし」と考えなおして、お礼言上にはせ参ずるのである。その翌日の八日には、この叙位除目を聞き知った人びとが、つぎつぎと慶祝の書札を送ってきたり、おめでとうといいにきたりする。それを聞く定家の気持ちは、「慶賀の由を聞く毎に、猶心肝を摧くがごとし。前世の宿報機縁吉凶、共に以て不思議と謂ふべし。此の官非拠の中の非拠か。有職の人定めし嘲弄を成さんか。但し猶身に余るの恩なり」という複雑なものであった。「夕郎」というのだから、定家は夕郎の貫首、すなわち蔵人頭を望んだのであろう。しかし、そのポストは故源通親(みちちか)の息通方(みちかた)によって占められた。そして第二希望の任侍従叙従三位が実現したのであった。

このように官途に心を労しつづけてきた定家が、しばらくぶりで喜びにひたることができたのは、建保二年(一二一四)二月十一日の任参議という昇任人事であった。侍従はひきつづきつとめるという悪くない条件もついていた。

建保四年正月二十八日、後鳥羽院に百首を詠進して、「連連(れんれん)三百首、争(いか)でか風情を得んや」(建保三年九月二十九日の条)と泣き言をいった義務をともかくも果たした定家は、二月、年来詠みためてきた多くの作品から二百首を選び、これを百番の自歌合にしたてた。短かからぬ自身の歌人生活を顧み、これにひとつの区切りをつけようと考えたのであろう。ここに『定家卿百番自歌合』の第一次本が成立する。彼はさらに翌五年六月、若干の作品の入れかえを行ったうえで、建保七年(四月に承久と改元される)、ひそかに「天覧」を経、勅判を頂いたと、同歌合に記している。順徳天皇の加点を仰いだのであろう。けれども、現在伝わるこの自歌合には貞永元年(一二三二)の「関白左大臣家百首」の作もとられているから、定家はそののちも改訂を加えていることが知られる。

定家はこの自歌合編纂以前にも、一度ならず後鳥羽院から「自讃歌」の提出を命ぜられたことがあった。『新古今和歌集』撰進時代のさなかでのそのような下命は、撰者たちが自詠を自撰しないので、院が彼らの作品を選びいれる目的があったのであろうが、建暦三年(一二一三)正月十七日、院が定家に「生涯の詠歌廿首」を選んで進覧するよう命じたり、同月二十三日には「歌百首許(ばかり)猶撰進すべし」と命じたりしているのは、あるいは現存名歌人若干の秀歌選のごときものを計画していたのかもしれない。

しかし、定家自身は、「此の事更に思ひ得ず。撰び難きの上定めし叡慮に背くか」(正月十七日の条)というように、自身の選択がおそらく院のそれと異なっているであろうことを予想している。それは例の『最勝四天王院障子和歌』の折にも、さらにそれ以前の『新古今和歌集』撰進のさいにも知らされてきたことであった。やはり微妙なところで、このふたりの、よい歌、あるべき歌にたいする考えは違うのである。

建保四年二月以前のこのような経験からも、定家はこれまでの生涯における代表歌を自撰する必要を痛感したのであろう。このようにしてなった『定家卿百番自歌合』は、したがって彼自身の秀歌観の具体的提示でもあるのであって、その意味するところはきわめて大きい。

けれども、代表歌を自撰する作業に携わっているうちに、いっそこの機会にすべての作品を集成しておこうという気持ちがうごいたとしても、それは自然であろう。こうして、その翌月十八日、彼は家集『拾遺愚草』上中下三巻を編んだ。その奥書にいう。

先に二百首の愚歌を撰び、結番の事有り、仍りて其の遺(のこり)を拾ふと謂ひつべし。又養和元年百首の初学を企て、建保四年三巻の家集を書く。彼是の間再び拾遺の官に居る。故に此の草の名と為す。

建保四年三月十八日之を書く。

参議治部卿兼侍従藤(花押)

院勘をこうむる

承久二年(一二二〇)二月十三日、内裏では二首歌会が催された。そして、もとより定家も召されていたが、この日は亡母の遠忌にあたっている。嵯峨に指示して仏事を修させ、自身も看経(読経)したりして追善を祈るのが定家の多年の習慣である。それゆえに彼は内裏御会への参上をいったんは辞退したのであったが、忌日をはばからず参上せよとの御使を三度までも遣わされ、ついに固辞しきれず、二首題を書きつけて持参した。『拾遺愚草』巻下雑の述懐の部分に、自筆本では押紙して(付箋のかたちで)、次のように記している。

承久二年二月十三日、内裏に歌講ぜらるべき由催されしかば、母の遠忌に当れる由申して、思ひ寄らざりしに、その日の夕方にはかに、忌日を憚らず参るべき由、蔵人大輔家光三度遣したりしかば、書付けて持ちて参りし二首、春山月

さやかにも見るべき山は霞みつつわが身のほかも春の夜の月

野外柳

道のべの野原の柳下もえぬあはれなげきのけぶりくらべに

「さやかにも」の歌は、中務の、

さやかにも見るべき月をわれはただ涙にくもるをりぞ多かる　(『拾遺和歌集』雑春)

という作により、「道のべの」の作は菅原道真の歌と伝える二首の古歌、

道のべの朽木の柳春くればあはれ昔としのばれぞする　(『新古今和歌集』雑上)

夕されば野にも山にも立つけぶりなげきよりこそ燃えまさりけれ　(『大鏡』巻二)

をとりあわせたものであろう。定家にはこれ以前、北野の聖廟で詠じたという、

下もゆるなげきのけぶり空に見よ今も野山の秋の夕暮　(『定家卿百番自歌合』)

という作もあり、野焼きや山焼きの煙を心の嘆きが外にあらわれたものと見たてる発想は好むところであった。新柳が煙ったように萌えでるさまも、同様に胸の煙になぞらえることができたのである。が、道真は無実であるのに讒を負うて憤死した賢臣である。その歌と伝える二首によった「道のべの」の作が寓意的に解されたのは当然であった。しかも、「けぶりくらべに」という句は、『源氏物語』柏木の巻で、女三宮が柏木にあたえた、

立ちそひて消えやしなまし憂きことを思ひ乱るるけぶりくらべに

という作に見いだされるものである。宮廷関係では避けたほうがよい表現であったであろう。もっとも、

恋ひわびてながむる空の浮雲やわが下もえのけぶりなるらむ　(『金葉和歌集』恋下)

という周防内侍(すおうのないし)の不吉な作から、「下もえの煙」は宮廷周辺で詠むべきではないということがつとに『俊頼髄脳(としよりずいのう)』に説かれているが、かつて俊成卿女(しゅんぜいきょうじょ)は『仙洞句題五十首』において、

下もえに思ひきえなむけぶりだにあとなき雲のはてぞかなしき

と詠んで、『新古今和歌集』恋二の巻頭歌にすえられた。また、長い近衛次将としての生活を述懐した同じ定家の、

春をへてみゆきに馴るる花の陰ふりゆく身をもあはれとや思ふ　(『新古今和歌集』雑上)

は『後鳥羽院御口伝』においてほかならぬ後鳥羽院が賞し、それを自讃歌としようとしない定家を難じてさえいる。述懐する(愚痴をこぼす)こと自体がいけないのではない。臣下の述懐に耳をかし、これを登用することは帝徳にそった行為なのである。下もえの煙という発想がとがめられるものでもない。要はその詠みようであり、その底にある寓

意の性質なのである。

定家にはやはりひそかに自身を道真に擬す心が潜んでいたのであろう。あたかも醍醐天皇の周辺における藤原時平のように、院の側近には謀臣・讒臣がたくさんいる。そして賢臣たる自身は下積みの嘆きをしている。そのような鬱屈した思いがはしなくもこういうかたちであらわれてしまったのであろう。慧眼な、というか敏感な院はそれを見ぬいた。そして、怒った。院には思いあたることがあったのでもあろう。痛いところを突かれただけに、その怒りもはげしかったのであろう。定家は閉門して謹慎の意をあらわした。

このころの『明月記』は伝わっていないが、この日の記録として、主催者である順徳天皇の『順徳院御記』が残されている。それによると、天皇はあらかじめ自身の詠を水無瀬殿(父後鳥羽院)に進覧して加点を請うたのち(この二首題で何首も詠んだなかからすぐれた作を選択してもらったのであろう)、亥の時、「弘所」で会を始めた。定家のもとに使者として遣わされた職事の家光が文台をおくなどの役をつとめている。講師は藤原頼資、そして御製の講師は民部卿定家であった。このこともあって天皇は再三定家を召したのであろう。天皇は次のように感想を記している。

自他秀逸の詞無し。定家の述懐の歌耳に立つ歟。兼ねて見ざるの間、注すること能はず。又歌道においては子細を謂ひ難し。仍りて講じ了んぬ。

「耳に立つ」とは耳ざわりの意である。天皇は定家の二首を述懐(愚痴)の歌と解し、耳ざわりなものと聞いた。とくに「野外柳」をそのように感じたのであろう。前もって下見しなかったのでチェックできなかったが、歌道に関して定家に文句をいいにくいので、そのまま不問に付して講じおわったというのである。

事前に天皇の作を下見した後鳥羽院は、披講終了後全作者の作品を送りとどけさせて、これに目を通したのであろう。それがこの時分の院の習慣であったらしい。天皇が「耳に立つ歟」という程度で見のがした定家の不快感をあたえる作を、この恐ろしい治天の主は見のがさなかったのである。院は怒って、天皇にたいし、しばらくのあいだ定家を御会に召すなと命令した。

　承久二年八月十五日
今夜詩歌会なり。（中略）定家卿煙くらべの後、暫く召し寄すべからざるの由、院より仰せらる。此の如き事深く咎むるも中々歟。如何。（『順徳院御記』）

　承久三年二月二十二日
夜に入りて和歌会有り。（中略）今夜の会定家卿之を召さず。去年詠ずる所の歌禁有り。仍りて暫く閉門す。殊に上皇逆鱗有り。今に歌においては之を召すべからざるの由仰せ有り。仍りて召さず。是、あはれなげきの煙くらべにとよみたりし事なり。数輩に超越せられて此の如き歟。歌道において彼の卿を召さざること、尤も勝事なり。（同）

このようなわけで、定家の籠居はおそらくそうとう長く続いたのであろう。そして、翌承久三年（一二二一）五月十五日、京都守護伊賀光季（いがのみつすえ）を血祭りに上げることによって始まった承久の乱が、あっけなく京方の敗北に終わり、七月十三日後鳥羽法皇（これより先の八日薙髪した）が幕府によって隠岐に遷され、同二十一日には順徳院が佐渡に遷されるまで、後鳥羽院が定家をゆるした形跡はない。順徳院はむしろ定家に同情的で、父院が怒りを爆発させた年の八月にも「しのびて」歌を召している。また、慈円も定家の愚痴をなぐさめ、「四季題百首」という百首歌を詠ませたりした。そこで定家は、

馴れそめし雲の上こそ忘られねやよひの月の深き形見に
涙川はるの月なみ立つごとに身は沈み木の下に朽ちつつ

と嘆いた。

「道のべの」の歌の心を先のように読みとけば、院の怒りはかならずしも理不尽であったとはいえない。定家にしても言葉がすぎたという譏りはまぬがれないであろう。けれども、ふたりがおたがいの才を認めあい、心をかよわしていた時期であったならば、このようにしこりを残す結果にはならなかったであろう。院にしてみれば、「けぶりくらべ」の歌はこのもっともらしい様子の巨匠にたいする、積年の憤懣を爆発させるための、ひとつのきっかけにすぎなかったのかもしれない。

恋人同士でなくても、心のかよいあっていた人間関係が破綻して、憎しみだけが残ることはありがちなことだが、そのようなことが避けがたい人の世はさびしく悲しい。詩人とそのよき理解者・庇護者といううるわしい糸で結ばれていた、このふたりのあいだがらは、このように暗澹たる結果に終わった。

古典の世界へ

九重の外重の樗

承久三年(一二二一)五月の承久の乱で日本国の主後鳥羽院に勝った北条義時は、四月二十日に践祚したばかりの仲恭天皇を廃し、後鳥羽院の同母兄後高倉院(守貞親王)の御子茂仁王を位につけた。後堀河天皇である。新帝は時に十歳であったので、父後高倉院が院政をとったが、院は貞応二年(一二二三)五月に崩じた。

摂政も九条道家から近衛家実に代わった。定家は後鳥羽院の院勘によっても参議を免ぜられることはなかったが、貞応元年八月十六日参議を辞して、従二位に叙せられた。乱後目ざましい栄達をしたのは、幕府に近かった西園寺公経である。乱以前に彼は大納言で右大将になっていたが、乱後は右大将のまま内大臣に任ぜられ、さらに摂政家実が太政大臣を辞すとその地位を襲い、わが子実氏に右大将の職を譲った。この公経と道家とは深い姻戚関係で結ばれていたから、道家もやがて家実に代わって政界に復帰する。九条家を主家と仰ぎ、西園寺家の女性を妻とする定家にとって、この両権門の繁栄は自身の栄進をもたらす結果を招来するのである。まことに皮肉なことに、承久の乱という未曾有の事態が、定家の貴族としての晩年を飾ることになったのであった。

関路早春

頼みこし関の藤川春きても深き霞にしたむせびつつ

という述懐調の歌に始まる「藤河百首」という百首歌がある。これは詠作年次のあきらかでない作品群である。その百題のなかに「閏月七夕」という題が見いだされる。これはこの百題が閏七月のあった年に選定されたと解するのが自然であろう。定家が八十年の生涯を通して経験した閏七月のある年は、仁安二年(一一六七)、文治二年(一一八六)、元久二年(一二〇五)、元仁元年(一二二四)の四年である。仁安二年に定家はわずか六歳であるから、この百首歌はこれを除いた右の三年のいずれかに詠まれた可能性が大きいと考えられるが、さらに、

寄レ木述懐

九重の外重のあふち忘るなよ六十の友は朽ちてやみぬと

という一首の存在が注目される。この作を定家が友というか知人の死を回想したものと解して、この百首を元久二年の作とみる説もあるが、「六十の友」というのは、役立たずの木とされる樗(棟「せんだん」の古名)にとって六十年来の友である自身を自嘲的に表現したものと解すべきであろう。元仁元年に前参議民部卿藤原定家は六十三歳であった。ゆえに、「藤河百首」は元仁元年ごろの詠と考えられるのである。そして、

寄レ夢無常

まどろめばいやはかなる夢のうちに身を幾代とて覚めぬ歎きぞ

寄レ草述懐

引き捨つるためしもかなし掻き集めしおどろの道のもとの朽ち葉を

逐レ日懐旧

　天の戸の明くる日ごとにしのぶとて知らぬ昔は立ちも帰らず

などの諸作は、題詠とはいえ、乱後の京に生きる定家の落寞とした心を伝えるものである。

兵乱後の貴族社会の退廃ぶりは、まことに目にあまるものがある。たとえば、嘉禄二年(一二二六)六月二十三日の『明月記』には、前太政大臣故藤原頼実の孫にあたる前右中将忠嗣が群盗の一味となってしまったが、その青侍が頼実の妻卿二品に密告して事があらわれ、卿二品は彼を呼び寄せてその頭をそり、高野山に送り、そののちも衣食をあたえているという話や、六条朱雀に首のない男女の屍骸がさらされているが、男は村上源氏の従三位雅行の息侍従親行で、女は親行の姉妹で藤原基忠(松殿基房の孫)の妻であった女性だといううわさであった。このふたりは密通していたのだが、息子の悪行を怒った雅行が殺させたのであるという。定家は日記に次のような感想を書きつける。

　抑悪逆の所行と雖も、官位を帯び雲客たる者、武士の家に非ずして斬罪すること、然るべしや。京中の所行、旁不可思議と謂ひつべし。路の人見るに忍びず、樗の木を折りて其の女陰を覆はると云々。(嘉禄二年六月二十四日の条)

雅行は息子を私刑にした罪によって、この年八月恐懼に処せられ、山城国外に追放された。この雅行はその昔定家を嘲弄し、ために激昂した定家が脂燭で打って除籍された、例のけんかの相手である。定家はこのように乱倫の横行する京中に残生を過ごすのであった。

返らぬ浪の花の陰

後京極良経の遺児のひとり、鶴殿基家は、松殿基房女寿子を母として、建仁三年(一二〇三)五月二十六日の午の時に生まれている。この月日や時刻まであきらかであるのは、定家の『明月記』に記されているからである。

元仁二年(一二二五)三月尽日にあたる三月二十九日、二十三歳になっていたこの権大納言基家が、その家に三十首歌会を催した。定家はその前年の春からしきりに責められながら、なかなか詠もうとしなかったらしい。しかし、三月二十一日、ついに清書して基家のもとに進めた。このようにぐずぐずしていた理由として、定家は、「是諸人の内風情出来、前後之疑堪へ難きに依りてなり」と記している。同じような風情(趣向)の作が提出された場合、どちらが先かはっきりしないのは我慢できないからというのだが、定家としては早ばやと詠んで他人にまねられるのが不愉快だったのであろう。この日には前宮内卿家隆(いえたか)がその作を見せ、定家も自作を注し送った。二十八日には、祝部成茂(はふりべのなりしげ)、律師公猷(こうゆう)(寂蓮の子)、家隆息侍従隆祐(たかすけ)などの三十首歌を見せられて、それぞれはなはだ優美であり、「一身恥を遺すのみ」といっている。息子の為家の作はこれ以前の十三日に下見している。

そして、二十九日、四条坊門大宮の大納言家に参上した。歌会の法式について、亭主基家はいちいち定家に意見を徴している。伊勢前司清定(きよさだ)が講師をつとめた。基家の大叔父にあたる前大僧正慈円も、この日作名(筆名)で三十首歌を送ってきた。基家はそれを「存外之面目」と喜んだ。講じおわって清定の執筆で連歌を行っている。五十韻におよんだところで夜も更け、「無心」なので、定家も退出した。彼は基家の父良経の在世中、日夜供奉して、このような風雅な行事にしたがったものだが、そのとき席を同じくした者はもはやひとりもなく、なまじいに自分ひとりが生きながらえてその子息の主催する座に列していることを思い、涙に襟をうるおした。

『古今著聞集』巻十三哀傷によれば、どうやらこの三十首歌を基として五十番の撰歌合が編まれたらしい。『明月記』この年四月十日の条に、清定が基家の使いと称して訪れており、定家は「卅首歌今朝進(まゐ)らせ了(をは)りし由」答えているが、あるいはこの撰歌合と関係があるかもしれない。

この三十首での、

寄（スル）レ水（ニ）懐旧

せく人もかへらぬ浪（なみ）の花のかげ憂きを形見の春ぞかなしき

という歌は、元久三年（一二〇六）三月七日のその良経の急逝の悲しみを、あらためて思いおこしているものである。良経は曲水の宴の復興を思いたって、その準備を進めているうちに急死したのであった。「せく人」というのはすなわち、曲水を堰いて詩を賦そうとした良経その人を意味しているのである。

その思いは、当日にわかに三十首歌を送ってきた慈円も同様であった。その作は広本『拾玉集』に完全なかたちで収められているが、彼は「寄（スル）レ水（ニ）懐旧」の題では、

思ひ出でてねをのみぞ泣く行く水に書きし巴（は）の字の末も通らで

と詠んでいる。「巴の字」というのも曲水にちなむ語である。

ふたたび定家に立ちもどって、このときの詠を若干みていくと、

沢（ノ）春草

いつの日か色には出でむ夜の鶴鳴くや沢べの雪の下草

という作には、おそらくわが子為家の将来を思う自らの親心を寓しているのであろう。為家はこのとき二十八歳で正四位下左中将である。そして、この年十二月二十六日、蔵人頭に任ぜられるにいたる。そのときの定家の喜びはたいへんなものであった。

息子の将来だけでなく、自身の嘆きも相変わらずくりかえされる。

寄レ雲述懐

なべて世のなさけゆるさぬ春の雲たのみし道はへだてはててき

『和漢朗詠集』の「鶯」に載る菅原道真の詩句に、

新路如レ今穿二宿雪一　旧巣為レ後属二春雲一

新路は如今宿の雪を穿つ　旧巣は後のために春の雲に属ふ

というのがある。「春の雲」という句はたぶんこれによるのであろう。この詩句は道真が清涼殿で「鶯出レ谷」という題を賦したときのもので、鶯には登用された臣下というイメージがある。それらのことをも考えあわせると、「たのみし道」というのがなにをさすかは、かならずしもあきらかではないが、おそらく歌道に関することではなく、卿相としての栄達の道であろうと思われる。すでに参議をも経験した定家ではあるが、大納言長家を祖とする家格を思えば、中納言、さらに大納言への昇進を期待することは不当とはいえない。おそらくその願望が隔てられてしまったことを嘆いているのであろう。

山家松

しのばれむものともなしに小倉山のきばの松ぞなれてひさしき

おそらくこの作は、定家が折おり心のいこいとしていた小倉山荘での生活を投影しているのであろう。自ら「残涯」(元仁二年三月二十九日の条)とも記しているように、時に六十四歳の定家はすでに長生きしすぎたという感慨にとらわれていたようである。そして、ともすれば小倉山麓あたりにひきこもったまま、世事を忘れ、世間からも忘れられての余生を過ごしたいと考えていたのであろう。しかし、世間はそれをゆるさなかった。承久の乱以後の荒廃した宮廷和歌の花園にふたたび花を咲かせる役は、後鳥羽院に近い家隆ではつとまらなかった。公経や道家などの権力者たちは定家の指導力を期待していたのである。そして、同じ権力者たちは定家が「へだてはてき」と思いこんでいた「たのみし道」を開いてもくれるのである。

最後の百首と新勅撰和歌集撰進の下命

寛喜元年(一二二九)十一月十六日、関白九条道家女竴子(しゅんし)(時に二十一歳)が後堀河(ごほりかわ)天皇の内裏に入内し、まもなく女御とされた。この入内に先だって、七人の作者によって屛風歌が詠まれ、選定されている。八月一日ころには題についての相談がなされ、定家は十一月九日清書して、関白家に持参、提出している。選定は十二日から十四日まで、三日にわたって行われ、その後もさしかえなどがなされている。この屛風歌の清書の役は世尊寺(せそんじ)行能(ゆきよし)が命ぜられた。行能はそのことをたいそう栄光としている。また、絵師は最勝四天王院の障子絵を描いた絵師たちのひとり、兼康(かねやす)であった。

和歌の選定の模様を伝える日記には、定家の家隆や公経にたいする微妙な感情をうかがわせる記述がみられて、興味深い。定家は今回の家隆の作がすこぶるよくないと批判し、公経の作も多く選ばれすぎていると難じている。

『女御入内屛風歌』につづいて、道家は人びとに百首歌を詠ませようと思いたった。定家が為家(ためいえ)を通じてそのことを聞き知ったのは、寛喜二年六月九日のことである。定家や家隆は当初作者に予定されていなかったらしく、「老者恩免幸ひと謂ふべし」と記すが、筆を継いで「前宮内定めし所望歟。傍若の事なり」とも書いている。自分が加わらないのだから、家隆もひっこんでいるのが当然で、自分をさしおいて彼が参加するのは我慢できないという口吻がうかがえる。このふたりのうるわしかった友情にも、承久の乱以来、あるいはその前の「けぶりくらべ」の歌で院勘をこうむったころから、かげりがさしてきている。おそらく定家は家隆の背後に隠岐の院の影を感じているのであろう。しかし、結局、定家も家隆もともに加わることになった。

この百首歌の計画が披露されてまもなく、定家は勅撰集撰進のことについて、道家から諮問されている。すなわち、寛喜二年(一二三〇)七月六日の日記にいう。

昨日の事殿下に申し入る。勅撰集有るべしとの仰せ。其の年限先例定め無し。事の遅速時儀に依るべきか。抑撰者尤も其の器量を撰ばる。定家道においては其の機縁無く、家跡を継ぐ能はず。況んや謫居に弃置の後、悲涙眼を掩ひ、憂火肝を焦せり。和歌の気味境を隔て忘却の由なり。仰せに云く、去んぬる比聊か天気を伺ふに、頗る以て快然たり。東方の悲歎暫く其の程を過ぐし、重ねて申し出づべき歟。今度においては撰者誰在るか。専一勿論てへり。道において本意と謂ふべしと雖も、心中の望み更に他無し。又近日若し其の事有らば、事の体頗る前々の例に似ず、進退谷まるべき事歟。前代の御製尤も以て殊勝、之を撰ばば集の面を充満すべし。事の体機間然るべしや。聖代の勅撰、前代の御製員数多きは、当時見る所忌諱の疑ひ有り。其の数を略さば、定めし又世間の謗有らむ歟。前宮内(家隆)秀入道(藤原秀能、法名如願)弥讒言弾指すべし。彼是極めて測り難し。窃かに以て暫く此の程を過ぐべきか。

ここでも、定家は撰者たることをあえて希望しないとはいいながらも、それが本音でないことを隠そうとはしない。が、撰者となれば遠所に遷された三上皇の詠をどうあつかうかという、きわめて困難な事態に直面せざるをえないことをも、十分にわきまえていた。ここでも彼は家隆や秀能の背後に後鳥羽院の影を見ている。撰者になることは光栄であり、また自分こそはその「器量」であるという自負もある。家隆はたしかに名歌人であるが、しょせん撰者の器ではないのだ。だからそれを内心望まないわけではないが、火中の栗を拾いたくはないというのが、このときの定家の偽らざる気持ちだったのであろう。

寛喜二年十二月三十日には、追儺のついでに小除目があるということであった。定家は「又心肝を摧く。宿運悲しむべし」と記し、女房を介して道家とおぼしき権門にはたらきかけ、定家の願望を実現させるためには妨害も多いが、来春にはなんとか努力するという返事を記し、事の妨げというのは、自身の縁者を推挙するからではないかと批判している。これによると、前参議定家はやはり権中納言への任官を希望していたのであろう。その夢がかなえられたのは、寛喜四年正月三十日のことであった。この日の日記は伝わっていないようである。

寛喜四年は四月二日、貞永と改元される。この年の六月十三日、定家は参内し、「古へ今の歌撰び進らしめよ」との後堀河天皇の勅命を承って、「唯」と奉答して退出した。第九番目の勅撰集『新勅撰和歌集』撰進の命が定家ひとりに下されたのである。定家はついに火中の栗を拾おうとするのである。

ところで、百首歌のほうはどういう経過をたどったのであろうか。百首は計画された寛喜二年の九月十三夜に披講の予定であったが、延期されている。九月二十五日の日記には、延暦・園城両寺の衆徒らが不穏なうごきをみせ、凶作で民衆が憂えているというさいであるから、百首会は延期されるべきでしょうという定家の進言にたいして、道家ももとよりわかっていると仰せられたと記している。結局披講の時期はあきらかではないのであるが、『拾遺愚草』上巻の、先に述べた建保四年(一二一六)の識語の奥に追補されている「関白左大臣家百首」の端作に「貞永元年四月」

とあるのによれば、そのころ披講されたのであろうか。『明月記』はそのころの記事を欠いているので、確かめることができない。

「関白左大臣家百首」とは、貞永元年(一二三二)関白左大臣であった九条教実(のりざね)(道家嫡男)家の百首の意である。教実はこの年十月四日には摂政となり、世に洞院摂政と号したので、「洞院摂政家百首」という呼称もある。定家晩年のまとまった作品群であり、おそらく最後の公的な百首であろう。その意味においてきわめて重要な作品群である。

この百首は計二十題、各題五首からなるが、そのうち「述懐」五首には功なり名遂げて自足した正二位権中納言としての感懐が横溢している。

神風や御裳濯川(みもすそがは)に祈りおきし心の底や濁らざりけむ
そのかみのわが兼言(かねごと)にかけざりし身のほど過ぐる老の波かな
待ちえつる古枝(ふるえ)の藤の春の日に梢の花を並べてぞ見る
はからずよ世に有明の月に出でてふたたびいそぐ鳥の初声
たらちねの及ばず遠き跡過ぎて道をきはむる和歌の浦人

定家は建久六年(一一九五)、教実には祖父にあたる良経が公卿勅使として伊勢神宮に遣わされたとき、その供をして内宮・外宮に参拝した。そのときの良経・定家の詠は『新古今和歌集』神祇の部にとられている。「神風や」の詠は、あきらかにそれを念頭においたものである。

「そのかみの」の作は、晩年にいたって、若いころは思いもおよばなかったほどの栄達を遂げたわが身を顧みたものである。

「待ちえつる」の歌は、「梢」に「子」を響かせて、藤原氏の末流であるおのれの家の子供たち、具体的には息男為家と女後堀河院民部卿典侍（みんぶきょうのすけ）のふたりが、ともに九条家の庇護のもとに日のあたる場所で順調に宮仕えしていることを自ら祝ったものであろう。

「はからずよ」の作は、鶏鳴にうながされて、まだ有明の月の残る早暁出仕する官人としての自らの姿を歌って、あたかも『正治二年院初度百首和歌』での「鳥」五首の最初、「宿に鳴く」の歌と応和するような趣さえある。そして、「たらちねの」の詠こそは、権中納言に任ぜられたうえに勅撰集の単独撰進を命ぜられて、宮廷歌人としての栄誉をきわめたと認識された自身にたいする自足の念の、率直な表白にほかならないであろう。

同じ百首で同じ「述懐」題を、前宮内卿家隆は次のように歌っている。

　厭ひ出でてこの世はよそに聞くべきに憂きは身に添ふ影ぞかなしき
　頼みこしわが心にも捨てられて世にさすらふる身を厭ふかな
　わが罪を昔も今もあがひえで去らむこの世のはてぞかなしき
　翁さび人なとがめそ籠（こ）の中（うち）に昔を恋ふる鶴の毛衣
　さてもなほあはれはかけよ老の波するゐ吹きよわる和歌の浦風

「翁さび」の歌は、在原行平（ゆきひら）の、

　翁さび人なとがめそ狩衣けふばかりとぞたづも鳴くなる　（『後撰和歌集』雑一）

という著名な古歌によりながら、後鳥羽院時代への懐旧の念を隠していない。また、「さてもなほ」の作では自らの「するゐ」、侍従隆祐らの子供たちに憐憫の情をかけてくれるよう、九条家の人びとに訴えているのである。定家の五首

との明暗の対照は残酷なまでに著しい。

定家はこの百首を詠んだのち、『定家卿百番自歌合』を改訂して本百首の作をも入れている。そこに選ばれた恋の歌としては、次のようなものがある。

忍ブル恋

うへ茂る垣根がくれの小笹原(をざさはら)しられぬ恋はうきふしもなし

不ルㇾ遇ハ恋

よなよなの月も涙に曇りにき影だに見せぬ人を恋ふとて

後ノ朝恋

今のまのわが身にかぎる鳥の音をたれ憂きものと帰りそめけむ

「眺望」の題では、

ももしきの外重(とのへ)を出づるよひよひは待たぬに向かふ山の端の月

という作を『百番自歌合』に選びいれている。やはり『百番自歌合』に任権中納言以後入れた、

をさまれる民のつかさのみつぎ物ふたたびきくも命なりけり

という歌とともに、晩年における官人定家の自足した生活を物語る現実色濃い歌というべきであろう。

そして、同じく「眺望」の題を詠じた、

吹きはらふもみぢのうへの霧晴れて峯たしかなる嵐山かな

という一首は、本百首全体を通じての秀作たるを失わない。ここで定家が朝夕見なれているはずの嵐山は、あいまい

さを払拭した、かっきりした輪郭をもって描きだされている。それは観念的幻想世界の所産ではない。さりとて、たんなる写実でもない。紅葉におおわれた山という対象物を清澄な空気のなかに確かにとらえたこの作は、それ自体完結したひとつの美の世界なのである。

新勅撰和歌集の撰進まで

「関白左大臣家百首」が完成した貞永元年(一二三二)十月二日、まだ選歌はととのっていなかったけれども、定家は『新勅撰和歌集』の仮名序代と二十巻の部目録を一紙に書いて奏覧した。後堀河天皇の皇子四条天皇への譲位を二日後にひかえて、道家・教実父子が形式的奏覧を急いだのであろう。

そして、十二月十五日には権中納言をも辞し、年が改まると、「昨今只和歌を見る」(貞永二年一月二十一日の条)という生活が続けられた。自分の歌を入れてもらいたいために定家の家を訪れる者も少なくなかった。定家は「関白左大臣家百首」の「雪」の題で、

　　老いらくは雪のうちにぞ思ひ知る問ふ人もなし行く方もなし

と詠じているが、現実の彼の老後は、かならずしも、そのようなさびしいものではなかったのである。

ここに、思いもかけぬ不幸が彼を見舞った。

天福元年(一二三三)九月十八日、藻璧門院(そうへきもんいん)(藤原竴子(しゅんし))は難産の末急逝した。二十五歳であった。女院に仕えていた定家女後堀河院民部卿典侍(みんぶきょうのすけ)は、悲しみのあまり尼になった。家隆がこの出家の悲しみを弔ってきている。

　　花の色もうき世にかふる墨染の袖(そで)や涙になほしづくらむ

愛する娘に先んじられた定家は、この年十月十一日興心房を戒師として出家、法名を明静と号した。定家出家の報を聞いて、翌日もその翌日も人びとがぞくぞくと弔問にやってきた。この二日の日記は仮名書きで、

さらに物まうでのよしをいひて、かどをあけず。（十二日）

かしらさむくてえあはず。（十三日）

などと記している。十七日には家隆や家長が遁世を弔う歌を送ってきた。『拾遺愚草』にはこのときの家長との贈答を追補している。

遁世のよし聞きて　家長朝臣

墨染の袖のかさねてかなしきはそむくにそへてそむく世の中

返し

生ける世にそむくのみこそうれしけれあすとも待たぬ老の命は

天福二年（一二三四）三月十二日には、『新勅撰和歌集』の清書本二十巻が行能のもとから届けられ、定家はその清書本と草本とを道家のもとに持参し、労をねぎらわれた。

その後、五月に後堀河院の詠五首をあたえられて、これを切り継いだが、さらに『後拾遺和歌集』に下命者白河天皇の詠が七首載っている佳例にならって、もう二首をいただいて、総歌数千五百首として完成しようと考えていた。

ところが、彼にとってはまたもや不測の事態が出来した。

天福二年八月六日には、後堀河院が二十三歳で崩じた。

その翌日、定家は『新勅撰和歌集』の草稿本を焼いてしまった。

辰の時許(ばかり)勅撰愚草廿巻南庭に縿置(さんち)し、之を焼く。已に灰燼と為る。勅を奉じて未だ巻軸を調へざる以前此の如き事に遭ふ。更に前蹤(せんしょう)無し。冥助(めいじょ)無く機縁無きの条、已に以て露顕せり。徒(いたづ)らに誹謗罵辱を蒙(かうむ)るべし。置きて詮無き者なり。

おそらく彼は、二条天皇の崩御によって『続詞花(しょくしか)和歌集』を勅撰集にしてもらう機を逸した藤原清輔の無念さと同じくやしさをかみしめていたのであろう。「それ見たことか」という、後鳥羽院の遺臣たちの「誹謗罵辱」が聞こえるような気がして、切歯する思いであったであろう。

しかし、道家はこの勅撰集の完成を断念しなかった。十月下旬、故院の生前に奏覧された本を探しだして、定家に撰集の業を続けさせた。

十一月九日、定家は道家の家で、道家・教実の「監臨」のもとに、『新勅撰和歌集』から百首を切り捨て、また新たな歌を入れた。捨てられたのはおそらく後鳥羽・順徳両院(もしくは土御門(つちみかど)院も加えた三院)の詠、およびそれに関係した作であろう。後年このことを俊成卿女(しゅんぜいきょうじょ)は憤慨して、為家にあたえた『越部禅尼消息(こしべのぜんにしょうそく)』のなかで、

新勅撰は隠れ事候はず。中納言入道殿ならぬ人のして候はば、取りて見たくだに候はざりし物にて候。さばかりめでたく候御所達の一人も入らせおはしまさず、そのこととなき院ばかり、御製とて候事、目も昏(く)れたる心地こそし候ひしか。歌よく候ふらめど、御爪点合(おんつまてんあは)れたる、出さんと思しめしけるとて、入道殿の選り出させ給ふ、七十首とかや聞えしよし、かたはらいたやと打ち覚え候ひき。

と記している。しかしながら、幕府の干渉を避けるために、道家父子は定家に因果をふくめてこのような荒療治を行ったのであろう。ついに定家はこのようなかたちで火中の栗を拾わされた。

文暦二年（一二三五）二月二十八日、『新勅撰和歌集』の上帙が書写され、行能から為家のもとへ送られてきた。三月十二日には下帙も送られてきたので、定家は二十巻の清書本を絵筥に入れ、道家に進覧した。曲折を経た『新勅撰和歌集』はここにようやく完成したのである。

老いを養う

『新勅撰和歌集』の完成から二か月あまりがたった。四月から五月にかけての定家は主として嵯峨にいて、花を見たり、お寺参りをしたりしながら、老いを養っていた。四月二十三日には為家の舅蓮生（宇都宮頼綱）の中院別荘に行って中島の藤の花を見、五月一日にはやはり中院で人びとと連歌に興じている。

おそらく、そのような折に、定家は蓮生から中院の障子に張る色紙形和歌の選定を依頼されたのであろう。彼はそれを五月二十七日自ら染筆して、蓮生のもとに送った。

予本自文字を書く事を知らず。嵯峨中院障子色紙形、故に予書くべきの由彼の入道懇切なり。極めて見苦しき事と雖も愁に筆を染め之を送る。古来の人の歌各一首、天智天皇より以来家隆雅経に及ぶ。

これが世に「小倉百人一首」とよばれるものの第一次成立を告げる記事である。その背後には隠岐における後鳥羽院の『時代不同歌合』の撰との微妙な関係が想像され、今にいたるまでなぞの部分が残されている。

六月廿三日、（中略）昨今黄梅落ち尽せり。此の三四日郭公鳴かず。

閏六月廿二日、（中略）槿花初めて開く。

同廿五日、（中略）蟬の声庭樹に満てり。

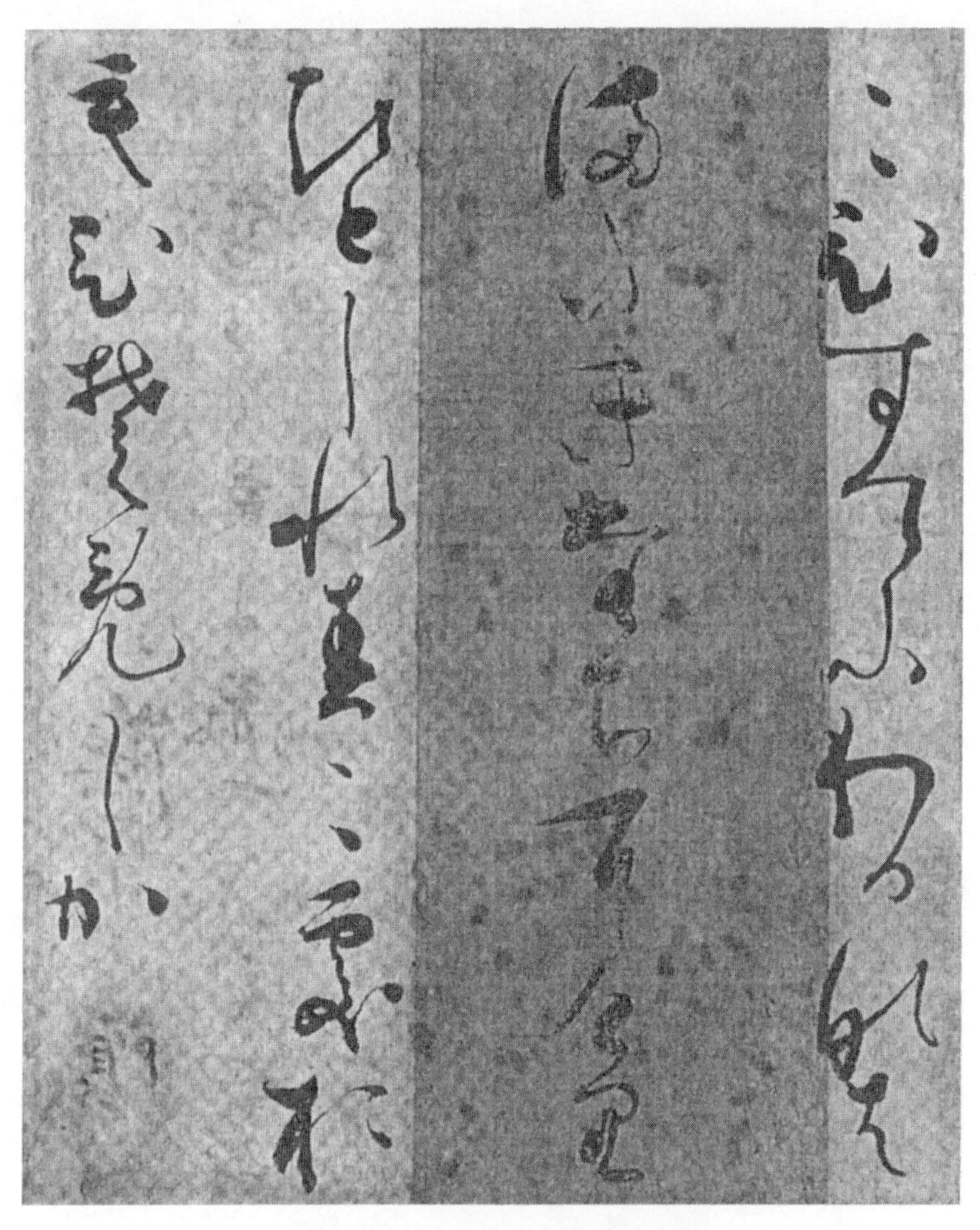

藤原定家筆『小倉色紙』(徳川美術館蔵)

こひすてふわかなは／またきたちにけり／ひとしれすこそお／もひそめしか／壬生忠見の歌で，もともと『天徳四年三月三十日内裏歌合』に，平兼盛の「忍ぶれど色に出でにけりわが恋はものや思ふと人の問ふまで」とあわされ，ともに名歌なので判者藤原実頼が判じあぐねたという作である．縹色を中に楮紙三枚を継いだ料紙はいかにもすっきりとしており，近代的な感覚すら与える．その上に一字一字力強く書かれた仮名は，定家の晩年にいたるまでも衰えることのない気力を今に伝える．

十二月廿三日、（中略）隣柳霞聳き、庭松鶯啼く。
同廿六日、（中略）朝霞深く、鶯既に頻りに歌ふ。春気有り。
同廿九日、（中略）紅梅纔かに開き、黄鶯頻りに囀る。閑地の桑門事の艱難を知らず、只春景の早速なるを悦ぶこと如何。

しばしばこのような四季の移り変わりをまじえながら書きつがれてきた『明月記』は、現在のところ嘉禎元年（一二三五）十二月三十日の記事を最後として、以後の記録は知られない。息為家の譲状によれば、それ以後、最晩年まで書きつづけられたと想像されるのであるが、おそらく散逸してしまったのであろう。

嘉禎元年、定家は七十四歳である。彼はこののちなお六年を生きた。おそらく老人呆けをすることはなかったであろう。嘉禎三年十月には『順徳院御百首』に批点判詞を加え、同四年（十一月二十三日暦仁と改元）には歌学書『僻案抄』をやはり順徳院に送り、延応元年（一二三九）後半には衣笠大納言家良の歌草を校閲し、同二年六月には藤原長綱に『僻案抄』の一見をゆるしている。『定家物語』の名で伝わる歌学書も、この最晩年の著述であろう。そのなかには「新島守」という歌語について、家隆とその弟子たちが愛用している言葉で、自分はその正確な意味を知らないという、皮肉たっぷりの発言が見いだされる。おそらく、

われこそは新島守よおきの海の荒き浪風心して吹け　（『遠島御百首』）

という後鳥羽院の歌は定家の耳にも聞こえていたと想像される。嘉禎二年七月には『遠島御歌合』が行われ、家隆・隆祐の父子は作品を送っているが、定家や為家は加わっていない。佐渡とは音信を続けた定家も、隠岐にたいしては沈黙を守りつづけたようである。

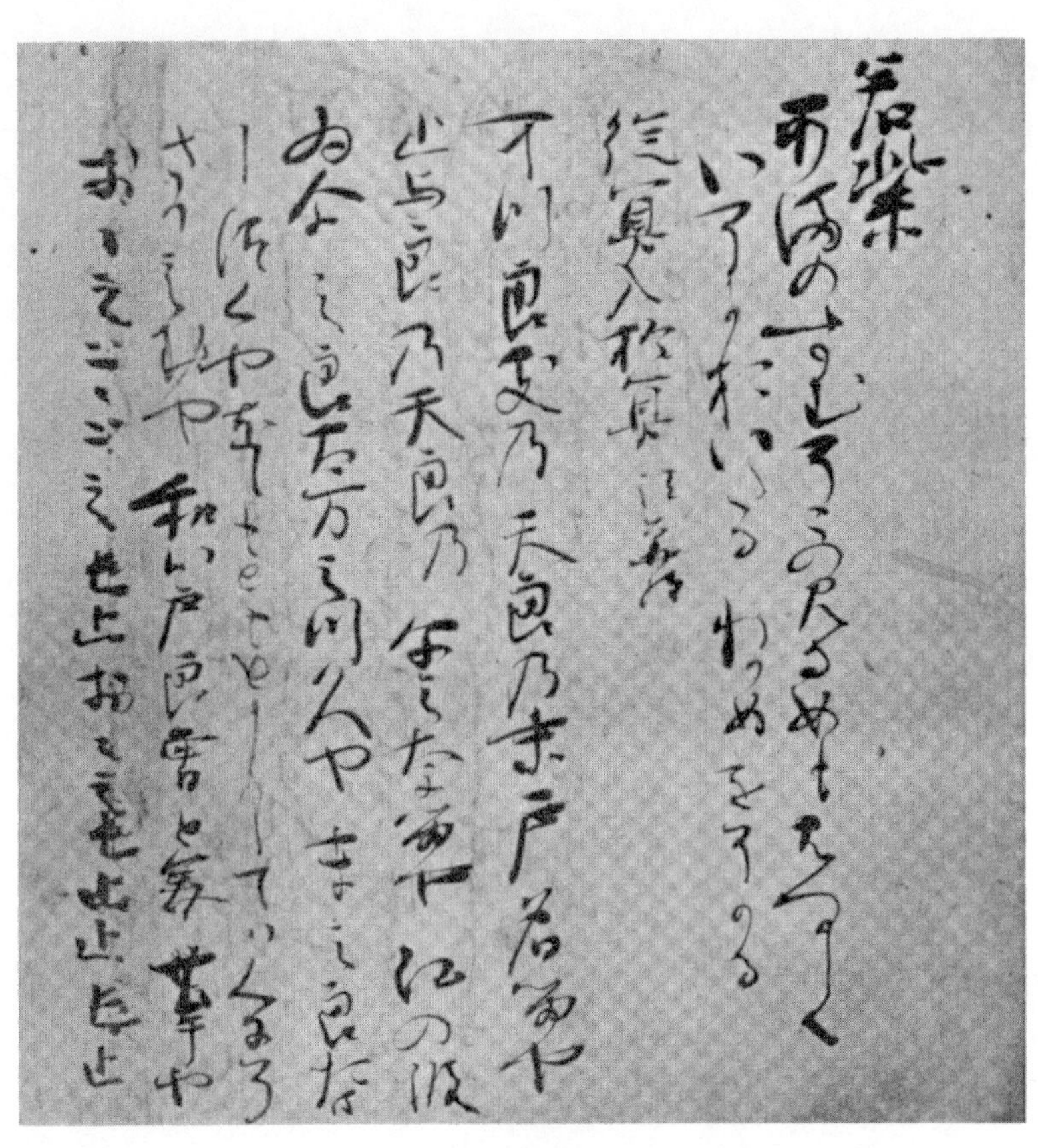

『源氏物語奥入』(日本古典文学会提供)　物語各帖の奥に書き入れた注釈をまとめたもの

以後の彼はおそらく嵯峨の山荘を生活の本拠として、古典の世界に沈潜していったのであろう。

定家には『源氏物語』の注釈書『奥入』の著作がある。現在自筆本が伝存するが、その奥書は次のように記されている。

　此の愚本数多の旧手跡の本を求め、彼是を抽き用捨、短慮の及ぶ所琢磨の志有りと雖も、未だ九牛の一毛に及ばず。井蛙の浅才寧ぞ及ばん哉。只嘲弄を招くべし。纔かに勘へ加ふる事有りと雖も、又是言ふに足らず、未だ尋ね得るに及ばず。

以前不慮の事に依り、□此の本披露、華夷（都と田舎）遐邇（遠いところと近いところ）において、門々戸々書写し、誹謗に預ると云々。後悔すと雖も詮無し。前事に懲り、毎巻奥所に僻案を注付せり。切出し別紙と為すの間、哥等多く切り失ひ了んぬ。旁難恥辱に堪ふるの外他無し。向後他見を停止すべし。

非人桑門明静（みやうじやう）

この署名から、これが天福元年（一二三三）十月十一日の出家以後に記されたものであることは確かであるが、この老後の生活のなかでそのような研究がまとめられていったのであろう。

嘉禎三年（一二三七）四月九日、藤原家隆、法名仏性（ぶっしょう）が天王寺で日想観を観じて、安らかな往生を遂げた。延応元年（一二三九）二月二十二日、後鳥羽法皇はやみがたい望郷の思いと、おそらくは深い怨念をいだきながら、隠岐島に六十の生涯を閉じた。その翌年にはあとを追うように、如願（にょがん）法師（藤原秀能（ひでよし））が世を去った。定家が黄壌に帰したのは、さらにそののちのことである。『公卿補任』仁治二年（一二四一）の条を見ると、侍従中納言為家が二月一日権大納言に任ぜられたが、八月二十日父の喪にあって服解し、復任しなかったと注されている。定家はこの年八月二十日、奇しくもかつての友家隆と同じく八十歳で世を去ったのであった。彼が死を迎えた場所が嵯峨の山荘であったか、または京の市中であったかは、明らかではない。

藤原定家関係図

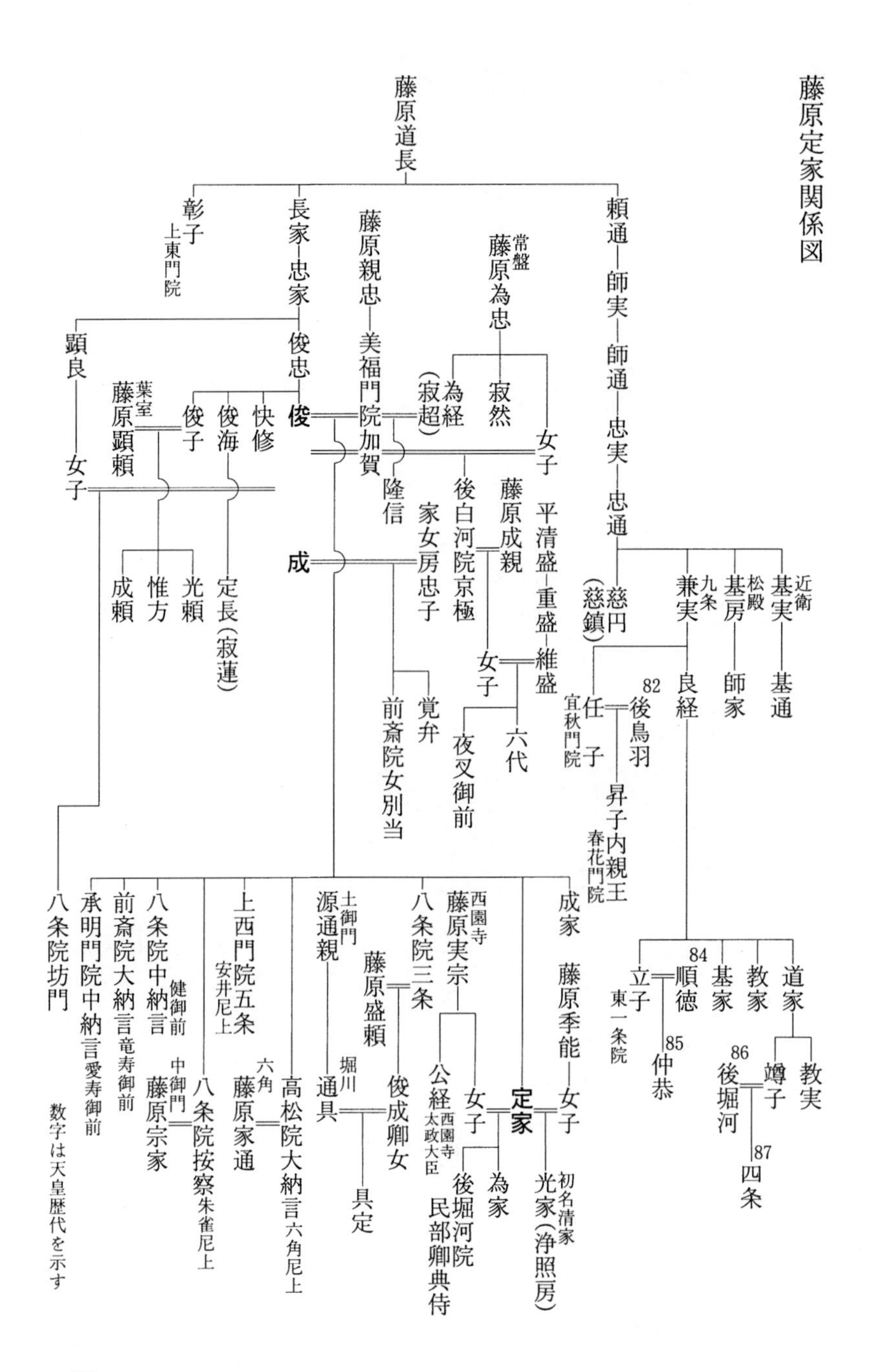

数字は天皇歴代を示す

定家略年譜

天皇	年号	西暦	年齢	定家の事跡	一般事項
二条	応保2	一一六二	1	この年生まれる。父、顕広(仁安2年、俊成と改める)49歳。母、美福門院加賀。	6・18藤原忠実没(85歳)。
六条	仁安元	一一六六	5	12・30従五位下となる。光季を季光と改める。	7・26藤原基実没(24歳)。
	2	一一六七	6	12・30紀伊守となる。季光を定家と改める。	
高倉	安元元	一一七五	14	12・8侍従に任ぜられる。	
	治承2	一一七八	17	3・15『別雷社歌合』の歌人となる。	平康頼『宝物集』成る。
安徳	4	一一八〇	19	1・5従五位上となる。	7・14後鳥羽天皇生まれる。
	養和元	一一八一	20	4「初学百首」を詠む。「天の原思へばかはる色もなし秋こそ月のひかりなりけれ」	1・14高倉上皇没(21歳)。閏2・4平清盛没(64歳)。
	寿永元	一一八二	21	この年、「堀河題百首」を詠む。	春、京都飢饉。死者多数。
	2	一一八三	22	この年、藤原季能女と結婚か。	この年、北条泰時生まれる。

後鳥羽

年号	西暦	年齢	事項	一般事項
元暦元	一一八四	23	9重保の『賀茂社歌合』に二首出詠。この年、長子、光家生まれる。	
文治元	一一八五	24	11・22夜、少将源雅行と殿上で争い除籍される。	3壇ノ浦に平氏滅亡。
2	一一八六	25	3除籍解除。「二見浦百首」を詠む。「見わたせば花も紅葉もなかりけり浦の苫屋の秋の夕暮」	西行、東大寺大仏再建のため、陸奥に下向。
3	一一八七	26	春、「殷富門院大輔百首」を詠む。	10・29藤原秀衡没。
4	一一八八	27	9・29殷富門院大輔をたずね連歌。	4俊成『千載和歌集』奏覧。
5	一一八九	28	10西行の『宮河歌合』に加判。11・13左近衛権少将となる。	閏4・30衣川の館で源義経討たれる(31歳)。
建久元	一一九〇	29	6「一字百首」、「一句百首」を詠む。9・13左大将良経家にて「花月百首」を披講。	2・16西行寂(73歳)。
2	一一九一	30	6「いろは四十七首」を詠む。閏12・4良経家にて「十題百首」を披講。	7栄西、宋より帰朝、臨済宗を伝える。
3	一一九二	31	9・13良経家にて「いまこむと」の三十三首を詠む。	7源頼朝、鎌倉に幕府を開く。
4	一一九三	32	2・13母没。秋、良経主催『六百番歌合』に列する。	2・21藤原公衡没(36歳)。
5	一一九四	33	この年、藤原実宗女と結婚か。	7・5禅宗弘法禁止される。
6	一一九五	34	1・5従四位上となる。この年民部卿典侍生まれる。	
7	一一九六	35	9・18良経家にて、「韻歌百廿八首和歌」、秋、同家	11・25藤原(九条)兼実、関白を

天皇	年号	西暦	年齢	事項	一般事項
				にて「秋はなを」の三十一首を詠む。	免ぜられる。
	建久8	一一九七	36	秋のころ、秋の歌を多く詠む。	順徳天皇生まれる。
土御門	9	一一九八	37	夏、昨年12月1日に召された『仁和寺宮五十首和歌』(御室五十首)を詠進。「春の夜の夢の浮橋とだえして峯に別るる横雲の空」この年、為家生まれる。	1・11土御門天皇即位。関白基通を摂政とする。
	正治元	一一九九	38	12『左大将家冬十首歌合』に列する。	1・13源頼朝没(53歳)。
	2	一二〇〇	39	2・20姉八条院三条没(53歳)。8・9『正治二年院初度百首和歌』作者に加えられ、同・25これを詠進。「駒とめて袖うちはらふかげもなし佐野のわたりの雪のゆふぐれ」同・26内昇殿をゆるされる。10・26正四位下となる。	
	建仁元	一二〇一	40	2『老若五十首歌合』に列する。6・11『千五百番歌合』の百首歌を院に詠進。7・26和歌所寄人を命ぜられる。10・5～26熊野御幸に供奉。11・3『新古今和歌集』撰者を下命される。	1・25式子内親王没(53歳)。5俊成『古来風体抄』成る。この年、殷富門院大輔没か。
	2	一二〇二	41	3・22和歌所「三体和歌会」に列する。6・3『水無瀬釣殿当座六首歌合』の歌を詠進。9・6院より『千五百番歌合』加判を命ぜられる。同・13『水無瀬殿恋十五首歌合』に列する。閏10・24左近衛権中将となる。	7・20ごろ、寂蓮没。12・25藤原良経、摂政となる。
	3	一二〇三	42	8・14院の命により「俊成九十賀屏風歌」詠進。	

天皇	年号	西暦	年齢	事項	参考事項
				11・23俊成、和歌所にて九十賀を賜わる。12・17姉八条院按察(あぜち)没(50歳)。	
土御門	元久元	一二〇四	43	11・10『春日社歌合』に列し、講師をつとめる。同・30俊成没(91歳)。	
	2	一二〇五	44	3『新古今和歌集』を撰進。9・2内藤知親に付して、源実朝に『新古今和歌集』を献ずる。	
	建永元	一二〇六	45	7・25『卿相侍臣歌合』に列する。	3・7藤原良経急逝(38歳)。
	承元元	一二〇七	46	3・7上下の『賀茂歌合』に列する。6・10「最勝四天王院名所御障子和歌」を詠進。	4・5藤原兼実没(59歳)。
	2	一二〇八	47	5・29『住吉社歌合』に列する。	
	3	一二〇九	48	夏、源実朝に「詠歌口伝」(『近代秀歌』)一巻を贈る。	
順徳	建暦元	一二一一	50	9・8侍従に任ぜられ、従三位に叙せられる。	10〜翌3鴨長明『無名抄』成る。
	2	一二一二	51	12・2後鳥羽院二十首(五人百首)詠進。同月、院の連歌会に列する。	1・25法然寂(80歳)。3・30鴨長明『方丈記』成る。
	建保元	一二一三	52	1・17生涯の詠歌二十首を院に進覧。11・8『万葉集』を源実朝に贈る。	12源実朝『金槐和歌集』成る。
	2	一二一四	53	2・11参議になる。同・30仁和寺宮に「月次花鳥和歌」を進む。8・16『内裏秋十五首歌合』の作者および判者となる。	2栄西『喫茶養生記』成る。

天皇	年号	西暦	年齢	事項	参考事項
順徳	建保3	一二一五	54	3・30兄成家出家。9・13『内大臣家百首』披講。10・26『内裏名所百首』を献ずる。	1・6北条時政没(78歳)。
	4	一二一六	55	1・13治部卿に任ぜられる。同・28「院百首」詠進。2『定家卿百番自歌合』、3『拾遺愚草』成る。閏6・9『百番歌合』に列する。「来ぬ人を松帆の浦の夕なぎに焼くや藻塩の身もこがれつつ」	閏6・8鴨長明没(62歳。一説、63歳、64歳、68歳)。
	5	一二一七	56	4・14後鳥羽院庚申御会に列する。11・4『内裏歌合』に列する。	
	6	一二一八	57	7・9民部卿に遷任。	12源実朝、右大臣となる。
	承久元	一二一九	58	7・2『毎月抄』を衣笠家良に贈るか。この年『道助法親王家五十首和歌』を詠進。	1・27源実朝横死(28歳)。
	2	一二二〇	59	2・13内裏和歌御会での歌二首により、後鳥羽院の勅勘を受け、こののち、公の会に召すべからずとの仰せを受ける。6・4兄成家没(66歳)。	
仲恭	3	一二二一	60	3・8内裏より忍んで『春日社歌合』の歌三首を召される。同・21『顕註密勘』成る。	5・14承久の乱起きる。7後鳥羽院隠岐に遷幸。
後堀河	貞応2	一二二三	62	7・22『古今和歌集』を書写する。	12・11運慶没。
	元仁元	一二二四	63	この年、「藤河百首」を詠むか。	6・13北条義時没(62歳)。
	嘉禄元	一二二五	64	2・16『源氏物語』五十四帖を書写しおわる。3・29権大納言家三十首和歌会に列する。	7・11北条政子没(69歳)。9・25慈円寂(71歳)。

後堀河	2	一二二六	65	3・15『古今和歌集』を書写する。8『僻案抄』を著す。	
	安貞元	一二二七	66	10・21民部卿を辞し、正二位となる。	
	寛喜元	一二二九	68	11・9「女御入内屏風歌」を詠進。	
四条	貞永元	一二三二	71	1・30権中納言となる。4「関白左大臣家百首」を詠む。「たらちねの及ばず遠き跡過ぎて道をきはむる和歌の浦人」12・15権中納言を辞する。	8・10執権泰時『御成敗式目』を制定する。10・4四条天皇即位。
	天福元	一二三三	72	10・11興心房を戒師として出家。法名、明静。	9・18藻壁門院没(25歳)。
	文暦元	一二三四	73	6・3命により『新勅撰和歌集』の草本を進入。	8・6後堀河院没(23歳)。
	嘉禎元	一二三五	74	3・12『新勅撰和歌集』清書二十巻、草二十巻を道家に進献する。5・27宇都宮入道の嵯峨別荘に「小倉山荘色紙和歌」(『百人一首』の原形)を書く。	3・28藤原教実没(26歳)。
	3	一二三七	76	10『順徳院御百首』に加判。	4・9藤原家隆没(80歳)。
	延応元	一二三九	78		2・22後鳥羽院没(60歳)。
	仁治元	一二四〇	79	6前左馬権頭藤原長綱に『僻案抄』の一見をゆるす。	5・21藤原秀能没(57歳)。
	2	一二四一	80	8・20没。	

参考文献

佐佐木信綱校訂『藤原定家歌集』岩波文庫、一九三一年。
冷泉為臣編『藤原定家全歌集』文明社、一九四〇年。重版、国書刊行会、一九八四年。
『私家集大成』中世Ⅱ、和歌史研究会編、明治書院、一九七五年。
赤羽淑著『名古屋大学本 拾遺愚草』笠間書院、一九八二年。
赤羽淑著『藤原定家全歌集全句索引』笠間書院、一九七四年。
『明月記』全三冊、国書刊行会、一九一一年。重版、国書刊行会、一九六九年。
『明月記』第一（史料纂集）続群書類従完成会、一九七一年。
今川文雄著『訓読明月記』全六巻、河出書房新社、一九七七―七九年。
今川文雄著『明月記人名索引』初音書房、一九七二年。
石田吉貞著『藤原定家の研究』文雅堂、一九五七年。
村山修一著『藤原定家』（人物叢書）、吉川弘文館、一九六二年。
安田章生著『藤原定家研究増補版』至文堂、一九七五年。
赤羽淑著『定家の歌一首』桜楓社、一九七六年。
辻彦三郎著『藤原定家明月記の研究』吉川弘文館、一九七七年。
安東次男著『藤原定家』（日本詩人選11）、筑摩書房、一九七七年。
近藤潤一・千葉宣一・菱川善夫・山根対助共著『初学百首』桜楓社、一九七八年。
佐々木多貴子・浅岡雅子・神谷敏成共著『二見浦百首』桜楓社、一九八一年。
藤平春男著『新古今歌風の形成』明治書院、一九六九年。
久保田淳著『新古今歌人の研究』東京大学出版会、一九七三年。

久保田淳著『日本人の美意識』講談社、一九七八年。
風巻景次郎著『風巻景次郎全集』第六巻、桜楓社、一九七〇年。
谷山茂著『谷山茂著作集』第五巻、角川書店、一九八一年。
雑誌『国文学』第二十六巻第十六号「藤原定家と百人一首」、学燈社、一九八一年。

Ⅱ　時代と生活

承久の乱以後の藤原定家――『明月記』を読む

藤原定家の『明月記』をできるだけ丹念に読みながら、彼の生活と文学の関り合いを探りたい。――本稿は承久の乱以後の記事を対象としてのそのような試みの中で逢着した二、三の事柄について、いささか考証を試みたものである。考証は煩瑣にわたり、しかも明確な結論は得られないのであるが、中世初頭の社会に生きた定家の生活と文学の実態を捉える上には、このような作業も全く無意味でもないであろうと考える。

一

国書刊行会本『明月記』で、一応安貞元年(一二二七＝嘉禄三年、十二月十日安貞と改元)四月二十七日として掲げる記事に、

廿七日、天晴、巳後忽陰、大風起、雲飛揚、法眼借二送保元元年七月旧記一、年来未レ見、馳レ筆書二写之一、(下略)

と見える。敢えて「一応」とことわるのは、早く同本校訂者が注するように[1]、嘉禄三年四月として伝わる同記の記事には、明らかに嘉禄元年の記事が混入していて、直ちにその日付を信ずることはできないからである。おそらく、こ

の記事はやはり嘉禄三年のものではあろうが、四月二十七日ではなく、六月二十七日の記事であろう。

ここに言う「保元元年七月旧記」とは、一体いかなる記録であろうか。

保元元年(一一五六)七月は、かの保元の乱が起こった年月である。その旧記というからには、これはこの乱の記録であると考えざるをえない。保元の乱における合戦記録として源雅頼の日記というものが存したことは、『愚管抄』によって知られる。すなわち、同書巻四に、

> コノ十一日ノイクサハ、五位蔵人ニテマサヨリノ中納言、蔵人ノ治部大輔トテ候シガ、奉行シテカケリシ日記ヲ思ガケズミ侍シナリ。「暁ヨセテノチ、ウチヲトシテカヘリ参マデ、時々剋々、「只今ハ、ト候。カウ候」トイササカノ不審モナク、義朝ガ申ケルツカイハハシリチガイテ、ムカイテミムヤウニコソヲボヘシカ。ユヽシキ者ニテ義朝アリケリ」トコソ雅頼モ申ケレ。

と記されている[2]。藤原定家が書写している「保元元年七月旧記」がこの「マサヨリノ中納言……奉行シテカケリシ日記」であるかいなかはもとより不明である。しかし、それに類する内容のものである可能性は大きいであろう。

では、この旧記を定家に「借送」ってきた法眼とは、誰であろうか。

この頃の『明月記』に「法眼」として現れる人には、仁和寺の覚寛がいる。三条源氏、大蔵卿行宗の孫行賢の子であった人である。彼は嘉禄三年(一二二七)十月末の僧事で法印となり、以後は「覚法印」のごとく記されることが多いが、それ以前は「仁和寺法眼」「覚法眼」、または単に「法眼」としてしばしば登場する。しかしながら、この直前と一応見られる、四月二十四日(実は六月二十四日か)の条に長賢得業という僧が僧事によって法眼とされたことが記されており、同日の条にいう「法眼」はその長賢をさすので、問題の記事の「法眼」が長賢か覚寛か、また以後、嘉

禄三年十月二十九日までの間に単に「法眼」と記されているのがこのいずれか、または更に別の人物をさすかを弁別しなければならない。それは前後の叙述から判断する他ないので、決定的なことは言いがたいのであるが、四月二十六日(実は六月二十六日か)の記事に、

午終許法眼来談、僧事□法親王頻雖下令二執申一給上、遂無二勅許一、有二事故一乎云々、

とある「□法親王」は仁和寺の道助法親王をさすと考えられるから、この日「来談」した「法眼」は覚寛であろう。覚寛は二十四日の僧事で彼が法印に昇るよう道助法親王が推挙してくれたけれども叶わなかったことを語ったのであろう。二十七日の記事はそれに引き続くので、やはりこの覚寛と認定してよいと考える。

今川文雄氏の『新訂明月記人名索引』でもそのように判断されているが、(3) 同書では、先述の四月二十四日、及びこの先の、七月二十日、同二十一日、同二十三日、八月九日、十二月二十二日、同二十三日の「法眼」をも覚寛と認定している。しかしながらこれらはいずれも長賢をさすのであろうと考える。

定家が仁和寺の覚寛から「保元元年七月旧記」を借覧、書写しているということは、おそらく仁和寺にそのような記録が伝わっていたのであろうという想像を可能ならしめる。仁和寺は保元の乱とも深く関った寺である。乱に敗れた崇徳院は同母弟の五の宮覚性法親王を頼って同寺に身を寄せたのであった。続いて、平治の乱においても、後白河上皇は同寺に遁れた。また、仁和寺の北院御室守覚法親王は経正・経盛・忠度など平家の歌人とも親しく、平家滅亡後は彼等の追善供養を行ったり、密かに「源延尉」義経を招き源平の「合戦軍記」を語らせてこれを記したという(『左記』)。そしてまた、承久の乱においても、稚児勢多伽丸(佐々木広綱息)が斬られるという悲劇をまのあたりに見ている。このように、打ち続く内乱と深く関ってきた仁和寺に「保元元年七月旧記」が伝存していたとしても、それは

むしろ当然すぎるほど当然なことかもしれないのであるが、ここではそのような記録の存在を聞き知り、それを借覧して早速筆を馳せこれを書写した定家その人の意識を重視したいと思う。かつて「世上乱逆追討、雖レ満レ耳不レ注レ之、紅旗征戎非二吾事一」と書き付けた彼もまた(4)、その誕生以前のことではあるものの、この乱逆に対する関心を抑えることはできなかったのである。

二

それでは、この前後の『明月記』に登場するもう一人の「法眼」、長賢とはどのような人物であろうか。彼は定家の異母兄覚弁の子と考えられる。

覚弁については石田吉貞氏の『藤原定家の研究』に詳しい(5)。『尊卑分脈』で「興覚長―弁 法印 権大僧都 母丹後守為忠女」とする人である。同書ではその子に「興長賢法眼 母」とあるが、これが今問題としている長賢であろう。その母についても同書は記載を欠いているのだが、『明月記』によって彼の母、すなわち覚弁の妻は寛喜三年(一二三一)七月六日に七十七で没したと知られる。同年同月十日の条に次のように記す。

> 十日、甲午、朝天快晴、昏黒忽陰、大雨降、不レ経レ程止、伝聞、去六日長賢法眼母終レ命、自二去月比一喉有二痛事一、食事不レ輙之上、痢病日久云々、一昨日八日葬云々、以二下人説一聞レ之、今年七十七云々、(下略)

寛喜三年に七十七歳で没したというのであれば、久寿二年(一一五五)の誕生である。覚弁は正治元年(一一九九)に六十八で示寂しているので、長承元年（一一三二）の生れとなり、その妻よりは二十三歳年長であったことが知られる。そしてまた、『明月記』建仁二年（一二〇二）五月十七日の条によれば、「尼公」と呼ばれるこの妻との間に「数子息等」を儲けていたこともわかる。覚弁は法隆寺別当・興福寺権別当などの要職に就いた高僧で、『新古今和歌集』に入れられた一首は、

　　題しらず　　　　　　　　　　　　　　大僧都覚弁

おいらくの月日はいとゞはやせがはかへらぬなみにぬるゝ袖かな　（雑下・一七六六）

という、時の流れの迅速なることを嘆いたものであったが、その家庭生活は世俗的幸福をもたらしたらしいと想像されるのである。従ってまた、『尊卑分脈』にはその子としてこの長賢を掲げるのみであるが、他にも何人かの子息子女がいた筈である。

この長賢は「入道左府」の猶子であった。これも一応嘉禄三年（一二二七）四月十八日とされる記事に、

十八日、天晴、長賢得業来、入道左府多年猶子也、不ㇾ聞二其事一、夜前始出京由称ㇾ之、懈怠之至不ㇾ足ㇾ言歟、至愚之性歟、（下略）

とあることによって知られる。

この「入道左府」は誰か。今川文雄氏は『新訂明月記人名索引』において、これを松殿摂政基房の男隆忠としておられる。(6)

隆忠は建永二年（一二〇七）二月右大臣から左大臣に転じたが、建暦元年（一二一一）九月これを辞し、承久二年（一二二〇）六月十五日出家した。彼は寛元三年（一二四五）五月二十二日に八十三歳で没しているので、嘉禄・安貞頃は現存す

る入道左大臣であった。

ところで、嘉禄元年（一二二五）八月十七日までは、もう一人入道左府と呼ばれうる人物がいる。それは建久七年（一一九六）三月病により上表し、同年四月出家した三条入道左府藤原実房である。

結論を先に言えば、覚弁の遺児長賢を猶子とした「入道左府」はこの実房ではないであろうか。それは『明月記』嘉禄三年七月二十三日の条の「法眼」は、先にも述べたように長賢をさすと考えるが（七月十八日の記事との関連において）、この日の日記には彼の「知音人々」として、「三条相国」（公房）・「同亜相」（実親）・覚教僧正・「前女御殿」（琮子）・「公氏公俊両卿」・「弟大僧都」（公恵）など、実房の子供達や孫、妹などの名が多数記され、彼が請負わされた「南京」（奈良）で行われるらしい「田楽一人分」の装束調達に協力しているからである。長賢は同日にも「興福寺別当として見える大乗院大僧正実尊を師としていたらしく、先に述べた法眼に叙されるという僧事も「偏是大乗院之深恩」（嘉禄三年四月二十四日の条）と考えていた。この実尊は松殿基房の子であるから、隆忠との関係も一応は考えられるのであるが、しかし世俗面では実房一族との関係の方が緊密であると見る。長賢を実房の猶子と推定する所以である。

先の「法眼」の場合と同様、『新訂明月記人名索引』で隆忠と認定されているが、実房をさすのではないかと考えられる「入道左府」としては、他に嘉禄元年四月十日、同年五月十三日、同年同月二十九日に見える例がある。

（四月）十日、天晴、未時許大丞相公（藤原頼資）枉レ駕、言談移漏、（中略）入道左府老病、不食、近日不レ被レ逢二人々一云々、

（下略）

（五月）十三日、天晴、今日洗レ髪、始二千手陀羅尼一、依二世間怖畏一也、近日権勢之女黄門修明門院亜相（入道左府兄弟僧女）、已

病悩云云、又宣経中将如ㇾ侍(待カ)ㇾ時之由、誦経者称ㇾ之云々、及ニ可ㇾ然之人一歟、又云、非ニ宣経一、当時尊重入道右府(藤原忠経)嫡子(経雅)云々、

(五月)廿九日、晦、陽気晴明、雲膚往来、昨今暑熱如ㇾ焼、但南風頻扇、女房行ニ冷泉一、青侍説云、近日入道左府被ニ出行一、途中有ニ武士千万人来遇之音一、或甲冑、又馬蹄、無ニ眼看物一、共侍或聞、或不ㇾ聞、被ニ奇驚一、共人之中聞ㇾ之者皆病悩、但此事通方(源)卿従者之説云々、若彼卿之虚言歟、

四月十日の「入道左府」を実房かとするのは、「老病、不食」と記されているその健康状態が、この年六十三歳でこの後なお二十年は生存する隆忠よりも、この年八月十七日に七十九歳で世を去る実房にふさわしいからである。また、五月二十九日の「入道左府」を実房と見るのは、その前日の二十八日、実房の三男権大納言中宮権大夫公宣の急死が聞書され、定家は「父母共存命、可ㇾ痛者歟」と同情していることから、その連想で近日の風説としての二十九日の記事が書き留められたと推測するからである。

五月二十九日の風説はまことに奇異な内容のものである。それはたとえばラフカディオ・ハーンの『怪談』のうちの一篇、「耳なし芳一」の話などを連想させ、このまま説話集に截ち入れても違和感を与えないであろうとすら思われるのであるが、記主定家の意識に沿って読む時には、「但此事通方卿従者之説云々、若彼卿之虚言歟」という但書をも見過すことはできない。定家は源通親の男中納言通方に対しては好意的な見方をしていない節が窺われるのである。たとえば、嘉禄元年四月二十八日の条では、

上野国通方卿給云々、末代只徐福文成得ㇾ境歟、

と、彼をかの白楽天の新楽府「海漫漫」において、「徐福文成多ニ誑誕一」と歌われている徐福(徐市)や文成になぞら

えているのである。この通方と定家との和歌を通じての交渉は別の興味ある問題を提示するが、今は言及しない。

ここで改めて、一応嘉禄三年（一二二七）四月十八日とされる記事の正しい時日を問題としたい。嘉禄三年四月として伝わる『明月記』の記述中に前々年の嘉禄元年の条々が混入していることは最初に述べたごとくである。

ここでも結論を先に言えば、長賢得業が「入道左府多年猶子」であることを記しているこの記事は、嘉禄元年八月十七日の実房の死前後のものではないであろうか。嘉禄三年であれば「故入道左府」などと記されるのがふさわしいように思われる。

一通りこのような面倒な手続きを経たのちに、嘉禄元年前半の入道左大臣実房とその身辺を改めて眺めてみると、彼は自身不食の老病に悩まされ、親類にも疫病にかかる者が出、またまた他行して目に見えぬ死魔、無常の殺鬼の行進するがごとき幻聴をも経験したが、息子に先立たれ、まもなく自身も死を迎えたのである。そして、定家は長賢との繋りや公宣に対する好意的感情などもあって、歌人でもあり(7)有職故実にも一家言あったらしいこの老入道左府の動静に関心を払っていたのであると思う。

三

『明月記』嘉禄元年前半には「入道左府」が経験したといわれる幻聴以外にも、奇譚が書き留められている。たとえば、六月十三日の記事は左のごとくである。

十三日、天晴、午時大雨雷鳴、不レ経レ程□、（中略）山僧之下法師説云、近日志賀浦（三井寺領之境浜栽二梨木一）件梨木辺異鳥（自レ天降）来集、其鳥大如二唐鳩一、色青黒、翅甚広、引二展之一三尺五寸許、羽数多也、有二四足一、其足如二水鳥一、居二水上一又在レ浜不レ懼レ人、々集取レ之、其鳥甚弱、人取レ之見弄之間、不レ経レ程死、其始不レ知レ数、数日之間人競取、漸其数少、或者食二其鳥一、即時死了云々、於二怪異一者無二異議一歟、何所誰人怪哉、可レ怖之世也、又台嶺蝶雨、先々有二此事一、必山上大乱出来時也、只案レ之、仏法王法滅亡之期也、可レ謂二道理一、此事日来伝二聞之一、件法師眼見レ之由語レ之云々、
頭注 又或説云、件鳥水鳥之中本自有レ之、名隠岐の掾ゼウト云云々、弥可レ奇事歟、（下略）

これなども、たとえば『古今著聞集』の怪異や変化といったような篇に抄入されてもおそらく違和感を与えないであろう奇怪な話である。

六月十五日の条に記されている、不発に終った老若の石合戦(印地打)も、定家にとっては「怪異」と受け取られていた。

十五日、天晴、（中略）昨日三条大路桟敷、日来経営之人皆停、無二見物之人一、馬長僅少々馳渡、京中向飛礫之凶徒等、称二老衆若衆物一、自二春之比一立別、稲荷之次欲二勝負一者、昨日老衆集二六角堂一、若集二京極寺一、今日欲レ遂二会稽一、依二此聞一、馬長成レ怖、自二東洞院一皆騎馬馳通了、凶徒期二輿以後一之間、使庁者等奉レ扣二神輿一、日入之後、令レ入給之故、臨レ昏無二其事一、京極寺凶徒猶為レ示二勇気一、三条西行徘二徊洞院辺一、多著二冑腹巻一、又以二白布一結レ頭、又以二菖蒲薦等一結二付背一、古今雖レ有下打二飛礫一者上、全無二如レ此事一、武士乍レ聞レ之不二制止一云々、是又怪異歟、極為レ奇、後聞、老衆不レ好二此事一云々、（下略）

これは現代の社会にも珍しくない、一部無頼の徒同士の対決を思わせるのであるが、定家ら貴族達には慨嘆せざるをえない乱世の相の一つと映ったのであろう。

これらの「怪異」の間にささやかれたのは鎌倉の要人達が危篤であるらしいという風説であった。
嘉禄元年(一二二五)の『明月記』は、成巻としては一月から六月までと、十月から十二月までであって、七月、八月、九月を欠く。しかしながら最初に述べたように、それらのあるものは嘉禄三年四月として伝わる中に混入しているのである。
たとえば、一応嘉禄三年四月十九日、同二十日と位置づけられている左の記事は、既に『大日本史料』において、おそらく嘉禄元年七月十九日、同二十日の記事で、文中の「十一日被終之由」というのは、七月十一日の政子の死を意味するかと考えられている。(8)

十九日、遥漢清明、夜前暑気頗宜、朝間似二秋気一、巳時東方女房(冷泉母儀)、書状到来、十一日被レ終之由告送、件状即覧二(藤原公経)相門一了、他方音信未レ通云々、猶令レ増二不審一者也、
廿日、天晴雲収、午時許中将来、夜前左衛門尉知景為二相門御使一馳二下関東一、女房可レ修二御仏事一、行兼相具可二下向一云々、連々経営実有二其煩一歟、

ここに、たまたま写真によってその本文を知ることが出来た、定家自筆と認められる『明月記』断簡がある。(9)それは次のごとき内容である。

十七日　朝天陰巳時許雨暫降即晴
終夜雖雷下今朝井底猶無水云々
左大将殿御拝賀依昨日仰進鞍(前駈料)雑色
一人欲召進未時許返遣鞍御拝賀延引云々

不審之間冷泉女房昨今欲参賀茂今日俄
止了云々推之東方若有事歟無来語者
夕任範法眼入来称病重不逢
入夜中将来東方事十二日由飛脚来但其由書
状未来由武蔵大郎答右幕下使者云々

十八日
雑人説云入道大納言忠信卿昨日入京（云々定虚言歟）
秉燭之程参相門東方事書札未来由如昨日説
忠信卿恩免事一定有其聞（八条禅尼重懇切申請之故云々）

「十七日」の記事に見える「左大将」は藤原教実のことであろう。彼は嘉禄元年七月六日、中納言から権大納言に転じたが、左大将は元のまま兼ねていた。「御拝賀」はこの昇進によるものではないか。「中将」は息為家、「武蔵大郎」は北条時氏、「右幕下」は右大将藤原実氏である。

「十八日」の記事に見える「入道大納言忠信卿」は、承久の乱後斬られるべきところを、妹である故源実朝の後室の助命嘆願によって遠流された藤原(坊門)忠信である。そして割注に見える「八条禅尼」が実朝後室その人である。「相門」は前太政大臣西園寺公経である。

おそらく右の断簡は、不確認情報ながら定家が政子の死を聞き知った時、嘉禄元年七月十七日、十八日の日記で、先に引いた十九日、二十日の記事の直前に位置せられるべきものであろう。そして、この十八日の記事の続きと見な

すべきものが、現在嘉禄三年(一二二七)四月十八日の記事と仮に位置づけられているものの最後、

　御拝賀後事不レ功(切カ)者、来廿三日可レ被レ遂云々、

という記述であると考えられる。既に『大日本史料』第五編之二はこの一文を「前文闕ク、嘉禄元年七月十八日ノ条ナラン」と考証して、「東京帝室博物館所蔵」の本文によってこれを「六日、乙丑、臨時除目」関係史料の中に位置づけている。(10)

つとに辻彦三郎氏は「明月記自筆本並びに断簡現存目録」を発表しておられるが、おそらく同目録において「117嘉禄元・自七・十七至七・十八」とされるものが右の断簡に相当するのであろう。同目録でも東京国立博物館蔵の「御拝賀後事不切者」以下の条をこれに続くものとして、「118」の整理番号を付している。(11)

定家は、そしておそらくは他の多くの貴族達も、旱天・疫癘、種々の怪異や群盗の横行などの社会不安に加えての、打ち続く権門貴顕の死を、只事とは思わなかったに違いない。隠岐に現存する後鳥羽院の怨念の発動といったようなものを、これら諸々の現象の背後に感じたのであろう。六月十三日に書き留めた怪鳥の怪異で、その鳥の名は「隠岐の掾ゼウ」であると記しているところにもそのような雰囲気は窺われるのである。

それは当然鎌倉にも伝えられたのであろうが、北条氏はそのような時にこそ、遠所の三帝二王(後鳥羽・土御門・順徳三院と六条・冷泉両宮)の警固を厳重にすることを指令したのであった。

　(嘉禄元年六月)

　廿八日、天晴、申時許小雷、或人云、相州八駿之蹄出京、六ケ日之卯時着二関東一云々、彼病増気由告送之時、重下知之状、三帝二王重可レ奉二禁固一、如レ此之時、各守護等、全不レ可レ有二上洛之心一、各可レ固二其営一之由下二諸国一

云々、（下略）

鎌倉としては人心の動揺に乗じて承久の乱に敗れた勢力が蜂起することを厳に警戒したのであろう。

四

承久の乱以後ともかくも安穏に日を送っている京都貴族達にとって、隠岐の後鳥羽院がこのような暗い影を投げかけていたのであるとすると、その院がいかに帝徳において闕ける帝王であったかを厳しく論評した『六代勝事記』は、一体いかなる人物によって著されたかということを改めて考えてみたくなる。それというのも、一つには先に「入道左府」の考証において問題にしかけた、藤原氏摂家相続流の松殿基房男隆忠は、近年弓削繁氏によって、『六代勝事記』の作者に擬せられている人物だからでもある。[12]

『六代勝事記』の著者に関する従来の諸説の整理と検討は、既に弓削氏他諸氏によって周到になされている。それゆえ、ここに改めて繰り返すことはしないが、信濃前司行長説、藤原定経説、藤原長兼説、源光行説、葉室氏ゆかりの人物説などが提示された末に、藤原隆忠説が弓削氏によって提唱されたのである。

高橋貞一氏が唱えた三条長兼説は確かにそのままには成り立ちがたい難点を幾つか含んでいた。氏は『公卿補任』建永二年（一二〇七）の項に「正四位下、長兼四十五、十月廿日任参議」とあると言われたのであるが、[13]長兼の任参議は建永元年のことである。しかも現在最も信ずるに足る『新訂増補国史大系』本の『公卿補任』によれば、その年齢に関する注記は一切見当らない。[14]仮に建永二年には四十五であるとしても、辞職した建暦元年（一二一一）は四十九、貞応元年（一二二二）は六十歳で、氏の言われる「貞応元年は、六十二歳」ということにはならない。目下の所、やはり長兼の生没年は未詳とする他なく、[15] その日記『三長記』建久六年（一一九五）十一月十二日の条に、臨時除目によって蔵人に補せられたことを悦んで、

予補二職事一、年已過二二毛一、雖レ非二早運一、亦雖レ稟二其跡一、不レ補二此職一之人古今是多、随二近世之法一、或強縁或献芹、多以二賈道一令レ立レ身歟、無二内挙一、又不レ求二奥竈之媚一、今浴二其恩一、可レ為レ悦、

と記していることと、建永元年（一二〇六）七月二十二日の条に、

今日院内殿各両度参、齢及二五旬一、遂レ日不レ堪二拝趨一、老帯二劇官一、微運之至也、何為々々、

と述懐していることなどが、年齢推定の僅かの手懸りであろう。これによって推定を試みるとどのようなことになるであろうか。

史料大成本『三長記』の解題において、矢野太郎氏は（「六代勝事記新註」における高橋氏と同じく）、長兼の年齢について『公卿補任』では建永元年の任参議の時四十五とあるから、出家した時は五十三となるが、右の建永元年七月二十二日の「齢及五旬」によれば「恐らく五年前後の違算があると思ふ」とし、その任参議は五十前後、出家した時は五十八前後と想像しておられる。[16]

これは五旬を五十の意に解したためであろうが、それ以前に、まず建久六年十一月十二日の条での「年已過二毛」をどう解するかが問題となるであろう。これはおそらく『文選』に収められている潘安仁の「秋興賦」における、「晋十有四年。余春秋三十有二。始見二二毛一。」という表現を受けているると想像される。すなわち、建久六年に長兼は三十二で白髪を見た潘岳よりは年長であったということを自記しているのであろう。では、どの程度年長であったか。

それはもとより不明であるが、もしも矢野氏の想像されるごとく建永元年に五十前後とすると、建久六年はその十一年前であるから、三十九ほどとなる。これでは三十二の潘岳を引合いに出すには余りにも隔りがありすぎるというべきではないであろうか。「年已過㆓二毛㆒」という言い方は、むしろ三十三か三十四程度にふさわしいのである。もしも、建久六年に三十四とすると、建永元年には四十五である。五旬という言い方は和歌などでの「いそぢ」と同じく、常に正確な実数を示すものではなく、五十前後を漠然とさす言葉であって、古人の場合、それは四十代の後半、四十五あたりから五十三、四あたりまでを意味したと考えられるのである。(17) すると、『新訂増補国史大系』本『公卿補任』によっては確認しえないのではあるが、長兼が建永元年に四十五ほどであった、すなわち、応保二年(一一六二)頃誕生したのではないかという想像は全く成り立たないとも言いがたいのである。

これに対しては、既に『六代勝事記』長兼作者説の批判として言われている、長兼の兄宗隆が仁安元年(一一六六)の誕生であるから、長兼はそれ以後の生れの筈で、同書序文に自記する著者像と合致しないという論(18)が抵触しそうである。しかしながら、この論自体もなお検討の余地を残すのである。というのは、宗隆の生れも必ずしも確定していないからである。

『公卿補任』によれば、宗隆は建久九年に三十三であったという。これによれば、確かに仁安元年の誕生である。けれども、『職事補任』では文治元年(一一八五)十二月十五日蔵人に補された宗隆に「廿七」と傍記している。これによれば、彼は平治元年(一一五九)の誕生となる。一方、『弁官補任』では、文治五年九月十六日権左少弁で左衛門権佐を兼ねた時「三十」であったという。これに従えば永暦元年(一一六〇)の生れとなり、元久二年(一二〇五)三月二十九日四十六歳で薨じたとする『尊卑分脈』の記載から逆算して得られる生年と一致するのであるが、『弁官補任』は建久二年に三十二ではなく、「三十三」と一歳加算した数を記し、以後もその計算で記すので、これも正確さについて危惧を抱かせられる。さりとてこれらの異説も存する以上、『公卿補任』による仁安元年（一一六六）誕生という見方もまた不動のものとは言いがたいであろう。

ところで、宗隆・長兼の兄弟には姉がいた。そして、その姉は嘉禄三年（一二二七）六十九歳で健在で、貞永二年（一二三三）に世を去ったことが、『明月記』に記す彼等兄弟にとっては異腹の末弟である兼高の言によって知られる。

（嘉禄三年閏三月）

七日、天晴、昼漸有二陰気一、未始許前大進兼高朝臣不慮来臨、於二当世一適二稽古一之人也、清談自然移漏及二日入一、厳親（藤原長方）黄門長女（未レ嫁、両納言姉、）年六十九猶存命、和漢之才智、公事故実、家之秘説超二過于連枝（宗隆・長兼）一、其家地庄園等譲二与我身一由談レ之、（下略）

（貞永二年二月）

二日、丁丑、天晴、蔵人大進送二書状一、下名後朝姉老尼（長方卿嫡女、寡居貞女也、父没後為レ尼、其鴻才有職超二于兄弟一、長二于詩句一云々、）逝去、于今不二出仕一、可二除服出仕一由被レ仰、厚顔而可二出仕一哉、父子相継超越、可レ悲可レ恥云々、（下略）

嘉禄三年六十九歳ということは平治元年（一一五九）の誕生を意味しており、宗隆・長兼兄弟の生れがそれを遡るものではないことにもなるが、また、二人が平治元年以後さほど時を隔てることなく生れた可能性も十分あることをも示唆するであろう。

今までまことに回りくどい考証を重ねてきたが、長方女の老尼、宗隆、長兼は一腹で、ほとんど年子かそれに近い僅かの年齢差で、長方の子女として相次いで誕生したのではないであろうか。後白河院の皇子・皇女などの例から考えても、そのような場合は珍しくないと思われる。もしもそうであるとすると、長兼が『六代勝事記』作者である可能性は依然として存するのである。

さて、この長兼について、定家は寛喜元年(一二二九)十二月二十八日の日記に次のように記している。

定家はこの日午時に右大臣藤原教実の室町殿に参ったが、伺候の人がなかったので早出し、「殿」(関白道家)に参り、大蔵卿菅原為長、右京大夫藤原親房らと言談ののち、日没の程に退出した。彼はその際「京兆」(親房)が語ったこととして、藤原隆房の男隆仲の出家のことと、故藤原長兼とその遺児達のことを記し留めたのであった。ここには長兼とその子供達についての記述のみを掲げる。

又云、故中納言長兼卿三男(前八省輔、名忘、)去比有二謀書之聞一、(詐二任国司一、取二任料銭一、)其事以二尊実法印説一先日聞、其兄長朝不レ堪二忿鬱一、殺二舎弟一云々、或謀書、或殺害、給恰不義非二恒規一歟、父卿誇二稽古之自讃一、軽二当世之傍輩一、恣称二賢廉之由一、偏吐二驕慢之詞一、老後漸背二時儀一、如レ被二棄置一、光親卿超越(従二位、)之後、謳二五噫一謗二朝議一之由達二于上聞一、又増二不快一、成レ恐書二誓状一進二于仙洞一、其後属二文器量一嫡男逝亡、身忽中風、殆無二分別一而終レ命、遺跡已如二滅亡一、所レ残子息又如レ此、冥鑑如何、不レ知二可否一者也、

ここに言う「前八省輔」なる長兼の三男は治部権大輔長嗣をさすのであろうか。但し、『尊卑分脈』にはこのような事実は注されていない。

この記事は、まず没年未詳の長兼が寛喜元年十二月にはもはや故人であったことを明記している点で重要であるが、更にその長兼の後半生が、同族の藤原光親に超越された(その叙従二位は建暦三年三月二十七日。時に長兼は正三位前権中納言)ことを恨んで後鳥羽院政を誹謗したと噂され、将来を嘱望した嫡男の権右中弁長資にも先立たれ、自らも病ん

で死ぬという、不遇なものであったことを物語っていることで、注目されてよいであろう。[19] このような後半生を送った長兼の死が、もしも承久の乱以後であったならば、彼はやはり後鳥羽院政の厳しい批判者として『六代勝事記』を執筆しても不思議ではないようにも思われる。

もっとも、藤原隆忠にも後鳥羽院を快く思えない経験はあったであろうと想像する。隆忠が建暦元年（一二一一）九月左大臣を辞したのは、院の「仰」によってのことであった。『明月記』に言う。

（九月）廿日、又除目之由、門々戸々奔走、是可レ有二任大臣一之故也、参二大納言殿一、見参之間、深更聞書到来、但無事、権大納言信清、兼宗卿依レ仰辞退云々、無二他事一、左大臣上表、依レ仰也、有二申請事一は可レ有二御沙汰一由被レ仰、不レ被レ申云々、可レ謂レ宜、

けれども、隆忠作者説に対して抱く疑問は、豊富に故事や詩文を踏まえた『六代勝事記』のごとき作品の叙述が果して隆忠に可能であったかということである。その点では、長兼はほとんど問題ないであろう。弓削氏は隆忠が読者として後堀河天皇を思い描いて執筆したものであろうと想像される。これは説得力に富む想像であるが、もしも長兼が承久の乱以後も生存していたならば、彼も旧主家である九条家の人々などを最初の読者として想定しながら本書を執筆したということも考えられるのではないであろうか。

『六代勝事記』の「隠岐院天皇」評は左のごとくであった。[20]

芸能二をまなぶなかに、文章に疎にして弓馬に長じ給へり。国の老父ひそかに文を左にし武を右にするに、帝徳のかけたるをうれふる事は、彼呉王剣客をこのみしかば天下に疵をかぶるものおほく、楚王細腰をこのみしかば宮中にうへてしぬる者おほかりき。そのきずとうへとは世のいとふ所なれども、上のこのむに下のしたがふゆへ

に、国のあやうからん事をかなしむなり。

類似の表現は『平家物語』や『承久記』にも見出される。

其比の主上は御遊をむねとせさせ給て、政道は一向卿の局のまゝなりければ、人の愁なげきもやまず。呉王剣角をこのんじかば天下に疵を蒙るものたえず。楚王細腰を愛せしかば、宮中に飢て死するをんなおほかりき。上の好に下は随ふ間、世のあやうき事をかなしんで、心ある人々は歎あへり。(『平家物語』巻十二・六代被斬)[21]

呉王剣革ヲ好シカバ、宮中ニ疵ヲカウブラザル者ナク、楚王細腰ヲ好シカバ、天下ニ餓死多カリケリ。上ノ好(コノム)ニ下シタガフ習ナレバ、国ノ危ラン事ヲノミゾアヤシミケル。(『承久記』上)[22]

これらは『後漢書』馬廖伝に見える叙述であるが、『六代勝事記』の記述は直接的には『本朝文粋』巻二所収、菅原文時の「封事三箇条」のうち、

伝曰。上之所レ為。人之所レ帰。昔呉王好二剣客一。百姓多二瘢瘡一。楚王好二細腰一。宮中多二餓死一。夫餓与レ瘢者。是人之所レ厭。然尚不レ嗜レ味。不レ避レ危者。唯欲レ従二上之好一也。

という部分によるとされる。[23]

ところでまた、一応注目してよいと思われることは、『明月記』の叙述中にもこれらに通う箇所が存するということである。

(建暦三年五月)

十六日、天陰、午後雨降、少将為家近日日夜蹴鞠云々、遇二両主好鞠之日一、愁為二近臣一、依二天気之宜一頗有二得レ骨之沙汰一、聞レ之弥為レ幸、楚王好二細腰一之日、如二宮中餓死人一、不レ見二一巻之書一、(下略)

これは息為家が蹴鞠に巧みなゆえに、後鳥羽院と順徳天皇に愛されていることを嘆いている記事である。『六代勝事記』や『平家物語』などに先行する叙述であることは言うまでもないが、だからと言ってこの叙述がこれらの書と関係がありそうだと言うのではない。

ただ少くともこの事実は、『六代勝事記』の作者と定家の教養や思考がかなり類似しているらしいことを示唆するものではあろう。

定家にとって、後鳥羽院は恐ろしい帝王であった。それだけに、院の逆鱗に触れた長兼の怖れもよく理解できたのである。ただ、長兼の平生からの孤高を気取った廉直の士というポーズ――少くとも定家にはそのように映った――が気に入らなかった。それゆえに死者に対して酷な感すらある前のような評を認めたのであろう。けれども、本来この二人の思想にはかなり似通ったものがあると見る。

『六代勝事記』の作者が誰であるかという問題については、なお保留したい。ただ、それは長兼によって書かれても、また他ならぬ定家によって書かれても当然であったと考える。それは後鳥羽院の承久の企てを暴挙としながらも、京の都が関東の兵馬によって蹂躪され、仏法王法が危殆に瀕したことを悲しむ心情に貫かれており、暴君からの解放を無条件に喜び、現状を肯定するといった態のものでは決してなかった。それゆえに、定家は西園寺公経とも、また前宮内卿家隆とも隔意なく語ることはできなかったのであろうと想像する。前者とは身分の違いもさることながら、その現実的政治姿勢への違和感から、そして後者に対しては、後鳥羽院その人の影を背後に感じてしまう畏怖の念、後ろめたさと不快感や一種の妬情から。もしも長兼が生きていて、その賢臣ぶったポーズさえなかったら、むしろ彼こそが語るに足る友たりえたであろう。それに次ぐ存在としては、大蔵卿菅原為長などが挙げられるであろうか。

五

元仁二年(一二二五)二月二十九日、日吉社に詣でた後帰途に就いた定家は、春景を次のように叙している。

廿九日、天快晴、暑初催、鶏鳴以後帰洛、於㆓山階㆒日出、往還之間、社頭路次、花盛之最中也、田夫樵父悉挿㆓一枝㆒、桃李浅深又満㆑望、過㆓白河辺㆒、只有㆓懐旧之思㆒、昔与㆓旧遊㆒翫㆑花之所、時移事去、花猶毎㆑春不㆑回、古木折尽、堂宇滅亡、新豊遺民只有㆓一身㆒、依㆑恐㆓暮齢之身㆒、不㆑能㆓暫眺望㆒帰廬、

この叙景から連想されるのは、語り本系『平家物語』巻第三「少将都帰」で、鬼界島から赦されて帰京した丹波少将成経と康頼入道が故新大納言成親の鳥羽の山荘を訪れる場面であり、また『徒然草』第二十五段の書出しであろう。それらに『明月記』のこの叙述が影を落していると言うのではない。喪失感と感傷性において共通したものがあると言いたいのである。

承久の乱以後の定家の文学活動は、生来の感傷性に加えてこの喪失感と、現に在京してはおらず、絶海の孤島に新島守としているにもかかわらず、恐るべき霊力を放ち続ける後鳥羽院への畏怖とを背景として、細々と続けられていったのであると考える。

注

(1) 国書刊行会本『明月記第三』安貞元年四月の条の末尾に、

○校訂者云、当四月ノ記、閣本幷同補写本闕ク、今野宮本ニヨリテ之ヲ補ヒ、柳原本幷大学図書館本等ヲ以テ校勘シ了ル、

而ルニ今其事跡ヲ按ズルニ錯乱混雑解シ難キ処甚ダ多シ、（中略）且ツ炎暑ニ苦ミ、秋涼ヲ悦ブ等ノ語アリテ、何レモ四月ノ事ニ合ハズ、然レドモ（中略）当時ノ史実ト符合スルモノ亦尠カラズ、恐クハ是雨露虫鼠ノ余、断片ヲ拾聚シテ一巻トナセルモノカ、今一々之ヲ甄別スルノ煩ニ堪ヘザルヲ以テ、姑ク此ニ原本ノ儘、載録スルコト、ナセリ、

と言う。

(2) 日本古典文学大系86『愚管抄』二二三頁。
(3) 今川文雄著『新訂明月記人名索引』(河出書房新社、一九八五年)二六頁。
(4) 『明月記』治承四年九月。この条については辻彦三郎氏に論考がある。同著『藤原定家明月記の研究』(吉川弘文館、一九七七年)参照。
(5) 石田吉貞著『藤原定家の研究』(文雅堂書店、一九五七年)一六頁。
(6) 注3と同書九九頁。
(7) 『千載和歌集』以下の勅撰歌人であり、また『正治二年院初度百首』に既に「静空」の法名で詠進している。
(8) 『大日本史料』第五編之二、六九五頁。
(9) 西澤美仁氏の示教による。
(10) 注8と同書六八六頁。
(11) 注4と同書二〇〇頁。
(12) 弓削繁「『六代勝事記』の成立」『山口大学教養部紀要』第十六号、一九八二年十月、同編著『内閣文庫本 六代勝事記』(和泉書院、一九八四年)解説。
(13) 高橋貞一「古本「保元・平治物語」の作者と著作年代」『文学』第二十五巻第三号、一九五七年三月。
(14) 高橋氏が右論文以後公刊された『高橋貞一国文学論集 古稀記念』(高橋貞一博士古稀記念会、一九八二年)所収「六代勝事記新註」では長兼の任参議を正しく建永元年としておられるが、この年四十五歳と年齢を明記される点は変らない。あるいは旧版の『公卿補任』に拠られたか。

(15)　『日本古典文学大辞典』第五巻「藤原長兼」の項(大曾根章介氏執筆)でも「生没年未詳」とする。
(16)　『増補史料大成』31「三長記解題」九頁。
(17)　拙著『新古今歌人の研究』(東京大学出版会、一九七三年)七四〇頁。
(18)　増田欣「六代勝事記と源光行の和訳物」(『富山大学国語教育』一九八〇年八月)一〇頁注8。
(19)　なお、群書類従本『八幡愚童訓』下で、承久の乱に関連して、後鳥羽院を帝徳にもとる振舞いが少なくなかったと非難している叙述の中に、「聊モ憚セ玉フ事ナク。故御所愛物不レ調事有トテ。彼女房ヲ南庭ニシテ白昼密会セサセテ叡覧アリ。其夫児ヲバアガリ馬ニ取ノセテ大路ヲ被レ渡シ。諸卿意見ヲ被レ召。長兼中納言広採ニ史晴一集ニ其要言一被ニ持参一タリシヲ。叡慮ニ背シ故トテ四手付テヲハシケリ」とある。日本思想大系20『寺社縁起』所収『八幡愚童訓』甲本は同系統本のごとくであるが、この部分を欠く。
(20)　注12の『内閣文庫本　六代勝事記』一六・一七頁。ただし、清濁・句読は私意による。
(21)　日本古典文学大系33『平家物語　下』四二一頁。
(22)　無刊記板本による。
(23)　増田欣「白氏文集と六代勝事記」『広島女子大学文学部紀要』第十六号、一九八一年三月、高橋貞一「六代勝事記新註」(注14と同書三〇五頁)。

付記

本稿の発表後、五味文彦氏は「六代勝事記」の作者について藤原(日野)資実説を提唱しておられる。同著、岩波新書『藤原定家の時代――中世文化の空間――』(岩波書店、一九九一年)一九九頁参照。

藤原定家の自筆和歌資料二種について

――『皇室の至宝　御物』から

一

いずれも貴重、稀覯の典籍や書跡を数多く含む皇室御物の一部が、原色写真という形で、詳細な図版解説を添えて、広く一般に紹介されるようになった。『皇室の至宝　御物』というシリーズで、徳川義寛・井上靖監修、宮内庁協力、毎日新聞社至宝委員会事務局編集、毎日新聞社発行である。美術出版とも言える豪華本であるが、研究者にとっては新資料盛り沢山のまことに有難い本である。

このシリーズの11、書跡Ⅱ（一九九二年刊）のうちから、藤原定家の自筆資料二点について、いささか考察を試みたい。なお、同書の解説には釈文も掲げられているが、論を進める都合上、改めて図版から読み得た範囲内での釈文を掲げる。同書のそれとは若干異なる場合もあるであろう。

二

御物「和歌懐紙(反古懐紙)」の全文は左のごときものである。(傍線は抹消箇所を示す。以下同じ)

冬日同詠三首應　製和哥

正四位下行左近衛権少将臣藤原朝臣定家上

わか　の

きみかへんみよをやちよのともちとり

なれてそちきるにはのまつ風

まつふく風にこゑたくふなり

吹風もちよまつかけのともちとり

ちきりをかはすこゑそひさしき

題

松邊千鳥　ゆふなきのなみよりうへに

たつちとり

くもにとわたる

すゑのまつ山

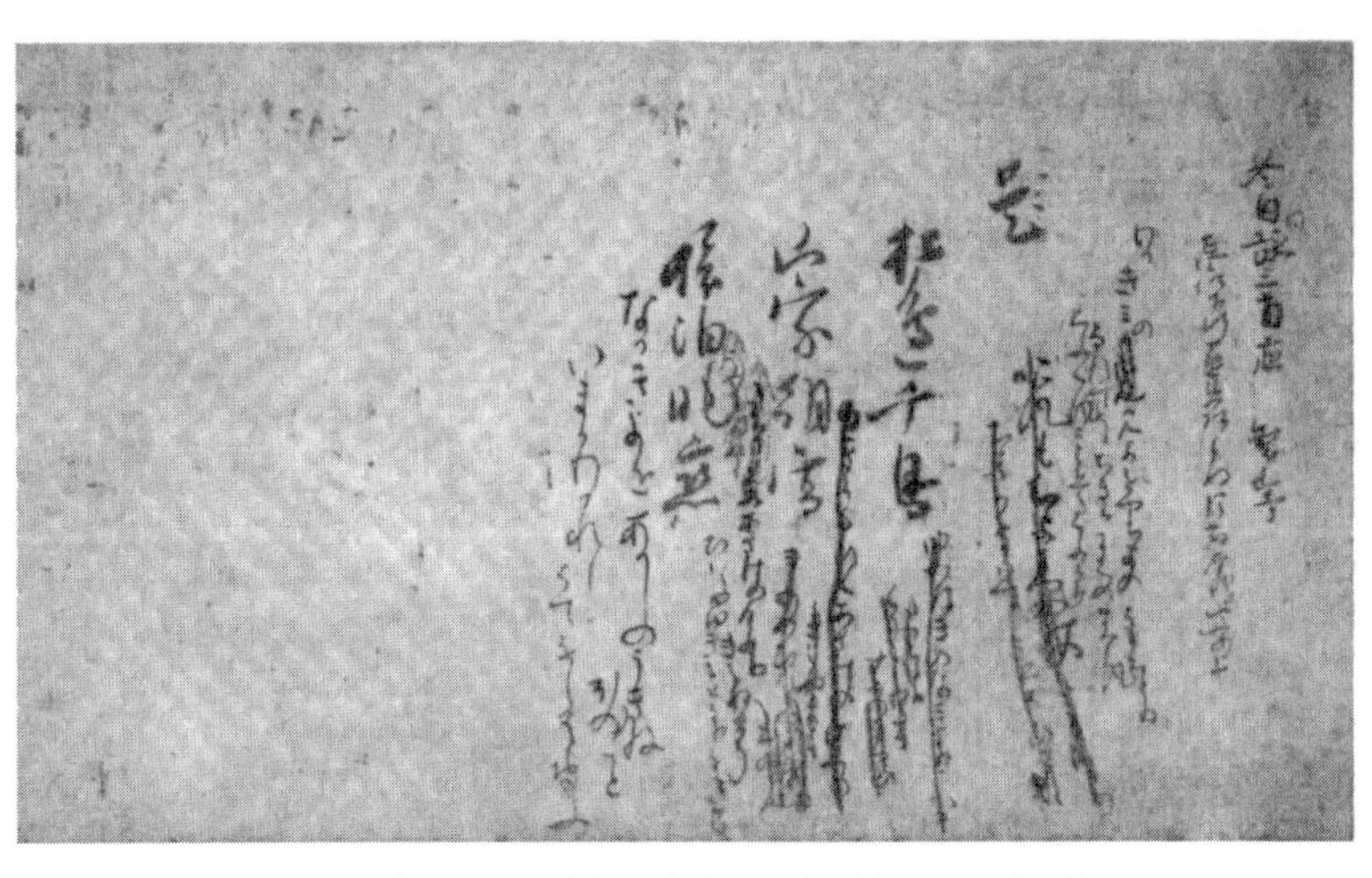

藤原定家筆　和歌懐紙(『皇室の至宝 御物』より転載)

ゆきになひくあさけのけふり
山家朝雪
きえぬまに
みねのひはらのとなり
たつねん
たちまよふあさけのけふり
きえぬまそ
うつもれぬ
ひはらのゆきにとなりをもしる
旅泊暁恋
なかきよをあかしのうきね
ほの〲と
いまかわかれしそてをしそおもふ

図版解説を担当された古谷稔氏はこの懐紙の位署から、この懐紙は、正治二年(一二〇〇)十月二十六日正四位下に叙されてから建仁二年(一二〇二)閏十月二十四日左中将に転ずるまで、「定家三十九歳から四十一歳までの筆と考えられる」と考証された。従うべきであろう。三首題のうち二題までが冬の題であるから、おそらくこの三年のうちいずれかの年の冬、十月から十二月までの間、建仁二年の場合は十月から閏十月二十四日までの間に行われた歌会のための詠草であると思われる。

ところで、この三題を詠んだ作品が藤原良経の『秋篠月清集』に見出だされる。天理図書館善本叢書『秋篠月清集』(天理大学出版部、一九七七年刊)に影印されている定家本によってそれらを収載の順序に従って示せば、次のごとくである。(歌番号は『新編国歌大観』による)

又影供に、山家朝雪

うちはらひけさだに人のつけ(とひ)こかしのきばのすぎのゆきのしたをれ　(冬部・一三七七)

(詞書の「又」は直前の歌の詞書「院影供に寒野冬月」を受ける)

院の影供に、松邊千鳥

たかさごのまつをともとてなくちどりきみがやちよのこゑやそふらむ　(祝部・一四〇五)

同影供に、旅泊暁恋

わくらばのかぜのつてにもしらせばやおもひをすまのあか月のゆめ　(恋部・一四五四)

(詞書の「同」は四首前の詞書「院撰哥合内遇不遇恋」の「院」を受ける)

右のうち、「松辺千鳥」の歌は『夫木和歌抄』巻第十七冬部二・千鳥にも、「御集、松辺千鳥」の詞書の下、『新編国歌大観』六八八四の歌として載っている。

この他、『夫木和歌抄』巻第十八冬部三・雪に

和歌所影供歌合、山家朝雪　　如願法師

あさなあさなと山ふきこす雪のあらしよもぎが庭のあとたゆるまで　（七三三）

という一首が見出だされる。この歌は『如願法師集』には収められていない。

以上のことから、この三首題が後鳥羽院の和歌所影供歌合において披講されたものであることが知られる。和歌所が二条殿に設置されたのは建仁元年（一二〇一）七月二十七日のことであった。従って、この三首題が正治二年（一二〇〇）冬に披講された可能性は無いことになる。

次に建仁二年冬の可能性について考えてみると、この年十月二十日または二十一日、内大臣源通親が五十四歳で急逝した。(1) 近衛家実の『猪隈関白記』十月二十一日の条に、

廿一日、壬辰、雨降、入レ夜雷鳴、去夜内大臣通親薨卒云々、指所労不レ聞、昨日参院、大略頓死歟、生年五十四、正二位、右近衛大将、皇太弟傅也、院中申ニ行諸事一之人也、

と記されている他、『源家長日記』『愚管抄』『百練抄』等に記事が存する。そして、『源家長日記』によれば、「此内大臣殿の御事に、ひさしく御歌あはせなどもはべらざりき」というので、通親の薨後閏十月二十四日の定家の中将転任までの間に、院の影供歌合が行われたとは考えがたい。

では同年の十月一日から同二十日までの間はどうかというと、これは何とも言えないが、少くとも『後鳥羽院御集』や『明日香井和歌集』などを見る限り、建仁二年の院関係の歌合は九月の『水無瀬殿恋十五首歌合』以後は見当たらないのである。このことから、建仁二年の十月にこの三首題が披講された可能性も乏しいと見てよいであろう。

ということであれば、建仁元年冬の院影供歌合の可能性が大であることとなる。建仁元年冬には、十二月二日鳥羽殿において影供歌合の行われたことが『明月記』によって知られる。そこで披講されたのは、『明日香井和歌集』や

『後鳥羽院御集』によれば、「寒夜冬月」「山家夕嵐」「初恋」であった。それ以後年末までの間に影供歌合が行われたことを物語る資料は見当たらないが、『明月記』は十二月二十日以降は欠いているので、その間にあるいは行われたかもしれないとも考えられるのである。以上の結果、この「和歌懐紙(反古懐紙)」は、建仁元年冬に催された後鳥羽院影供歌合における三首の詠進歌の草稿かと推定しておきたい。

次に、この和歌懐紙における推敲の過程を考えてみたい。

まず「松辺千鳥」の題では、最初は陸奥の歌枕末の松山付近の、夕凪（ゆうなぎ）の海面から飛び立って雲の彼方に渡ってゆく千鳥を詠じた。千鳥はもとより冬の景物であるから、これは冬の叙景歌として処理したのである。しかし、これを捨てたのは、おそらく後鳥羽院主催の影供歌合での詠ということから、「松」によって祝言の心を籠めた方がよいと判断したためであろう。そして、「吹風も」の歌を詠んだのであるが、これをも捨ててしまった理由はよくわからない。あるいは余りにも陳腐と感じたからでもあろうか。そして、第三案として、「きみかへん」の歌を得たのだが、さらにその初句を「わかきみの」と改め、下句も「なれてそちきる……」を「まつふく風に……」と改めようとしたのであろう。しかしながら、下句については、最終的にいずれを選んだか明らかではない。「きみかへん」から「わかきみの」への改変は、後鳥羽院への慶祝の心が一層明確になると考えたからでもあろうか。ただし、「君が経ん」という句も、賀歌にしばしば見出だされるものである。(2)「なれてそちきるにはのまつ風」だと、千鳥と松風とが恋人同士のような見立てとなるし、「まつふく風にこゑたくふなり」とすると、あたかも『李嶠百詠』の「松風入夜琴」の心のごとく、千鳥の声が琴の音のような印象を与えることになる。そのいずれを取るか迷ったのであろうか。また、「にはのまつ風」の句を用いた場合には、仙洞御所を讃えたことになったであろう。ただしまた、水辺の鳥である千

鳥を必ずしもふさわしいとは言えない場所で鳴かすことになりかねない。結局は、

我が君の御代を八千代の友千鳥松吹く風に声たぐふなり

というところに落ち着いたのではないであろうか。これは『古今和歌集』の「しほの山」の歌(賀・三四五)を連想させる。

なお、彼はこれ以前「堀河題百首」において、

千鳥

むしあけの松ふく風や寒からむ冬の夜ふかくちどりなくなり　(三五三)

と詠んでおり(本文・歌番号は冷泉為臣編著『藤原定家全歌集』〔一九四〇年刊、文明社〕による。以下同じ)、おそらくこの歌合以後、元久元年(一二〇四)十一月十一日の『春日社歌合』において、

松風

春日山まつ吹風も君がためちとせのこゑにかぎりしられぬ(そカ)　(四〇〇六)

と歌うのである。

残されている同題の良経の詠は、高砂の松によって歌題の「松辺」を表現しおおせ、やはり千鳥の声を祝言にとりなしている。この作は応製和歌として巧みであったと言うべきであろう。

次に「山家朝雪」では、雪に埋もれた大和の三輪(みわ)(3)の檜原(ひばら)あたりをイメージとして浮かべ、その付近の山家から立ち昇る朝餉(あさげ)の煙を目当てに人を尋ねようというのが最初の発想だったのであろう。「となりたつねん」というのは、

わがいほはみわの山もとこひしくはとぶらひきませすぎたてるかど　(雑下・九八二)

という『古今和歌集』の古歌を念頭に置いてのことであろう。しかし、そのような行動性を抑えて、雪に埋もれた檜

原の上に立つ炊煙を遠望する形に切り換えたのが再案であった。しかし、ここでも初句に思い煩い、「うつもれぬ」と変えてみたが、これをも捨て、結局「たちまよふ」としたのであると思われる。この「たちまよふ」は別の字を消して書いたのか、それともなぞって重書したのか、よくわからない。すると、成案は次のようなことになるのであろうか。

　立ち迷ふ朝けのけぶり消えぬまぞ檜原の雪に隣をも知る

この作と通う定家自身の旧作に、

　　建久六年二月左大将家五首、冬

霜のうへのあさけのけぶりたえ〴〵にさびしさなびくをちこちのやど　（『拾遺愚草』二三九）

がある。そしてまた、同題の良経の歌は、やはり定家が文治五年（一一八九）十二月良経家で詠んだ雪十首のうち、

　　山家雪

まつ人のふもとのみちはたえぬらんのきばのすぎに雪をもるなり　（同・三五九）

にかなり似たものとなった。良経としてはこれを意識して、ただ「けさだに」の語句で題の「朝」を表現しようとしたのかもしれない。

　同題の作品が残っているもう一人、藤原秀能の作は、初句と三句とが字余りで、蕭条たる（おそらくは自身の家を念頭に置いての）山家の庭を描き出す。全体的に荒々しい風体で、おそらく定家は好まなかったであろうが、あるいは後鳥羽院の意には叶ったかもしれない。

　最後の「旅泊暁恋」の歌については、改案が記されていない。すると、

長き夜を明かしの浮き寝ほのぼのと今か別れし袖をしぞ思ふ

というのがそのまま定稿となったのかもしれない。もとより、『古今和歌集』で柿本人麻呂の歌とも言われる名歌、

ほの〴〵とあかしのうらのあさぎりにしまがくれ行舟をしぞ思　（羇旅・四〇九）

の本歌取である。なお、「袖をしぞ思ふ」という句は、『後撰和歌集』において村上天皇により

おほかたも秋はわびしき時なれどつゆけかる覧袖をしぞ思　（秋中・二七八）

と詠まれてもいる。定家のこの歌は船旅における旅客と遊女との後朝（きぬぎぬ）の別れを詠んだものであろう。同題の良経の歌は、『古今集』在原行平の、

わくらばに問人あらばすまのうらにもしほたれつゝわぶとこたへよ　（雑下・九六二）

と、『源氏物語』須磨の巻での、

友千鳥もろ声に鳴くあかつきはひとり寝ざめの床もたのもし

とを取り合わせたような趣の作である。とりどりにすぐれていると言ってよいであろう。

三

御物「藤原定家自筆書状草案」の全文は左のごとくである。（試みに読点を付す）

我君御践祚之始、通雲霄之籍、

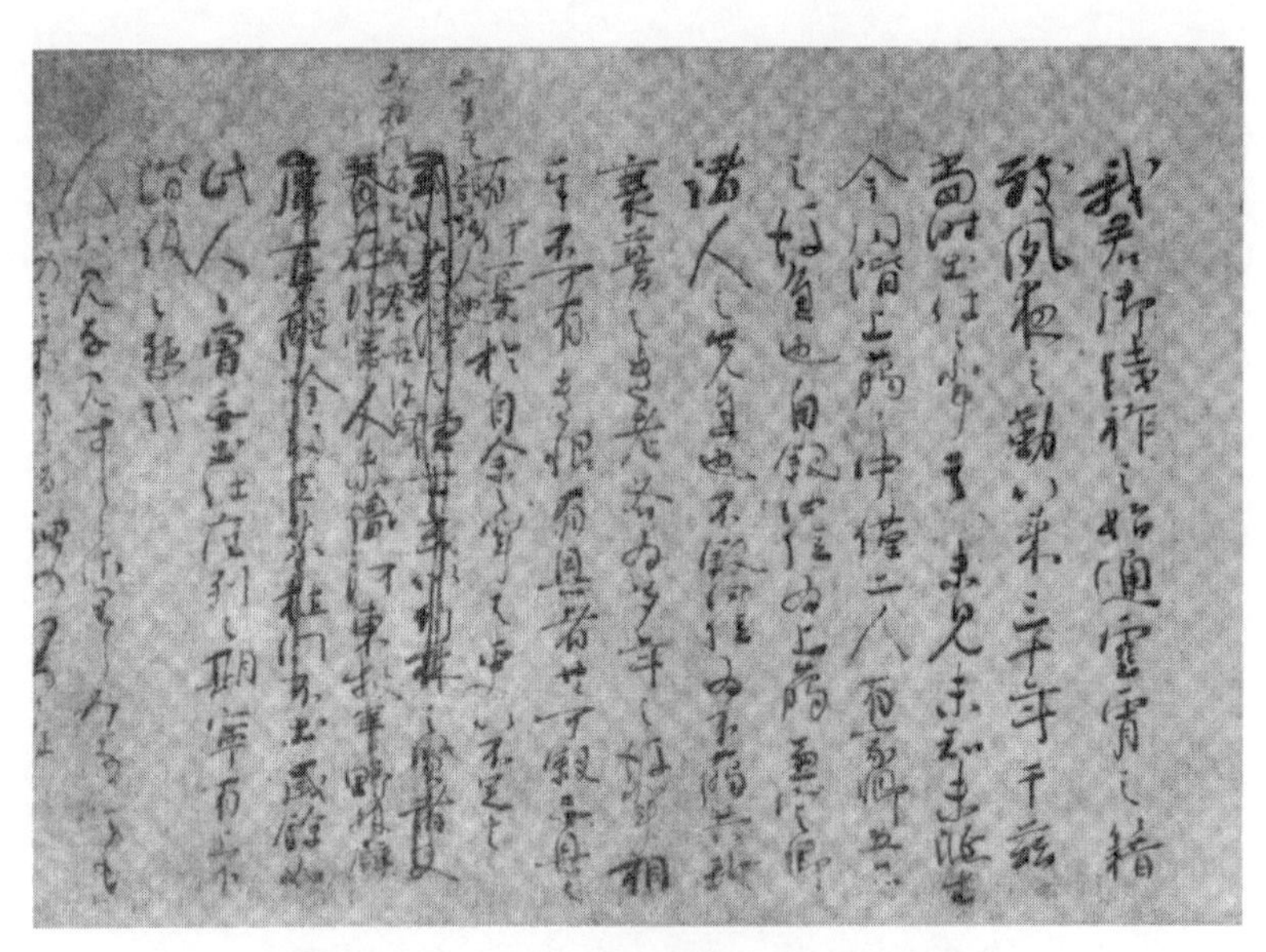

藤原定家筆　書状草案(『皇室の至宝　御物』より転載)

致夙夜之勤以来三十年、于茲
當時出仕之輩、其□未見未知未誕生、
今同階上臈之中僅二人、有家卿五品
之後進也、自叙四位為上臈、兼定卿
諸人之先達也、不叙四位為下臈、共雖
衰暮之遺老、各為多年之後輩、相
互不可有遺恨、有恩者共可叙、無恩者
有何憂、於自余之輩者更以不足言、
亦多是籠居人也、
或如藪澤之隠士、或似竹林之賢者、又
或杜門不出、或養在深窓
養在深窓人未識、河東牧宰野外辟
鷹、憂醒吟帰去来杜門不出歳餘、如
此人々曾無出仕座列之期、寧有上下
階級之愁哉、
人はみな見すしらさりしみなからも
われのみあまる袖のいろかな

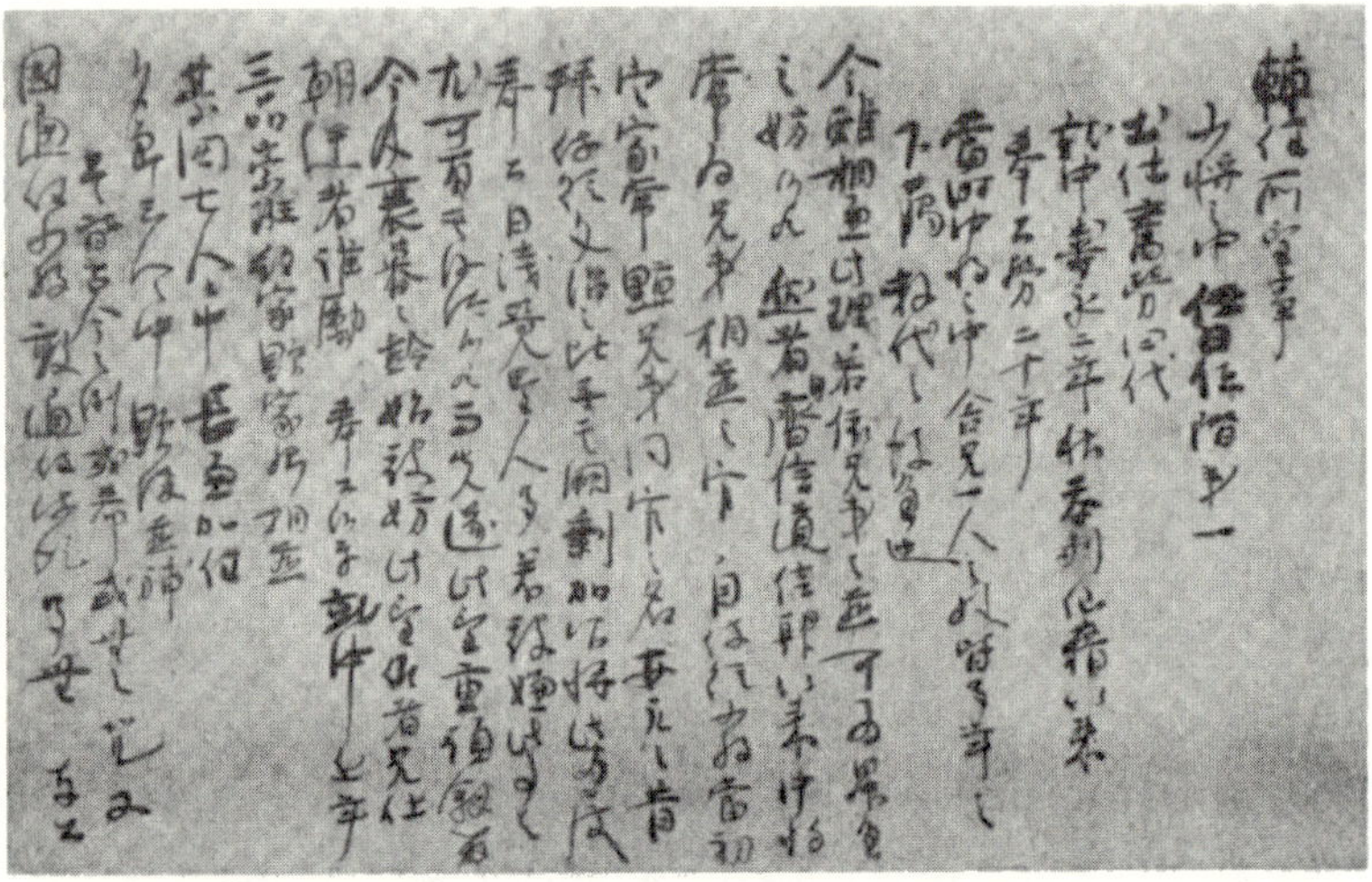

東京国立博物館蔵

この和歌の存在は以前から知られていた。すなわち、冷泉為臣編著『藤原定家全歌集』の「拾遺愚草員外之外」に

　或る消息の奥に
人はみなみずしらざりしみながらも我のみあまるその色かな　(三七八三)

と見えているのである。拙著『訳注藤原定家全歌集　下』(河出書房新社、一九八六年刊)では、「拾遺愚草員外之外」に関しては、原資料に当たり直せない場合は同書に依拠したので、右の歌についても「或る消息」の実態がわからないままに、「試みに恋の歌と解するが、あるいは任官を祝った人への返しの歌か」と注し、恋歌ふうの解釈を掲げておいた。「或る消息」がこのような書状であることが知られた以上、この解釈が成り立たないことは明らかである。

では、この歌はどう解釈したらよいのであろうか。それに先立って、この書状草案はいつ頃書かれたものであるかを考えてみたい。

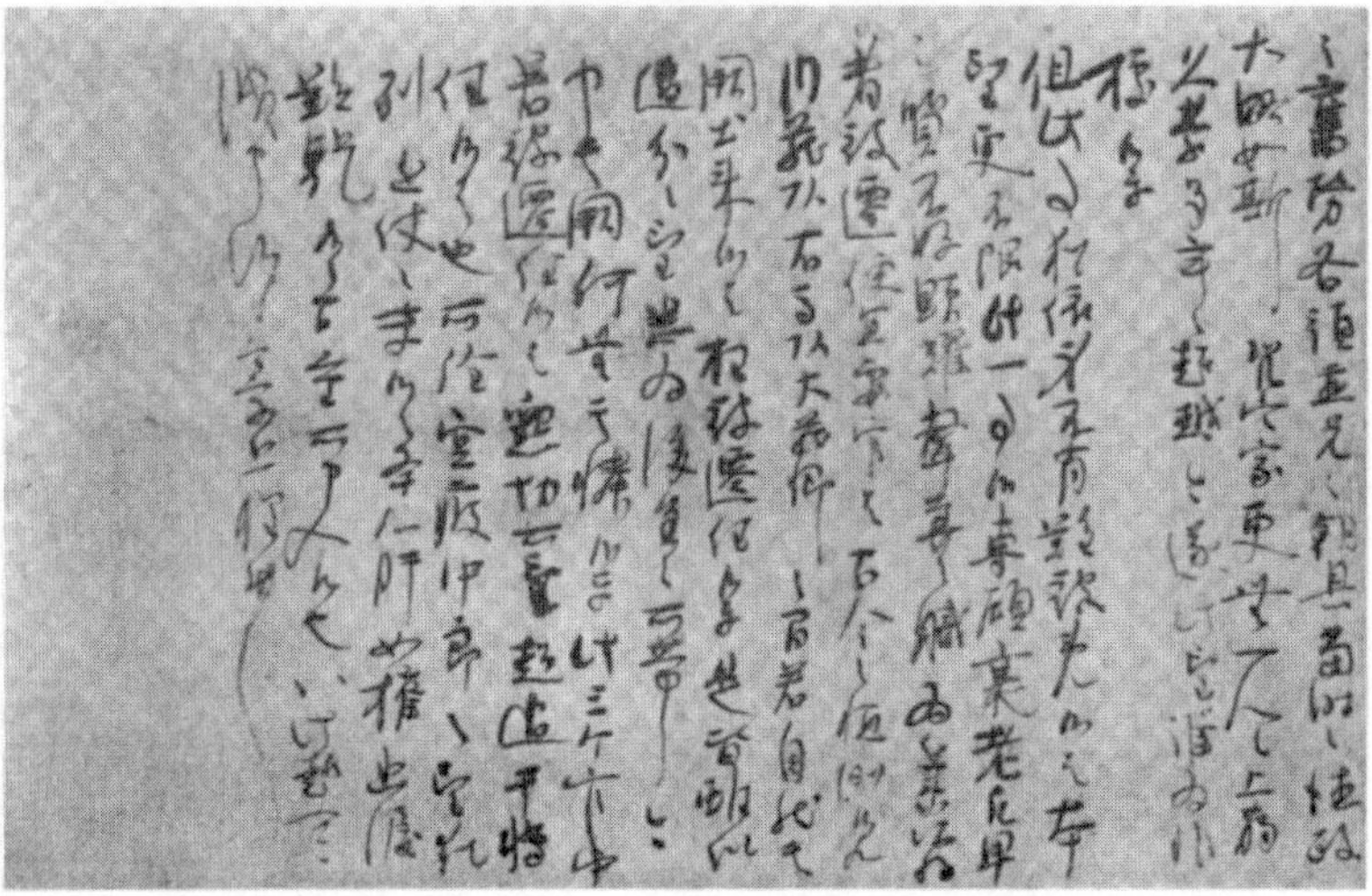

藤原定家筆　申文

図版解説を担当された安達直哉氏は、「本文書には年月日、宛所などはないが、本文に後鳥羽天皇践祚の初めより三十年出仕したとあり、他の史料からも寿永二年(一一八三)に定家が出仕を始めたことが確認でき、有家、兼定の経歴からみても、この書状案は建暦、建保年間頃のものと考えられる」と考証しておられる。ここで言われる「他の史料」とは、「転任所望事」に始まる、東京国立博物館蔵「定家自筆申文」(上図)のことをさすのであろう。確かにそこには、「就中寿永二年秋、忝列仙籍以来奉公労二十年」という語句が見出だされる。寿永二年の三十年後は建保元年(一二一三)であるから、「建暦、建保年間頃のもの」という安達氏の推定は妥当である。ただ、もう少しその時期を明らかにすることができないであろうか。

ここでこの書状草案を見ると、藤原有家と源兼定の二人を「同階上臈」と呼んでいることが知られる。定家がこの二人と「同階」であった時期は、建暦元年(一二一一)九月八日、定家が従三位に叙せられて以降、建保三年(一二一五)二月五日、有家が出家するまでの間であった。従って、この書状草案は右の期間の執筆と考えられるが、さらにその内容を検討すれば、昇階や任官を求めたものではないことが知られる。すなわち、まず有家や兼定も以前は自分より下臈だったこともあるから、(4)お互いに遺恨がある筈はないと言う。そして、「有恩者共可叙、無恩者有何憂」、それ以外の輩は言うに足りない、多くは籠居して出仕座列しないのだから、位階の上下を愁うることがある訳はないと述べているのである。つまり、この書状草案は申文のごときものではなく、自身が有家や兼定と「同階」になったのは当然であるということを述べた文章と見られるのである。ということであれば、これは前記した、定家が従三位に叙せられた建暦元年九月八日以後まもなく記されたものではないであろうか。建暦元年だと後鳥羽院の践祚後二十八年となるが、「三十年」はもとより概数であろうから、さほどこだわる必要はないであろう。

『明月記』や『拾遺愚草』を見れば、この叙従三位の栄進は定家自身にとってさほど喜ばしいこととは考えられていなかったことがわかる。まず、『明月記』建暦元年(一二一一)九月六日の条には、

六日、□以二黄門一尼上、猶令レ伺二所望事一、只一日遂二本望一、仮二夕郎名一、翌日可レ去二其職一之由也、今度有二御約束之人一、猶以不レ許云々、但叙二上階一哉由有二気色一云々、是望二倉部一人要須歟、以二書状一重申云、於二上階一は更無二所望一、所レ申只本望一事也、但若被レ任二侍従一者、三品不レ可二厭却一、非二此両事一は全無二昇進之望一、其後無二左右命一、案レ之猶不レ許歟、

とあって、定家は「黄門尼上」、すなわち同母姉の建春門院中納言(健御前、九条尼上などと呼ばれる)を通じて、除目を左右する力を持っている卿二品(藤原兼子)に、一日でも「夕郎(せきろう)」(蔵人頭をさすのであろう)となれば、翌日辞職してもよいのですと、この職への就任を懇請したが、それは今回既に先約の人がいる、但し、昇階はできそうだという内意が

示されたので、再び書状を以て、昇階は希望しないけれども、もしも侍従に任ぜられるならば、「三品」、すなわち従三位に叙せられることも厭わないが、そのいずれかでなければ昇進の望みは全くありませんとまで申し送ったのであった。そして、その翌日に叙従三位、侍従に再任という昇進人事の内定を知らされたのである。

　七日、終日不レ聞二所望許否一、夜漸深有二一品書状一、被レ送二黄門許一、披見之処、依二昨日申状一、相三加侍従一令レ叙二三位一也、已失二生涯本望一、先雖レ拭二悲涙一、為二公卿一分一可二帯剣一之由、年来一念不レ思二此事一、縦雖レ昇二納言一、於二勅授一は猶有二声華(英カ)気一之故也、今遇三末世之無二是非一、遏三絶理運之望一、被レ授二非分之官一、是又非二面目一乎、古来居二此職一之人、皆是可レ謂二英華一、凡卑之人経二此官一、只親能保家二人也、是又近代之声華(英カ)栄耀之幸人也、如レ僕衰老賎翁寧有二此恩一哉、尤宜二抃悦一、即馳参、密密畏申、以二讃岐内侍一頻有二芳心之詞一、深更退出、

「尤宜抃悦」などと言いながらも、その一方では「已失生涯本望」とも記し、手放しで喜んではいないことが知られる。この除目が行われた八日にはあちこちから慶賀の書札が寄せられ、また訪れる人々もあったが、定家自身の心は複雑であった。

　八日、天晴、自二所々一有二賀礼等一、長俊朝臣、信定朝臣、前民部大輔頼房、少将時通朝臣等来臨、各相謁、毎レ聞二慶賀之由一猶推(摧カ)二心肝一、前世之宿報機縁吉凶、共以可レ謂二不思儀(議)一、此官非拠之中非拠歟、有職之人定成二嘲弄一歟、但猶余レ身之恩也、

と記し、以下、「除目大略」を書き留めているが、その中でも「毎レ人可レ有レ恩之故也、比興比興」とか、「自他可二驚奇一事不レ可二勝計一」などと、皮肉な感想を書き付けているのである。

　また、『拾遺愚草』下・賀には、

年ごろのゝぞみかなはで、辞申す三位に猶叙すべ
きよしおほせごと侍しかば、侍従をひとたびにと
申てゆるされたりしに、　　　　　　　　　　　　　おなじ中将(藤原雅経)
うれしさはむかしつゝみしそでよりも猶たちかへるけふやことなる　(二三八八)
返し
うれしさは昔のそでの名にかけてけふ身にあまるむらさきのいろ　(二三八八)
おなじ日　　　　　　　　　　　　　宮内卿(藤原家隆)
うれしさは昨日やきみがつむきくのとへとや猶もけふをまつらん　(二三九九)
返し
けふぞげに花もかひある菊の色のこきむらさきの秋をまちける　(二三九九)
とは申ゝかど、しづみぬる事をのみなげき侍しに、思よらざりし
参議の闕に、おほくの上﨟をこえてなりて侍しあ
した　　　　　　　　　　　　　宮内卿
ふしておもひをきても身にやあまるらんこよひのはるのそでのせばさは　(二四〇〇)
返し
うれしてふたれもなべての事のはをけふのわが身にいかゞこたへむ　(二四〇〇)
とあって、定家に本当の喜びが到来するのは建保二年(一二一四)二月十一日の任参議という昇進人事を待たねばなら

なかったことが知られる。

以上のことから、この書状草案は、建暦元年(一二一一)九月八日の叙従三位を慶賀した何びとかに対する返状[5]の草案で、奥に添えられた歌は、この昇進に対する自身の複雑な喜びの心を吐露したものと考えたい。そして一首の意を次のように解釈してみる。

只今公卿として出仕している同輩はいずれも見たこともなく、知りもしなかったような若い人々ばかり、わたくしは老残の身ではありますが、こうして従三位に叙されて紫の袖を連ねることは、わたくしだけの身に余る光栄と存じております。

前記の拙著頭注においては、「参考」として、

恋哥中に　　　　　　　　　　　　　　式子内親王

きみをまだみずしらざりしいにしへのこひしきをさへなげきつるかな　(『続古今集』恋五・一三六〇)

という歌を掲げておいた。これは依然として「見すしらさりし」という第二句の参考にはなると考えている。

ところで、このような書状を送られるにふさわしい人物はどのような人であろうか。それはよほど気心が知れた定家の親友であるに違いない。そしてまた、定家がかなり修辞に凝り、中国の故事成語をちりばめて文章を綾なし、更にそれを削って簡潔な形に改めたりしているところを見ると、その相手は相当漢詩文の才能ある人であるように思われる。そのような人物として、まず念頭に上るのは菅原為長であり、次いでは藤原資実である。為長はこの年五十四歳で定家より四歳年長であるが、定家より一ヵ月遅れて、この年十月十二日に従三位に叙せられた。資実は定家と同年の五十歳で、この時は既に正二位、前権中納言で大宰権帥であった。この書状の宛先はこの二人のいずれかではな

いかと一応考えるのであるが、いかがであろうか。

なお、「養在深窓人未識」というのは、もとより「長恨歌」の「楊家有㆑女初長成、養在㆓深閨㆒人未識」をもじった句である。権門の御曹子のことを言うのにこれではふさわしくないと考え直して、「人未識」の語句を削ったのであろうが、それでも適切な表現かどうかいささか疑問である。定家がおそらく皮肉まじりにこう形容した人物は、この時定家が切望していた蔵人頭の要職を占めた源通方やその弟通行など、なき土御門内大臣通親の遺児達などでもあろうか。通方はこの年二十三、通行は十歳である。ともかくも、苦労知らずの良家の子弟を諷した表現ではあろう。

また、抹消された句に「憂醒吟帰去来杜門不出」とあるのは、屈原や陶淵明に擬せられるような人物のことに言及しようとしていたことが想像される。それはあるいは藤原長兼あたりではないであろうか。彼は権中納言正三位であったが、この年十月二日権中納言を辞し、男長資を右少弁に申任している。彼は硬骨の公卿で、その正論家のゆえに後鳥羽院に疎まれた人物である。しかし晩年の定家は、彼について好意的な見方をしていない(6)。

四

ついでにこの機会に一言触れておきたいものとして、やはり『皇室の至宝 御物』書跡Ⅱに収められている、伝藤原家隆筆「和歌懐紙」がある。これは承久元年(一二一九)七月五日高陽院殿西二棟御所において、後鳥羽院の命によって前大僧正慈円らが修した、五壇法の祈禱に関する記録が紙背に記されている料紙に、和歌二首を書いたものである。その二首は左のごとくである。

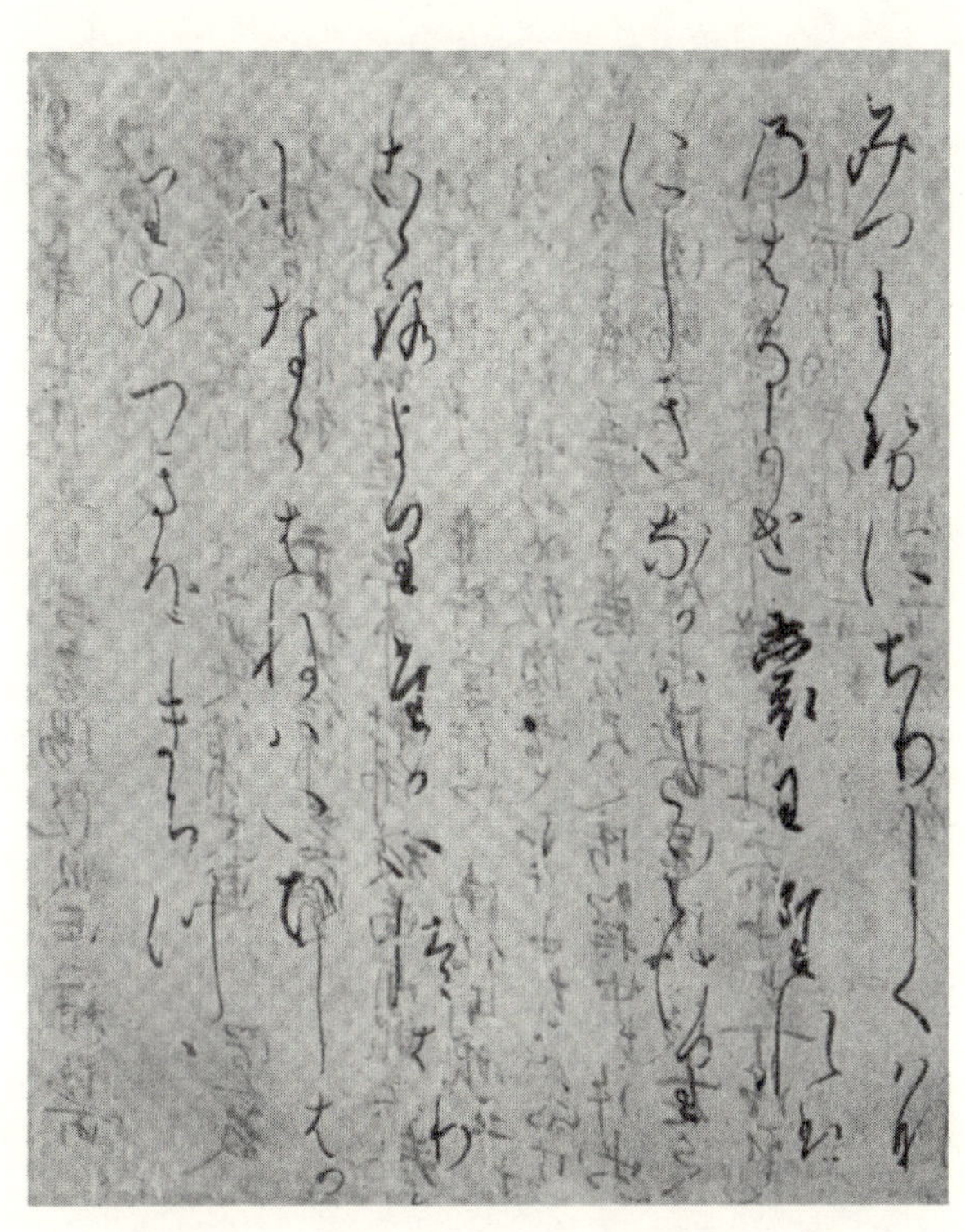

伝藤原家隆筆　和歌懐紙(『皇室の至宝 御物』より転載)

みつもせにちりしくはな
のはるかせもわたれは
にしきなかはたえけり
こゝろよりたかいつはり
もならはねはいひしはか
りのつきをまちつゝ

古谷稔氏はこの懐紙の解説で、藤原家隆という伝称を疑問視され、「この書風に類似すると見られるのが後鳥羽天皇(一一八〇〜一二三九)の書であるが、同筆とは断定できない。いまはまず和歌の作者を割り出すことが先決であろう」と言われる。

この二首の出所は目下の所、不明である。しかしながら、古谷氏の言われるごとく、後鳥羽院の真蹟のあるものと酷似すると考える。それは『後鳥羽天皇宸翰御製和歌三十首御色紙』(一九二七年刊、宮内省蔵版)として影印されている「詠三十首和謌」[7]の書風である。この三十首和歌が後鳥羽院の真蹟であることが確かならば、この懐紙も院のものではないであろうか。

「みつもせに」の歌は、『古今和歌集』秋下、読人しらず、左注で「ならのみかど」の詠ともいう、

　滝田河紅葉乱てながるめりわたらば錦中やたえなむ　(二八三)

の古歌の本歌取、「こゝろより」の歌は、同集、恋四、素性の、

　今こんといひし許に長月のありあけの月をまちいでつる哉　(六九一)

の本歌取である。「たかいつはりも」という句は藤原顕輔にも作例があるが、おそらく『千五百番歌合』で詠まれ、『新古今和歌集』に入集した俊成卿女の、

　ならひこしたがいつはりもまだしらでまつとせしまの庭のよもぎふ　(恋四・一二八五)

と関係があるのであろう。この句は以後、中世和歌でしばしば用いられる。これらの詠みぶりも後鳥羽院に近いものを思わせる。

紙背の記録は、古谷氏の解説によれば、慈円の書に酷似し、「承久元年の修法後ほどなく、慈円みずからが執筆した原本である可能性がある」という。修法記録と和歌と、いずれが先に記されたか定かでないが、いずれにせよ両者が記された時期はさほど隔たっていないであろう。京都と鎌倉との関係が緊迫してくる時期の修法記録であり、詠歌であるとすると、その政治的な意味も加わってくるように思われるのである。

注

(1)　源通親の没年月日については、この両説が存する。『猪隈関白記』『尊卑分脈』は十月二十日、『愚管抄』『百練抄』は十月二十一日とする。『公卿補任』は本によって異なるか。なお、『思ひよる日』も十月二十日の条に「通親公久我建仁二五十四」と掲げる。

(2)　たとえば、

君がへむやをよろづ世をかぞふればかつ〳〵けふぞなぬかなりける　(『拾遺集』賀・二六八、大中臣能宣)

行するをまつぞひさしき君がへん千よのはじめの子日とおもへば　(『千載集』賀・六一七、二条太皇太后宮肥後)

など。

(3)　この抹消部分は読みがたい。古谷氏は「みぶの」と読まれる。意味的には「みわの」と読みたいところであるが、「年」の草仮名かと見て、一応「みねの」と読んだ。

(4)　安達氏が「有家卿吾□」と読まれた箇所を「有家卿五品」と読んだ。ここで定家が述べていることが正しいことは、『公卿補任』によって確かめられる。

(5)　類似の内容の書状として、出光美術館蔵「慶賀文」がある。出光美術館編集・発行『書の美』(一九八五年)参照。

(6)　拙稿「承久の乱以後の藤原定家とその周辺――『明月記』を読む――」『文学』第五十三巻第七号、一九八五年七月。

(7)　これは東山御文庫蔵本で、元久元年(一二〇四)五月春日社奉納の三十首和歌であると考えられる。なお、樋口芳麻呂「後鳥羽院」(『日本歌人講座』4、中世の歌人II、弘文堂、一九六一年)参照。

付記

引用した勅撰集の歌番号は『新編国歌大観』による。本文はそれぞれ適当と思うものによったが、煩わしいので一々記さない。古記録の返点は私意による。

藤原定家――その「難義」に対する姿勢

一

二条為世の歌論書『和歌庭訓』に、「一、京極入道中納言鎌倉の右大臣家へ送られ侍ける一巻の中に、やまと哥の道は遠く求広くきく道にあらずと侍事」という箇条を立てて、和歌を詠ずるには、「広学多聞を事とすべき」ではなく、「たゞやまと詞にてみる物、きく物につけて、いひ出す事也」と説いている。これは藤原定家が『近代秀歌』において、

おろそかなるおやのをしへとては、哥はひろく見、とをくきくみちにあらず。心よりいでゝ、みづからさとる物也とばかりぞ申侍しかど、それをまことなりけりとまで、たどりしることも侍らず。

と述べているのを受けての論で、定家の和歌観と著しく異なることはないけれども、為世が引続いて以下のように述べると、定家は、いわゆる歌学における難義に対しては、一切興味を示さなかったかのように受け取られなくもない。

万葉集の歌、日本記の詞などを求聞きて読だにもいかゞとこそ承侍れ。されば、顕昭が稲負鳥の事暮〳〵としやくしたるをば、京極入道中納言は、「この事いかでもありなむ。金翅鳥、伽陵頻などいふ鳥も、ありと斗聞て、

さてこそあれ。稲負鳥も、さる鳥こそあるらめとて、さてありなむかし。しりたる物も、いなおほせ鳥は鵄也けり共、雀也けり共、よまぬうへは、只知らず読によみたり共、なにのくるしみかあらむ。かやうに申せば、物も覚ぬ山寺法師などは、当家はなにもしらぬ家ぞと申なる、おかしくこそ」とぞ被レ仰侍し。

事実は、定家も稲負鳥に対しては相当の関心を払っているのである。まず『顕註密勘』の顕註によれば、『古今和歌集』秋上の読人しらずの歌、

わがかどにいなおほせどりのなくなへにけさ吹風にかりはきにけり　（二〇八）

の注釈に際して、顕昭が古歌を引いて、庭たゝき（とつぎをしへ鳥）説、山鳥説など、それこそ「暮〳〵としやく」しながら、（ただし、この釈は藤原清輔の『奥義抄』下に説く内容に近い）、結論は「所詮稲負鳥と云物の侍歟」という曖昧な想像に留まっているのに対して、密勘では、

いなおほせ鳥、先人説、是に同。愚意今案にぞ、猶庭たゝきにやと思ひ侍れど、無二指証一。同二清輔朝臣一。

と、自身の意見を述べているのである。

そして、『僻案抄』においては、もっと積極的に庭たゝき説を打ち出していることが知られる。

此鳥、さま〴〵に、清輔朝臣等の人〳〵、説々をかきて、事きらざるべし。この「鴈はきにけり」といふに、此鳥かりといふ説はあるべからず。時の景気、秋風すゞしくなりゆくころ、庭たゝきなれきたりて、おとろへゆく秋草の中におりゐて、色もこゑもめづらしきころ、はつかりのそらにきこゆる、当時ある事なれば、つねの人の門庭などになれこぬ鳥をとをくもとめいださで、めのまへに見ゆる事につくべしと思給也。

そして、群書類従本系の本には、この後に、「いはまほしからむ人は、鳳とも鸞とも、心にまかせていひなすべし。

たがひにしるべからず」という文が存する。が、稲負鳥に対する定家の関心はこれで終らない。『僻案抄』の諸本には次のような後年の追注が見出されるのである。

後年ニ追注付

ある好士、安芸国にまかれりけるに、宿所よりたちいでたりけるに、にはたゝきのおりゐてなきけるを、女のありけるが見て、「いなおほせどりよ」といひけるをきゝて、「などこの鳥をばいなおほせ鳥とはいふぞ」とゝひければ、「この鳥きたりなく時、田より稲をおひて家々にはこびをければ申也」といひけり。国々田舎の人はかやうの事をやすらかにいひいだす、おかしくきこゆ。この事きゝて後、安芸国にかよふ人にとへば、みなおなじさまにきゝたるよしを申也。一州一村にも当時かく申さんにとりては、ひとへにをしていはんよりはもちゐるべし。

但可レ随ニ人々所一レ好。

定家は稲負鳥という難義を、「当時ある事」「めのまへに見ゆる事」に即して考え、更に「一州一村」で現に用いられている、いわば方言を援用して解釈しようとしている。彼には経験則を重んずるという思考態度が存するのである。日記『明月記』寛喜元年(一二二九)八月十九日の条からも、そのことは窺えるであろう。

此三四日鶺鴒小鳥、来鳴、炎暑雖レ如ニ盛夏一、時節自至歟、鷰不レ見、古今歌稲負鳥有ニ説々一、事不レ切事也、予用ニ此小鳥之説一、家隆卿多捨、赤羽用レ矢鳥也了見之由披露云々、未レ知ニ其証一、其鳥尋常近辺不レ可レ来、此小鳥来鳴之時、賓鴈必計会、尤叶ニ此鳥之歌一、唯以ニ節物一慰ニ心緒一、故記レ之、

この記述は、定家が最晩年まで稲負鳥に関心を抱き続けていたのは、一つには藤原家隆の異説(それは、朱鷺を稲負鳥に擬すものであったらしい。拙著『花のもの言う』「稲負鳥を追う」参照)への強い疑いというよりも反撥からであったら

しいことを想像させる。群書類従本系『僻案抄』に見出される、「いはまほしからむ人は……」という叙述は、清輔や顕昭らに対してではなく、家隆とその一派に向けられてのものであろう。

それと同時に、この日記の行文はやはり『僻案抄』の「時の景気、秋風すゞしくなりゆくころ……」という叙述、そしてまた、建久二年(一一九一)冬、三十歳の時の詠、

さらぬだにしもがれはつるくさのはをまづうちはらふにはたゝき哉　(『拾遺愚草』七五八)

という作とも響き合っているのである。若い頃からの「以㆓節物㆒慰㆓心緒㆒」ならいが、このような実作を産み、またこのような知的関心を抱かせ続けてもいるのである。定家において、歌人であることと古典学者であることとは、やはり分かち難く繋がっているのである。

二

『古今和歌集』巻第十九雑体には五首の長歌が収められている。にもかかわらず、その標目は諸本とも「短哥」とする。このことは古くから歌学上の疑問とされていた。定家は『定家卿長歌短歌之説』においてこの問題に取り組んでいる。

彼はまず『万葉集』について、長歌や短歌がどのように呼ばれているかを、巻第一から巻第二十までつぶさに検証する。たとえば、巻頭の雄略天皇の歌(一)について、「所㆑載長歌也。只御製と書て無㆓長短字㆒」、舒明天皇の望国の歌(二)について「長歌。不㆑書㆓長短字㆒」、額田王の「金野乃」の歌(七)について「卅一字歌也。已下如㆑此。卅一字皆作

歌と書」、同じく額田王の春秋をことわる歌(一六)について「長歌。歌と書て長歌を書也」、軽皇子が安騎野に宿した際の柿本人麻呂の歌の反歌二首(四六・四七)について「此二首歌書二短歌字一。不レ書二反歌字一。是以二卅一字一為二短歌一之証也」と注するがごとくである。このような作業を積み重ねて、

私 無二長歌一之時。卅一字ヲ皆作歌と書。有二長短一時。長歌を作歌或歌と書て。其反歌ヲ并短歌と書也。
無二長歌一時。無二并短歌之字一。因レ茲人迷惑。長歌ヲ短歌と云説出来也。(巻第一についての結論)
私 私皆卅一字也。料知。無二長歌一時。卅一字歌作歌何首と書。有二長歌一時は歌とは長歌を書て。反歌を短歌と云也。
因レ茲無二長歌一時。無二短歌字一。不二委見一之人仍迷惑也。(巻第六、九三〇—九三二の題詞の後の結論)

のごとき見解に到達するのである。

次に、『歌経標式』『倭歌作式(喜撰式)』『和歌式(孫姫式)』での長歌に関して言及している個所、その例歌などを抄出して、次のごとく論ずる。やや長文にわたるので大体の意味を取って訳してみる。

『拾遺集』を撰せられる時、旋頭歌は真名で書かれたが、長歌に至っては仮名で「なかうた」と書かれた。おそらく花山法皇は御了見の旨がおありだったのだろうか。先達(紀貫之ら)の所為を憚って仮名を用いたのだろうか。ただし、詞書には「短歌」の字を記載されたか(引用者注、現存本にはそうなっていない)。『万葉集』の記載で既にはっきりしている。(これは家持卿が書いたか。天平宝字三年に至る記載がある。)宝亀三年参議浜成朝臣の式もまた同じである。喜撰式、孫姫式にせよ、先賢の用いた説からいっても、長短の道理からいっても、事柄は既に分明である。どうして延喜五年に至って初めて長歌を載せて、これを短歌と称するのか。これは不審の中の不審、難義中の難義である。ただし、この時、『万葉集』は未だ遍ねく披露されていなかった。僅かに窺い見た輩が、委し

く歌数を見ず、また事の理非を弁えず、ただ「幷短歌」という表記に就いて、推量でこれを長歌の名称としたのであろうか。独り歩きの誤った考えにより、重なって存する証拠を忘れたことは、この道の遺恨というべきである。崇徳院が百首題を下された時(引用者注、『久安六年百首』をさす)、「短歌一首」と載せられてあったが(教長卿がこれを書いた)、その時の作者は皆長歌を詠んだ。亡父卿(俊成)が『千載集』を撰んだ時は、『古今集』の例に任せて、「短歌」の字を書いた。

定家はこれにとどまらない。更に藤原清輔の『奥義抄』と藤原範兼の『和歌童蒙抄』におけるそれぞれの著者の意見を抄出し、それに対しても論評を加えている。まず、『奥義抄』においては、上の「二、和歌六体」の項で、八雲神詠を例として「長歌　二五三七、合三十一字也」と説き、『万葉集』一九番歌の不完全な本文その他を例として「短歌　五七五七、多少任レ意」と説いている。それでいて、「三、和歌三種体」では、現在の常識通り短歌形式を短歌、長歌形式を長歌とする『歌経標式』の記述をそのまま引用している。従って、先の清輔自身の説とは矛盾を生じていることになる。定家はこの矛盾を、「任二(私)浜成朝臣式一載レ之歟。端所レ註長短之体。已以相違。是就二各本文一載レ之。不レ註二今所一レ用之相違一」と指摘しながらも、「雖レ似レ可レ弁。上古与二当時一相替之由。乍レ存レ之。成レ憚委不二分別一歟」と著述に際しての清輔の心理を想像し、「非レ無二所存一哉。雖レ有レ所二弁存一。不レ破二先達之説一歟。可レ謂レ知レ道」と、むしろその態度を称揚している。

これより以前、俊成が『古来風体抄』においてやはり「長歌短歌といふこと」を論じて、「清輔朝臣と申ゝものゝ奥義(アウギ)とかいひて、髄脳とてかきて侍なるものには、ひとへにながきを短歌とさだめかきて侍とかや」と言い、定家と同様、『万葉集』を実際に検知して、同集においては「まさしくみじかければ卅一字を短歌といへり。しかれば、又、長(ナガキ)をば長歌といふべしとみえたるなり」という正しい認識に到達してはいる。けれども、彼はその『奥義抄』が自説とは矛盾する『歌経標式』の記述をも並記していることを無視し、従ってそのことの意味を一切考えようとせず、「万葉しふの事をいひながら、ひとへに卅一字の反歌、短歌をながうたといふらんずいなうは、万葉集をくはしくみざるにゝたり」と断罪している。清輔への俊成の対抗心がいかに熾烈であったか、この一事を以てしても知られるのである。それに対して、「雖レ有レ所ニ弁存一。不レ破ニ先達之説一歟。可レ謂レ知レ道」との定家の言は好意的に過ぎると評せられるべきかもしれない。

一方、『和歌童蒙抄』巻第十では、長歌の例に八雲神詠を、短歌の例に『古今集』一〇〇五番凡河内躬恒の「冬のながうた」を挙げて、詳論を展開している。すなわち、範兼は『歌経標式』の所説に言及しながら、「されども日本紀に三十一字の詠を長歌といへり。万葉集には返歌を短歌とかけることもまじりたれども、たしかに長くよみつゞけたるを短歌といへることは今すこしたしか也」と論じ、『古今集』の撰者達が誤る筈がないと言い、源俊頼の『俊頼髄脳』での論を批判し、「たゞ文選文集の長歌行短歌行の心を尋ねて、愚なる心に思ひみるに、是は歌と云はうたふと云事なれば、三十一字の作は字すくなく、句のつゞきながめよければ、その詠のこゑながし。長句の歌は句の多くつゞける故に、詠のこゑ長くはあるべからず。仍て短歌と云ふ也」と、詠吟する際の息継ぎの長短によって、「三十一字の作」(短歌形式)が長歌、「長句の歌」(長歌形式)が短歌なのであると強弁したのである。俊成は『古来風体抄』においてこの論に従っている。そのために、あれほど清輔の論を厳しく批判しながら、俊成の長歌短歌の論は中途半端になってしまっているのである。

けれども、定家は右の原文で引用した部分を抄出して、「如レ此勘寄之上。長歌を短歌といへる事。いますこし慥也と書之条。甚以不審。可レ謂二人心不同一歟、又不レ載二両式一。頗以委不レ見哉」と批判している。更に、「此外俊頼朝臣無名抄(或号二口伝一)書二此事一。件抄基金吾不レ為レ可云々」と付言している。「基金吾」は藤原基俊の謂いである。これは俊成に言われたことを記しているのかもしれない。

定家の長歌短歌に関する所説はこのようなものであった。すなわち、まず長歌形式を多く収載する『万葉集』それ自体での題詞を十分に調査し、次いで和歌式や髄脳での所説を冷静に検討、批判すべき点は批判するという方法、態度でなされているのである。極めて帰納的、実証的であり、しかも必ずしも実証にのみ止まっているわけでもない。清輔に対してはやや甘いようでもあるが、諸説集成を意図したかにも見える、『奥義抄』という学書の性格はほぼ正しく理解していると言ってよい。全体的に、定家の方法や態度は父俊成のそれよりも学問的であると評されてよいであろう。

この『長歌短歌之説』の終りにいう。

窃所二勘出一。只為レ備二愚蒙一也。於レ今者難レ改二延喜以後称来之説一。更尋二孫姫以前註置之跡一。且不レ加二私今案一。只顕二先賢之所存一許也。

貞永元年七月日　　黄門遺老在判

これによって、定家としては更に古い文献によって考証をより強固なものとしようと考えていたことが知られる。貞永元年(一二三二)、定家は七十一歳である。この年六月十三日、彼は「古へ今の歌撰比進良之女与」との後堀河天皇の勅を承り、二十巻の草案を染筆している。そして、十月二日には「仮名序代並二十巻部目録、注一紙」を奏覧した。『新勅撰和歌集』撰進の業はこの頃から始まるのである。『長歌短歌之説』の成立はおそらくこの撰集事業と無

関係ではないであろう。同集巻第二十雑哥五には四首の長歌が収められている。それらの詞書には、

源政長朝臣の家にて人〳〵ながうたよみ侍けるに、
初冬述懐といへる心をよめる　　源俊頼朝臣

久安百首哥たてまつりけるながうた　　皇太后宮大夫俊成

などと記して掲げられているが、それらの前には「長歌」とも「短歌」とも、標目を一切記していない。次いで三首の旋頭歌を収める。その内二首についてはやはり詞書で「旋頭哥」と記しているが、「旋頭歌」の標目もない。その後に「物名」の標目を立てて、物名歌を並べている。「於㆑今者難㆑改㆓延喜以後称来之説㆒」と考えている定家としては、『古今集』以来の流例にさからって「長歌」という標目を立てることは躊躇されたのであろう。しかし、自身誤りであると確信している「短歌」を踏襲する気にもなれず、結局標目を省いてしまったのであろう。実証によって得られた認識に忠実でありたいという学者としての定家と、先規を尊重しようとする伝統主義を奉ずる勅撰撰者定家との矛盾が、この標目の無いことに現れているように思われる。

三

定家はまた、『定家卿長歌短歌之説』の追考の部分で、顕昭や俊成同様、『万葉集』の成立についても考察を試みている。そこではまず、

万葉集時代事。古来賢者猶遺㆑疑。近代好士重相論。頻作㆓勘文㆒。互為㆓己理㆒。末愚倩見㆓本集㆒。有㆑所㆓斟酌㆒。何是

何非。只可レ随二後学之所存一。云レ人云レ我。全不レ称二自説之有レ謂。

と記している。是非を後学の判断に委ねると言いながら、つらつら「本集」を見て「斟酌」する所があったという点が、定家の拠り所である。

そして、『万葉集』中の「天平二十年三月廿三日」「天平勝宝二年……」「天平宝字三年正月一日」などの日時記載が存することを示して、

凡和漢書籍之習。多以レ所二註載一。為二其時代之書一。何拋二本集之所見一。徒勘二他集之序詞一哉。似レ無二其謂一。

是註所二見及一許也。与二賢者一不レ可レ論。

と論ずる。極めて常識的な考えである。そしてそれが正論であることも言うまでもない。「他集之序詞」を勘える立場とは、直接的には『古今和歌集』仮名序や、「貞観の御時、万葉集はいつ許つくれるぞととはせたまひければ、よみてたてまつりける」という同集九九七番文屋有季の歌の詞書を根拠として、『万葉』の成立を論ずる顕昭・道因・勝命らをさしているのであろう。次に、その『古今集』仮名序の『万葉集』に言及している部分を引き、その記述が『万葉集』の内容と齟齬することを衝き、その信を置き難いことを明かにしている。たとえば、同序の柿本人麻呂・山部赤人並立論について、

如二此序一者。文武天皇御世。柿本山部列座之由歟。見二万葉集一。柿本人麿所レ詠歌。皆藤原宮之由註レ之。山部赤人歌。神亀元年以後。天平年中之由註レ之。雖二其年月不レ遠。相並之由無二所見一。

という。もとよりこれは、かつて『顕昭法橋万葉時代難事』で勝命と顕昭との間に交された難陳(同書下、人麿在世事)を念頭に置いてのことであろう。

また、同じく仮名序の、「いにしへより、かくつたはるうちにも、ならの御時よりぞ、ひろまりにける。（中略、人麻呂・赤人並立論）これよりさきの哥をあつめてなむ、万えうしふと、なづけられたりける。（中略）かの御時より、この方、としはもゝとせあまり、世はとつぎになんなりにける」という叙述に関して、

自二文武大宝元年一。至二于延喜五年一。二百五年。文武以後延喜十八代歟。縦奈良御時雖レ存。聖武天皇御世。其前後二十四年三代（元明。元正。）也。以二此序一為二平城天皇之証拠一。（顕昭付レ之。）大同年中無下可レ撰二和歌一之人上。不レ載二称徳天皇以後歌一。於二平城之説一者勿論不レ足レ言事歟。

これよりさきの歌をあつむる文。又以不審多。強不レ勘二時代年限一。課二文章一所レ書歟。

天平勝宝年中歌をこれよりさきの歌と書。尤無二其理一歟。道因之所レ載勘文。不レ註二此等子細一。

古今序此等事。頗不レ似下披二見万葉集一之人上如何。

と批判する。右の古今仮名序を根拠に、『万葉集』は平城天皇の大同年中の成立であるという説に固執する顕昭を「不レ足レ言事歟」と斥ける一方、道因の勘文の不備をもあげつらい、仮名序筆者、すなわち紀貫之その人をも『万葉集』を見た人とは思われないと言っている。「長歌短歌之説」で清輔に対して寛容であったのに比べると、これはかなり厳しい批判である。

俊成が左大将藤原良経の問いに答えた『俊成卿万葉集時代考（万時）』においても、『万葉集』中での天皇の呼び方や大伴家持などの官位記載のし方に注目してはいる。しかし、俊成はやはり文屋有季の歌の詞書や『古今和歌集』仮名序の記述を出発点として『万葉集』の成立を論じようとしていた。そして、その結論は、

やすく〳〵と人のしりたることにては候はぬ也。むかしのことはなにごともかすかにたしかならで、人の心はしな

やかに心にくゝ候へば、ものをあながちにあまで(く脱カ)さたすることも候はず。かきつくる事も、申さばしどけなきことおほく申ちらして候を、よのすゑには、いかにせんと、しらぬ事をもしりがほに、見さだめぬことをも事をきるやうに申あひ候へば、きゝにくゝも、又おこがましくも候なり。これよりすぎてたしかなる説は、たれもえ申候はじとおぼえ候。

という、この問題に関する判断中止であった。それに比べると、定家はここで特に新しい説を出しているわけではないが、旧説の誤謬を衝くその姿勢は、すべて古のことははっきりしないのが当然であり、それがむしろおおどかでよいのだと言って晏如たる俊成よりも、遥かに学問的であると思われるのである。

III 藤原定家とその周辺

「三宮十五首」と「五人百首」

一

ここに一首の歌がある。

しがらきのと山のあられふりすさびあれゆくころのくもの色哉　(二三四)

作者は藤原定家、出典は『拾遺愚草』下・冬、詞書はこの作の直前の歌、

神な月くれやすき日の色なればしものした葉に風もたまらず　(二三三)

に付された「三宮十五首　冬哥」が掛かる。

定家は右の二首を共に『定家卿百番自歌合』に自撰している。ということは、彼自身相当自負していた作であったということを意味しているのであろう。しかしながら、この二首が勅撰集に入集するのは、やや時日を要した。即ち、「神な月」の歌は『続拾遺和歌集』冬に、「しがらきの」の詠は『玉葉和歌集』冬に見出される。宮内庁書陵部蔵兼右本によって『玉葉集』の詞書を示せば、それは「惟明親王家に十五首哥に」というのである。『拾遺愚草』にいう「三宮」とは高倉天皇の三宮、即ち後鳥羽院より一歳年長の惟明親王をさすのである。

「しがらきの」の歌が描き出す風景を考えてみる。ここは八世紀半ば聖武天皇が紫香楽宮を営もうとした故地でもある。「しがらき」は近江国甲賀郡の信楽である。

七四二　天平一四壬午　八・一一離宮を近江甲賀郡紫香楽(シガラキ)村に造る

七四三　天平一五癸未　(一二・二六)近江紫香楽宮を造り恭仁宮の造作を停む〔続紀〕

七四四　天平一六甲申　一一・一三近江甲賀寺に始めて盧舎那仏像の骨柱を建つ天皇親臨す〔続紀・要録〕

(辻善之助編『日本文化史年表』上より抄出)

右の盧舎那仏像は東大寺の盧舎那仏像の原型であったらしい。そのことは『七大寺巡礼私記』や『南都巡礼記』に語られている。

そのような歴史的風土であるから、信楽は平安時代においても都人の記憶から消えることはなかったであろう。しかし、そこは山深い、従って春の訪れの遅い土地という印象を伴っていたと想像される。早く、『古今和歌六帖』に次のような歌が見出される。

しがらきのみねたちこゆる春霞はれずも物をおもふころかな　(第一・かすみ)

この歌は第二・岑にも重出しており、そこでは作者を凡河内躬恒として、第二句を「みねたちかくす」と伝える。そして、藤原惟成は寛和二年(九八六)六月十日『内裏歌合』において、次のように歌った。この歌は後年『詞花和歌集』春に選ばれている。

きのふかもあられふりしはしがらきのとやまのかすみ春めきにけり

下って、『堀河百首』の冬の題のうち、「雪」を阿闍梨隆源は次のように詠んでいる。この作は『金葉和歌集』冬に採られている。

宮こだに雪ふりぬればしがらきのま木のそま山あとたえぬらむ

平安末期において信楽を詠じた歌としては次のような諸家の作が注目されるであろうか。

覚性法親王

しがらきのと山を霞こめしよりそらにぞをのゝおとはきこゆる　（『出観集』一六）

藤原教長

しがらきの外山の霞立ぬれば宮木引なるこゑのみぞする　（『前参議教長卿集』三二）

西行

春あさきすゞのまがきにかぜさえてまだ雪きえぬしがらきのさと　（『山家集』中・九六七）

しがらきのそまのおほぢはとゞめてよ初雪ふりぬむこの山人　（『山家集』百首・一四八三）

これらの作品によって、信楽という土地に対して都人達が抱いたイメージは明らかである。即ち、そこは山間の僻地であり、宮木引く杣人の住む寒冷の地であった。

定家が霰の降りすさぶ「しがらきのと山」を捉え、「あれゆくころのくもの色」を、さながら荒々しいタッチで暗灰色の絵具をカンバスにぶつける画家のように描き出す以前には、信楽に関してこのような表現の累積があった。それらの大部分はおそらく定家のこの一首の形成と無縁ではないであろうが、中でも深く関るのは、惟成弁の作であろう。定家自身、『老若五十首歌合』では、

と山よりむらくもなびきふく風にあられよこぎる冬のゆふぐれ　（『拾遺愚草』中・一七一三）

と詠んでいる。その「と山」を惟成弁の作により「しがらきのと山」と場所を定め、「むらくも」の暗灰色にアクセントを置くことによって、この一首は成ったのではなかっただろうか。

二

では、「しがらきの」という歌は、作者定家の長い作歌生活において、どの時点に位置づけられるべきであろうか。それは「三宮十五首」が催された時期を探ることを意味する。以前、藤原家隆の作歌年次考証を試みた際に、私はこの十五首が試みられた時期を「一応建保四年一月より翌五年六月までの間」(拙編著『藤原家隆集とその研究』)と推定した。本十五首における定家の作五首がすべて『定家卿百番自歌合』の建保五年(一二一七)六月第一次改訂本に入れられていること、一方、家隆の本十五首中の雑二首に、

すぎてゆくいそぢのゆめぢあともなしこゝろにしめし月のやまもと　(『玉吟集』二七〇二)

なさけあるこのごろのよのかずにいりてうきみのはても人やしのばん　(同・二七〇三)

と歌われており、家隆が「いそぢ」即ち五十代も過ぎようとする五十九となったのは建保四年、「なさけあるこのごろのよのかずにいりて」と朝恩を謝すにふさわしい叙従三位という昇進が実現したのは建保四年一月五日であることなどを勘案した結果である。

しかしながら、右の推定については自身改める必要があることに気付いた。

私は右の考証において「すぎてゆくいそぢ」を現代の常識によりかかって、五十代を過ぎようとしていたと解した

のであるが、これは正しかったであろうか。当時の「みそぢ」「よそぢ」「いそぢ」などの語の用例から帰納すると、これは疑問である。もとより「よそぢ」は丁度四十を、また「いそぢ」は正確に五十をさす例も少なくないが、それと共にこれらの語は往々にして相当の幅を示す、大摑みな言い方でもある。そしてその幅は、現在我々が考えるよりも前の方へずれている、たとえば「よそぢ」ならば三十五あたりから四十三、四まで、「いそぢ」ならば四十五、六程度から五十三、四頃までをさすということが、年齢が確定している作者の詠出年次が明確な作品から帰納して言い得るのである。建保三年に五十四歳の定家が「内大臣家百首」において、

海渡るうらこぐ舟のいたづらにいそぢをすぎてぬれし浪哉　（『拾遺愚草』上・一二八三）

と詠んでいることも参考になるであろう。古の人は早く老いを意識しやすかったのである。ということであれば、「すぎてゆくいそぢ」は五十九歳の頃と考えるべきではなく、四か五歳程度繰り上げて、五十四、五の頃と考えた方が妥当だったのである。

そして又、「なさけあるこのごろのよのかずにいりて」という「なさけ」も、官位昇進のことばかり考えていたのは問題であった。『明月記』建暦二年（一二一二）五月九日の条には、家隆が内の昇殿を聴されたことについて、次のように記している。

入レ夜宮内卿消息云、只今被レ仰二昇殿一、抃悦之至不レ知レ所レ謝者、今聞二此事一、道之面目世之善政也、可レ謂二幽玄一、殊感悦、夜前遇二清範朝臣一粗陳二此事一、愚意已符合、尤有レ興者也、

「なさけ」とはこれをさしていたのではないか。

このように考え直し、本十五首での定家の雑二首が、

あめつちもあはれしるとはいにしへのたがいつはりぞしきしまのみち　（『拾遺愚草』下・二五八二）

つれなくて今もいくよのしもかへむくちにしのちのたにのむもれ木　（同・二五八三）

と、極めて色濃い述懐調を湛えていることをも併せ考えることによって、三宮十五首歌会は、建暦二年（一二一二）五月以降建保二年（一二一四）二月の定家の任参議までの二年間であったかと改めた仮説を口頭発表した（「建保期の再検討」和歌文学会例会　一九七四年五月十八日、於二松学舎大学）。

現在のところ、「三宮十五首」の挙行年次については右のように考えているのであるが、或いは右の期間を更に若干短縮できるかもしれないと見られる材料が家隆の作品として存することに気付いた。それは建暦二年十二月に後鳥羽院が定家・家隆・藤原秀能及びもう一人（或いは藤原雅経か）に詠進せしめ、自身も試みた二十首歌、「五人百首」と称したらしい作品群中の家隆の冬十首の冒頭の詠である。

神無月今はしぐれもしがらきのとやまのあらし雲さそふなり　（『玉吟集』二三二）

この歌は最初に掲げた定家の「しがらきの」の作と同じく、「しがらきのとやま」の冬の「雲」を捉えている。そして、「神無月」という歌い出しは、定家の「三宮十五首」での冬二首のもう一首と同じである。この類似は偶然であろうか。私には偶然ではないように思われる。『明月記』などから想像すると、定家と家隆はしばしば応製和歌の歌草を交換して相互批評していたようである。おそらく、『衣笠内府哥難詞』に合綴されている『名所百首哥之時与家隆卿内談事』はその一例にすぎないであろう。そうであれば、この二人は互いに影響されやすい間柄であったと考えられるのである。では、仮にこの二首の「しがらきのと山」の間に影響関係があったとすれば、それはどちらからどちらへと考えるのが妥当であろうか。ここでは定家から家隆へという方向を想像するのが自然であろう。定家の

「三宮十五首」の冬二首の内最初の作から「神な月」という歌い出しを学び(尤も、この歌い出しが定家の創始したものでないことは言うまでもない)、次の歌から「しがらきのと山」という土地、「くも」という素材を借りて、「あられ」を「しぐれ」に置き換えれば、家隆の作の枠組みは出来上がるのである。この逆に家隆の詠にヒントを得て定家が「三宮十五首」での冬二首を構成したと想像することは不自然であろう。もしも右の仮想によるならば、「三宮十五首」は家隆が「五人百首」の料としての二十首を後鳥羽院に詠進したと考えられる建暦二年(一二一二)十二月二日頃(『明月記』による)以前に詠まれていたことになる。

『明月記』建暦二年の記事は、三月を欠く他、各月ともに存する。しかしながら、五月は二十日までで以下はなく、六月は五日からの記事が見出される。また、九月は五日から十四日までの記事を欠く。或いはそれらの空白期間にこの催しが行われたかもしれないのである。

以上は全く想像の域を出るものではない。但し、家隆の描いた「今はしぐれもしがらきのとやま」よりも、定家が捉えた「あられふりすさびあれゆくころ」の「しがらきのと山」の方に、この風土が持つ一種の魅力が湛えられているということは言えるのではないだろうか。

三

「三宮十五首」の詠作年次考証にあるいは役立つかもしれない「五人百首」の催しは、それ自体極めて興味ある催しである。この作品群全体についての検討は別の場で試みたいが、ここでは定家と後鳥羽院の作の一斑を垣間見ておく。

定家は本二十首の内の雑五首を次のように歌う。

あとたれてちかひをあふぐ神もみな身のことはりにたのみかねつゝ　（『拾遺愚草』中・一八七九）

ひさかたのくものかけはしいつよまでひとりなげきのくちてやみぬる　（一八八〇）

思ふことむなしき夢のなかぞらにたゆともたゆなつらきたまのを　（一八八一）

日かげさすをとめのすがた我も見きおいずはけふのちよのはじめに　（一八八二）

ふしておもひおきてぞいのるのどかなれよろづよてらせくものうへの月　（一八八三）

前三首は述懐、後の二首は祝言と見られる。「日かげさす」の詠は老人の感慨の表白であるが、公事である大嘗会に伴う五節の舞姫を目のあたりに見たと歌うことによって祝言と考えてよいであろう。これらの作には詠進当時の定家の体験や感情がかなり率直に反映されていると思う。

定家はこの二十首を建暦二年十二月二日に提出している。当日の『明月記』に言う。

二日、天晴、妻努（ママ）出関参詣社頭、（男女子息相具、女子七ケ日参籠、）予依老病寒気不参、又是依詠歌事也、清範朝臣（奉書）、和歌今日可進由重仰之、即如形書連進上已了、老風情尽一首不尋常、但又不可渋之、

「妻努出関」とは、おそらく定家が愛していた詩句、

親故適廻駕　妻奴未出関　鳳凰池上月　送我過商山　（『新撰朗詠集』秋・月、白楽天）

のもじりであろう。この日定家の妻子達は逢坂の関を越えて日吉神社に参詣したのである。いつもなら当然同道する筈の定家は、この日に限って京に留まっていた。それは「老病寒気」と「詠歌事」のためであった。多分後者が主た

る理由であったのだろう。今日詠進せよとの奉書が届けられている。そのような状況の中で、「あとたれて」の詠はいとも自然に浮かんだのではなかったであろうか。「あとたれてちかひをあふぐ神」として真っ先に考えられたのは、現在妻子が額づいている筈の日吉明神であろう。定家の日吉信仰は多分に現世での果報を祈念する傾向が顕著であった。

次いで、高倉・安徳・後鳥羽・土御門・今上(順徳)の「いつよ」(五代)にわたって、絶えず昇殿を聴されることに肝胆を砕いてきた嘆きが吐露される。そして、その嘆きの極まりにおいて、「思ふこと」がたとえ「むなしき夢」と化し、「なかぞらにたゆとも」、わが「つらきたまのを」よ、「たゆな」と、われとわが身に言い聞かせる。この作がかの式子内親王の忍恋の絶唱、

たまのをよたえなばたえねながらへばしのぶることのよはりもぞする　(『新古今集』恋一・一〇三四)

をはっきりと意識し、その果敢な烈しい情念と自己の未練がましい世俗的な執着とを敢えて対比してみせようとしたことは、殆ど疑いないであろう。それは自虐的にすら思われる。しかしながら、それがこの時の定家の偽らぬ心情であったとすれば、誰がその真率さを笑うことができるのであろうか。女は恋に殉ずるかもしれない。けれども、男は世俗にまみれて生きるのである。式子の詠は烈しく燃焼して美しい。が、定家は泥にまみれながらも「なかぞら」を振り仰いで世俗的な「夢」を追う。そこにも一個の人間の悲痛な生の美しさは表現されているのではないか。彼はこの作を『定家卿百番自歌合』に自撰した。

「思ふこと」で嘆きを吐露し尽した定家は静かに老いたるわが身を顧みる。「おほみき」を下賜された際の藤原敏行の古歌、

おいぬとてなどかわが身をせめきけんおいずはけふにあはまし物か　（『古今集』雑上・九〇三）

が思い浮かぶ。この年の十一月十六日、定家は五節の舞姫を見た。前年十一月七日、准母春華門院昇子内親王の崩によって延引した大嘗会が無事行われた後の豊明節会においてであった。

次被レ催二舞妓一、而殿上人懈怠、舞妓遅々、此間始上二五節所簾一、次第参上太遅、舞妓次第着座、等敷レ茵、白昼舞妓今日初見レ之、　（『明月記』同日の条）

ここにかの良岑宗貞の五節の舞姫を天津乙女になぞらえた古歌も引き寄せられて、「日かげさす」の詠が成る。そして最後は、定家の作としては安易な感を与えるほどに素性の歌、

ふしておもひおきてかぞふる万代は神ぞしるらんわがきみのため　（『古今集』賀・三五四）

に倣い、精一杯慶祝の心を盛って、久々の院の召しに応じたこの二十首全体の結びとしたのである。

四

定家に春十・恋五・雑五の計二十首の詠進を命じた後鳥羽院自身は、春五・秋十・述懐五の三題を選び取った。院は「述懐」を欲していたのである。その述懐五首は次のごときものである。

人ごゝろうらみわびぬる袖のうへをあはれとやおもふやまのはの月　（『後鳥羽院御集』一四七〇）

いかにせむみそぢあまりの初霜をうちはらふ程になりにける哉　（同・一四七一）

人もおし人もうらめしあぢきなく世を思ふゆへに物思ふみは　（同・一四七二）

うき世いとふ思ひはとしぞつもりぬる富士のけぶりの夕ぐれの空　（同・一四七三）

かくしつゝそむかん世までわするなよあまてるかげのあり明の月　（同・一四七四）

この年三十三歳の後鳥羽院は明らかに忍び寄る老いを感じていた。「秋」でも次のように歌っている。

こぞよりも秋のねざめぞなれにけるつもれる年のしるしにや有らん　（『後鳥羽院御集』一四六一）

「いかにせむ」の歌は潘岳の「秋興賦」と同じく二毛を見た感慨の表白である。而立を過ぎた院は、悲哀感と漠然たる焦燥感、そして隠棲への憧憬など、さまざまな感情に翫ばれていたのではないか。「うき世いとふ」の作は、おそらく慈円の、

世中をこゝろたかくもいとふかなふじのけぶりを身のおもひにて　（『新古今集』雑中・一六一四）

の焼直しであろう。そのようなさまざまな感情の嵐の中で、「人もおし」の歌は成った。

『小倉百人一首』の一首として古くから読まれてきたこの歌に、『源氏物語』須磨の巻で、須磨に退去、隠棲する直前の光源氏の心情描写の影を認めようとしたのは、岡本保孝の『百首要解』である。そして、それを改めて紹介し、同注への注意を喚起したのは丸谷才一氏の『後鳥羽院』（日本詩人選10、筑摩書房、一九七三年）であった。確かに『源氏物語』のこの叙述はこの一首の解釈に際して顧みられてよい。そこでは桐壺帝時代に源氏の助言によって望みを達した公卿弁官やそれ以下の者達が大勢いたにもかかわらず、その源氏が日蔭者となるや「参り寄るもなし」という人心の浮薄さ、冷淡さが述べられ、それらを見せつけられた源氏の心が「かかるをりは、人わろく、恨めしき人多く、世の中はあぢきなきものかなとのみ、よろづにつけて思す」と叙されているのである。この「世の中」は専ら政治的な「世の中」であり、従って院の歌での「世」も亦政治的な人間関係としての「世」で、男女の仲としての「世」の意

は含まれないと考える。

後鳥羽院は日蔭者ではない。愛する御子順徳天皇の帝政を後見するという形で、実は国政を執りしきっている治天の主である。けれども、太上天皇は今上と同じではありえない。そのような院に「人もおし人もうらめし」という、愛憎半ばする思いが去来したとしても、不思議ではないであろう。この歌を承久の乱に結び付けることは短絡であると思う。が、この愛憎は院の個人的な人間関係の域にとどまるものではなかった。院政の主、治天の主のそのような感情は所詮個人的な枠内に封じ込められないものであった。それならばこの愛憎の念にある方向性が与えられさえすれば、院は討幕へと走り出すのである。

五

「歌を読む」という行為に特定の方法などあるだろうか。私にはわからない。誰がどんな読み方をしようが、それこそ〝お気に召すまま〟であると思う。私自身は、たとえそれがどのように頼りないものであっても、歌それ自体から受ける印象を大切にしたい。最初に掲げた「しがらきのと山のあられ」の歌から感受した、この暗く荒々しい風景の持つ不思議な魅力は、それからおそらく二十年近く経っているだろうが、今もって変らない。ただ、その印象を印象の状態に放置しておくのではなく、それを手懸りに客観的な諸条件を探ることによってその印象が当たっているかいないかを確かめていく。見当違いとわかったら潔く放棄する他はない。何か鉱脈に突き当りそうだと予感したら、そのまま掘り進めるのみである。

対象によって、作業の内容は当然異なるであろう。西行の場合と定家の場合は全く同じではない。しかし、歌の言葉そのものにあくまでこだわるという姿勢においては、「無常観」とか「幽玄」「有心」というような普遍的な観念の下に作品を包括し、固定する以前に、歌の言葉一つ一つの持つ意味にどこまでも執し、それを掘り起こすという姿勢においては、西行の場合も定家の場合も変ることはない。私はそういう姿勢で歌を読む。

権大納言藤原基家家三十首、付「東林今葉」について

一

現在知られる限りでは、承久の乱後最初の藤原定家のまとまった作品群は、元仁二年（一二二五）三月、当時正二位権大納言であった藤原基家（時に二十三歳）が詠ませた三十首、『拾遺愚草』巻中に「権大納言家卅首」として収められているものである。同じ機会に詠まれた作品が、藤原家隆・同隆祐・慈円の家集にまとまって収められている他、諸歌人の作が諸集に散見される。

この試みは現存の『明月記』では、元仁二年（嘉禄元年）三月十四日の条に、

十四日、朝天陰、巳時天晴、入レ夜中将来談、（中略）夜月明、覚寛法眼五首、大納言殿卅首詠出、各優由答レ之、

と記すのが初見である。息子の左中将為家がやって来て近況を語ったのち、明るい月の下で、かねてから求められていた二つの試みでの作品を父に下見してもらい、定家は共によく詠んでいると評価したのである。ただし、基家はこの年正月六日定家に消息を送ってきているし、二月十九日や三月二日には定家が基家の家に参上し、時を移している。おそらくこれらの両人の交渉も、この三十首の計画に関連するものであろう。また、三月十六日には伊勢前司清定が

訪れているが、定家は「療治事」(これは自身のことではなく、「禅尼」(定家の妻か)に関することであろう)により会おうとしなかった。清定は基家の家人のような存在であるから、(1)彼の来訪も三十首と関わるように思われる。

三月二十一日には、

廿一日、雲出天晴、(中略)自二去年春一頻預レ責卅首歌、三月尽日可レ被レ講云々、今日構出清書、進二大納言殿一了、是諸人内風情出来、依二前後之疑難一堪也、前宮内卿又今日被レ見二其歌一、愚歌又注送了、

とあり、この三十首が少なくとも一年前から計画され、定家がなかなか詠もうとしないために延引していたらしいことが知られる。「是諸人内風情出来」の「内」はおそらく「同」の誤りで、諸歌人の作に同じ風情(趣向・着想)の歌が出現すると、誰が最初にそれを着想したか、つまり定家が他人の風情を盗んだのではないかという嫌疑をかけられるのが我慢できないから披講当日までにはまだ日数もあるが、早々と提出するのだということであろう。この日、前宮内卿家隆が詠草を送ってよこし、定家も自詠を記し送ったという。おそらく、定家はこの試みのすべてを基家から諮問され、出題から諸歌人への送題など一切を定家がとりしきっていたので、家隆としても定家に内見を請うたのであろう。この二人が披講に先立って詠草を見せあうことは、建保三年(一二一五)での『内裏名所百首』の際にも行っていたことであった。

二十八日には祝部成茂・公猷・隆祐などがそれぞれ三十首歌の下見を請うている。定家は各人の作をよしとし、自分一人が恥を残すことになると記している。

廿八日、天晴、(中略)黄昏成茂宿禰来、見二合卅首歌一、今度歌甚優也、相逢之間、公猷律師過談、是又卅首今朝送レ之、今度宜之由示送、事為重問答也、前宮内卿又被レ見二子息侍従同歌一、風体甚優美、凡今度歌併得二其骨一、一

身遺レ恥而已、

そして、三月二十九日、すなわち三月尽の日、権大納言基家家において、本三十首歌は披講された。

廿九日、晦、庚寅、天晴、未一点参二大納言殿一（四条坊門大宮）、前宮内卿、此中将御対面之間也、信実朝臣参入、雖レ被レ待二左大弁一、依二歌数多一且被二読上一、此間新少将（頼氏）、参入、仰云、以二信実朝臣一可レ為二講師一歟、申云、雖下聊無二詠歌一之人上、可レ被レ用二他人一歟、已無二他人一、仍清定何事候乎由申レ之、予取二和歌一、披二置硯筥上一、召二清定一令レ読二上之一、先レ是仰云、重レ歌次第可二何様一哉、申云、院中事、秀能之外下北面者、不レ接二晴御会一（歌合之時雖レ有レ之不レ重レ歌）、依レ無二五位以上一、重加事不レ覚悟一、殿中又諸大夫之外無レ被レ召者一、只以二今案一、以二祠官二人歌一可レ為二最末一歟、若為二位次一者、成茂四位事外上座歟、其次ニ殿上地下（位次）、公卿之後僧、（具親朝臣入道如何由被レ仰、可レ為二僧綱下臈一歟、）僧後女房、女房之後可レ重二御歌一由、只以二今案一申レ之、今日前大僧正御房忽送二遣御歌一、存外之面目由被レ仰、（被レ書二作名一）是只最結句ニ可レ被レ重哉由申了、次第令二読上一、毎レ人初歌纔講レ之、左大弁参入、（直衣）、歌数多、女房歌及二秉燭一各読上了、給二御歌一、不レ撤二他歌一置レ之、頻詠吟、次又読二上彼御歌一了、予取レ歌令二巻調一、（先レ是大弁退出）次令レ折二折紙一、有二連歌一、清定執筆、十余句之間三位退出、及二五十韻一、夜深了、依二無心一退出、暁鐘已報云々、遠路車老屈腰、極難レ堪、数奇之至也、先公御時日夜供二奉如レ此事一者、已無二一人一、愁以二存命一、又陪二此座一、帰路思二残涯一、落涙霑レ襟、

この日、定家は未の一点、四条坊門大宮なる基家邸に参上している。二月十九日の条には基家邸は「錦小路、大宮」と記されているが、錦小路の一筋上が四条坊門小路であるから、おそらく基家邸は錦小路と四条坊門小路との間、大宮大路に面する地にあったのであろう。『新編国歌大観』第四巻に翻刻された西澤誠人氏蔵『洞院摂政家百首』においては、基家は「大納言四条坊門」と呼ばれているが、そのような呼称もこの居所によるものであることが確かめ

られる。

定家が参上した時には、基家は前宮内卿藤原家隆、定家息為家（「此中将」、時に正四位下左中将）と対面していた。そこへ藤原信実も参入した。基家は左大弁藤原頼資を待っていたが、披講すべき歌数が多いので、彼の参入を待たず披講を始めることにした。この間に藤原（一条）頼氏が参入した。披講に際して、誰を講師とするかが問題となっている。基家は信実はどうかと言ったが、定家は歌人でなくても他人がよろしいでしょうと答えている。結局清定が講師を勤めた。定家が信実を講師とすることに異を唱えた理由は不明である。「予取和歌、披置硯筥上」とあるのによれば、定家自身は読師の役を勤めているのであろう。

これに先立って、基家は諸歌人の詠草を重ねる次第について定家に尋ね、定家は後鳥羽院や「殿中」（後京極良経家などをさすか）の歌会・歌合での例を勘案しながら答えているのであるが、要は、それらの場合と今回とは作者の顔ぶれも異なるから、「今案」を申す他ないというのであろう。この「今案」の部分、活字本では、

　公卿之後僧、（一本割注）具親朝臣入道如何由被仰、僧後女房、女房之後可重、（一本ナシ）今為僧綱下臘歟、御歌由、只以今案申之、

となっているが、「可為僧綱下臈歟」は前の「具親朝臣入道如何由被仰」とともに、本来具親に関する割注であったと考えて、前に移してみた。定家の「今案」は、俗人としては「祠官二人」（一人は祝部成茂と知られるが、もう一人は未詳。あるいは石清水の幸清あたりか）が披講の際、最末になるのがよいか、その後の順序は「殿上地下位次」というのであるから、位階の高い公卿・殿上人・地下人の順に講じ、「祠官二人」を講じてのち、僧の歌、次いで女房の歌を講じ、最後に亭主基家の詠を講じるというのであったと思われる。そして、基家は、源具親を俗人として扱うのか、それとも僧の扱いをするのかと尋ね、定家は「僧綱下臈」ですから僧の扱いをしましょうと答えたのが、右の割注部分

であろう。また、この日前大僧正慈円が「北山陰士」の作名でこの三十首歌を送ってきたので、基家は「存外之面目」と喜んだが、これはおそらく女房ののち、基家の前に講ぜられたのであろう。

このような次第で、各人の三十首の初めの歌若干(ちなみに、「早春霞」が最初の題名である)を講じたようであるが、それでも歌が多いために(というのは、歌人が多いということであろう)、女房の歌を講ずる頃は、秉燭に及んだ。それらを読みおえたのちに基家の詠草を請うて、既に講じおえた諸人の詠草の上に重ね、これを講じた。「予取歌令巻調」というのは、それが読師としての仕事だったからであろう。

このようにして披講をおえたのち、折紙を折り、清定の執筆で連歌を行った。十余句の頃退出した「三位」は藤原知家であろうか。定家は五十韻に及んだ頃、退出した。

基家家の催しということで、その父故良経の時代を想い起こし、定家はそぞろ懐旧の涙に襟を霑したという。その頃このような席に連なっていた父俊成はもとより、寂蓮も藤原有家ももはや泉に帰して、この世の人ではないのである。

二

この三十首の題は、春五、夏三、秋五、冬三、恋五、旅三、山家三、祝・懐旧・述懐各一で、計三十題であった。旅三では「旅宿」「旅泊」のごとく、類似した題が出されていて、歌人達もおそらくこれらの詠み分けに一思案したことであろう。また、「山家松」「山家橋」「山家苔」と、山家の題を三題も設けているところには、閑寂を志向する時代的な好尚が窺えるようである。祝・懐旧・述懐では、それぞれ神祇・水・雲に寄せている。懐旧と述懐もやや類似した出題であるといえる。

作者がすべてで何名に上ったかは明らかではないが、おそらく最年長者は飛び入りという形で作品を寄せてきた、主催者基家にとっては大叔父に当たる慈円であろう。彼はこの年七十一歳で、九月二十五日には示寂するのであるから、この三十首詠はその最晩年の作品ということになる。それは広本『拾玉集』に収められている。『私家集大成』第三巻中世Ⅰによれば、四六四七—四六八一番、『新編国歌大観』第三巻私家集編Ⅰによれば、四六二一—四六五五番の三十五首がそれである。端作に「詠三十首和歌」としながら三十五首存するのは「沢春草」など五題で二首ずつ詠んでいるためである。そのことから、『拾玉集』に収められているのはおそらく手控えの草稿であろうと思われる。最晩年の慈円の作品はどのようなものであったかを考えるために、高松宮本『拾玉集』によってこれを示すと、次のごとくである。なお、歌番号は『新編国歌大観』第三巻によって付した。

詠三十首和謌　北山陰士

早春霞

はるのきる霞の衣たちそめてまちしもしるしみわの山本　（四六二一）

沢春草

さはの草のをのがめぐみはうすみどりこき色そむる春の村雨　（四六二二）

きゞすゝむ野沢の氷うちとけて色なつかしき（さくらがりまつイ）春のわか草　（四六二三）

晩(暁カ)梅

あけにけるやみはあやなきむめの花にほひに色もあらはれにけり　(四六二四)

花満山

行つけば花なりけりなみねごとにみなしら雲とたどる山ぢを　(四六二五)

しら雲のかゝらぬやまぞなかりけるまことに花のさかりなるらし　(四六二六)

江上暮春

かた(したへ)見と(ともイ)やなにはほり江のあしのはをはるになしてぞ春は過ぬる　(四六二七)

渓卯花

卯花のさかりなりとも見せがほに岩に浪こす谷川の水　(四六二八)

野郭公

をのがすむ山路はるけき時鳥のなかの松のなからましかば　(四六二九)

雨後鵜川

雨はれてせにふる(すイ)あゆのあそぶほどわがものがほに行う舟哉　(四六三〇)

月前荻

月影に雲ふきはらふかぜのをとを荻のはにきく秋は来にけり　(四六三一)

夕虫

もろともにむしこそわぶれあはれなりけり暮やらぬいほの秋のかきねに　(四六三二)

海辺鹿
みなと川しかのねをくるまつかぜの遠ざかり行舟をしぞ思ふ　(四六三三)
閑庭簿
秋のゝらと成行やどのませの内にひともとすゝきたれかうへけん　(四六三四)
名所擣衣
あはれにも衣うつなりふしみ山まつ風さむき秋のねざめに　(四六三五)
朝寒蘆
炑はけさいく田の杜も過ぬらん難波のあしに風をのこして　(四六三六)
深夜千鳥
すまのうらの夕浪千鳥声ふけてせきやしぐるゝ比ぞかなしき　(四六三七)
ふけ行ば声とをざかる友千どり浪の枕にうらづたひつゝ　(四六三八)
故郷雪
日をへては庭のもみぢやうづもれん故郷さびしはつ雪の空　(四六三九)
秋の色はにはにぞのこるふる里のみかきがはらの初雪のそら　(四六四〇)
聞声恋
袖に露をかけてうれしきたぐひ哉いもしる山のさをしかの声　(四六四一)
稀恋

いかゞせんつねにはいなと契きてとしにいくたびおもひいづらむ　（四六四二）

増恋

人伝になさけをかくときゝしよりいくしほ袖の色に出らん　（四六四三）

怨恋

うらみわびいく夜かへしつさよ衣夢にも人のなさけみゆやと　（四六四四）

被忘恋

思いづるかひこそなけれくりかへし契し物をしつのをだまき　（四六四五）

旅行

東路やたびの空こそあはれなれ野くれ山暮こまにまかせて　（四六四六）

旅宿

月を思ふえぞがちしまに床かけてかつ〴〵こよひ白川の関　（四六四七）

契をかむふはの関屋の板びさし時雨せざらん比はやどらじ　（四六四八）

旅泊

もしほぐさしきつの浪にうき枕きけすみよしの松を秋風　（四六四九）

山家橋

ひとりすむわが山里のまろ木ばし世を行人のわたる物かは　（四六五〇）

山家松

やま里にわがいほしめてうれしきは心につゞくみねの松風　(四六五一)

山家苔

いほふりてこけむすたにの山かげに色めづらしきいはつゝじ哉　(四六五二)

寄神祇祝

君が代はたのめ日よしの山風の雲吹はらふ行するのそら　(四六五三)

寄水懐旧

思出てねをのみぞなく行水にかきし巴の字のするもとほらで　(四六五四)

寄雲述懐

紫の雲をまつ身は衣にけふさきかゝる藤の色ぞうれしき　(四六五五)

光明峯寺関白家会御哥也

光明峯寺関白とは藤原道家のことであるから、右の「光明峯寺関白家会御哥也」という注記は、『拾玉集』編者が事実誤認しているのである。

三十首を通観すると、やはり「山家橋」「山家松」などに現実生活に根ざした作者の感懐を窺うことができそうである。「山家苔」で「色めづらしきいはつゝじ哉」という「いはつゝじ」は何か寓意があるのではないかとも思われるが、はっきりしない。「旅宿」の二首のうち、「契をかむ」の歌は、良経の、

人すまぬふわのせきやのいたびさしあれにしのちはたゞ秋の風　(『新古今集』雑中・一六〇一)

を意識しているのであろう。また、もう一首の「月を思ふ」の歌での「えぞがちしま」は、昔「花月百首」において

慈円自身、

あたらしやえぞがちしまの春の花ながむる色もなくて散らむ　(一三四四)

と歌っているが、

いたけもるあまみるときになりにけりえぞがちしまをけぶりこめたり　(『山家心中集』)

という西行の詠をも想起させる歌枕である。ともに最晩年の慈円の脳裏から消えることのなかった同時代歌人の作品の影がさしていると見られるのであるが、「寄水懐旧」において、曲水宴を計画しつつその直前に急逝した良経を偲んでいるのであるから、おそらくこの場合も三十首歌会の席に送ったものは「契をかむ」の歌だったのであろう。

古典和歌との関係で見ると、やはり『古今和歌集』の本歌取が顕著である。参考までに、それ以外も含めて気付いたものを歌番号で示しておく。なお、『万葉集』は旧国歌大観番号である。

早春霞　古今三・同九二
暁梅　古今四一
江上暮春　後拾遺四七六
雨後鵜川　古今六帖一五三三
海辺鹿　千載三二・古今四〇九
閑庭薄　古今二四八
深夜千鳥　すまのうらの　万葉二六六　ふけ行ば　後拾遺三八九
怨恋　古今五五四

被忘恋　古今八八八

旅行　後拾遺五〇七

旅泊　新古今九一六

「寄雲述懐」では「紫の雲をまつ身」といっているが、そのような身であっても詠歌への意欲はなお衰えていないことが知られるのである。

三

慈円以外には、初めに述べたごとく、定家・家隆・隆祐の三十首がそれぞれの家集に収められている。これらのうち定家の作品は以前一通り注釈した。(2) 家隆・隆祐の作についても言うべきことはもとよりあるが、今はその余裕がない。そこで、次にその他の作者の本三十首歌会における作と認定されるものを集成して、後日の研究の参考に資したい。

藤原為家

早春霞

春たてど霞の衣さむからしまだひとへなる嶺の白雲　（『蓮性陳状』）

花満山

咲初る程ぞ桜をわきもせじ雲の下なる三吉野の山　（『中院集』一一三）

江上暮春
難波がた入えの霞花そめてこやもあらはに暮る春哉　（『中院集』一二〇）
渓卯花
卯花をさらに雪とやたどるらんかへる古巣の谷のうぐひす　（『中院集』一二一）
名所擣衣
あきかぜにしほやきごろもなのみしてまどをにうたぬすまのあま人　（『閑月集』秋下・二五五）
故郷雪
荒にける志賀の故郷冬くればところもわかぬ雪の花園　（『中院集』一三七）
深夜千鳥
宵のまも遠ざかり行にほの海のこほれる浪に千鳥鳴也　（『中院集』一三八）
怨恋
住の江や今さへ松の下くさにつらき心やたねとなるらん　（『中院集』一三一）(3)
被忘恋
わすらるゝうきにいくたびながらへてたえぬちぎりとおもひなすらん　（『秋風集』恋下・九一七）
山家松
山深き軒ばの松に年ふりてなれぬる夢は風もいとはず　（『中院集』一三六）
寄水懐旧

たえやらぬ野中の清水いにしへに思ひいでゝもかへりやはする　(『中院集』一三八)

寄雲述懐

半天に身を浮雲の何としてつらき月日を猶残すらん　(『中院集』一四〇)

寄神祇祝

かすが山松吹風のたかければ空にきこゆる万代のこゑ　(『中院集』一四一)

藤原信実

夕虫

秋かぜにそらも夕の悲しきを草のはにのみ虫の鳴らん　(『信実集』秋・五三)

閑庭簿

まねけとてうへし簿の一村にとはれぬ庭ぞしげりはてぬる　(『信実集』秋・四三)

稀恋

しかすがにたえぬ物からあはぬよのつもるぞながき契り也ける　(『信実集』恋・一四五)

源家長

早春霞

さほ姫の四方の霞のうす衣まだうらなれぬ春風ぞふく　(『蓮性陳状』)

名所擣衣

あしの屋になみのよるさへうつ衣なだのしほやきいとまなのよや　(『夫木抄』十四・擣衣・五七三二)

源具親
　怨恋
よそに見し塩やく里のしるべともからく我が身の成りにけるかな　（『秋風抄』下・恋・二五〇）
公猷
　江上暮春
なにはえのかすみにしづむみをつくしくれゆくはるのあとだにもなし　（『雲葉集』春下・二七五）
下野
　山家松
ある人とまつを頼むも哀れなりそれもむかしは馴れし友かは　（『秋風抄』下・雑・三〇五）
祝部成茂
　故郷雪
雲さゆるよし野のさとはふゆながらそらよりはなのふらぬひはなし　（『雲葉集』冬・八五六）

なお、『万代和歌集』巻第十三恋歌五に、

九条前内大臣家卅首に、絶恋を　前中納言頼資
いまはまたゐでのしがらみたえぬべしたまもかるてふむかしがたりに　（二六八七）

とあるが、相当題がなく、疑問である。あるいは「被忘恋」の歌か。

四

ところで、定家はこの三十首会披講ののち四月十日、清定の来訪を受けている。

十日、天晴、未時許大丞相公枉レ駕、言談移レ漏、（中略）此間清定朝臣来、称二大納言殿御使一、卅首歌今朝進了由答レ之、夜前含レ仰、退出之由所レ称也、（下略）

そして十六日には基家の家に赴き、為家・信実・頼氏・頼資・忠倫等と連歌を行っている。

十六日、朝天漸晴、夕大雨、午時許参二北白河院一、謁二女房一即退出、参二大納言殿一、依二日来召一也、即見参、相次此中将参、少時信実朝臣、祭使少将参之後、被レ始二連歌一、賦二唐何何色一、五六句之後、左大弁参入、忠倫朝臣時々加レ之、被レ置二懸物一、毎レ句置レ之、美作守丶丶置二亭主御前一、扇色々檀紙也、（下絵水文紅梅白）、少将毎レ句付レ之、大略半分歟、予僅十三句、自二晩景一甚雨、夜深宿二冷泉忠弘宅一

基家家三十首歌は三月二十九日披講をおえている筈であるのに、四月十日「卅首歌今朝進了」とはどういうことを意味するのであろうか。おそらく、これらの記事は、三月二十九日の披講後三十首歌を書き連ねた上で定家が加点し、撰歌合のために、選歌したらしいことと関連を有するのではないであろうか。

すなわち、『古今著聞集』巻第十三哀傷第廿一、四六六話に、後京極良経が曲水宴を計画しながらその直前に急死したこと、定家と家隆が哀傷歌を詠み交したことを述べたのち、

その御子の前内大臣、大納言の時、卅首歌（卅首中撰歌合）を人々によませて、撰定して（五十番元仁二年三月尽披講之）つがはれける時、慈鎮和尚、往事を思出

給て、「寄レ水懐旧」によみ給ける、

思出てねをのみぞなく行水にかきし巴字の春のよの夢

定家卿、おなじ心を、

せく水もかへらぬ波の花のかげうきをかたみの春ぞかなしき

と語っているが、この「五十番……」の傍注に関して、日本古典文学大系『古今著聞集』が「人々の三十首歌から撰定して五十番の歌合としたものか」と注しているのは、正しい解釈であると考える。そして、そのような選歌をなしうる人物は、やはり定家を措いては考えにくかったであろうと想像するのである。

五

慈円が曲水宴を連想させる三月になると、急死した甥良経のことを回想することが多かったらしい有様は、以上見てきた基家家三十首での「寄水懐旧」の歌によって想像されるが、彼はこれ以外にも良経を偲ぶ歌文を遺しているのである。それは『夫木和歌抄』巻第五春部五、三月三日の項に載録されている慈円の四首の詠のうち終りの二首とその左注である。

四首の第一首目(一七五四番)は既に見た基家家三十首での「寄水懐旧」の歌、第二首目(一七五五番)は『正治二年第二度百首』に「神主康業」の作名で詠進した百首歌中、「宴遊」の題五首の最初の詠で(ただし、『夫木抄』では詞書に「百首御歌、遊宴」という)、

桃の花うかぶ心に待ちぞみるあふむのつきのいしにさはるを

という歌である。問題の作品はこの二首に続く一七五六・一七五七番とその左注である。

同、東林今に　　　　　　　　　　　　　同

書きとめしはの字に波や結ぶらん絶えにし道をとほりはてねば　（一七五六）

同、東林今に　　　　　　　　　　　　　同

あはれともけふこそ桃の花ざかりかみのみのひと誰さだめけん　（一七五七）

此二首御歌詞云、曲水の宴は我が国にはけきむね（顕宗カ）の御ときはじまれりけり、いへには寛弘寛治いみじき事になん申しつたへたれど、その後はきこえぬを、道を得たまへるしるしにおこしおこなはんとて、文人伶人申しさだめてすでに三日として侍りしを、熊野火事二日ゆふべにきこえしかばのべられけるになん、上のみの日をとりてもおこなふ例あれば、十二日にはなどきこえしものを、詩句はいたづらに文人のこころにをさまり、拍子はむなしく伶人のたぶさに残りて、神なり又神なりともいはず、夢はゆめにあらざるかとのみおどろく事こそ、まことにたましひをたつなかだちとなりて、こころをまよはすかぎりに侍りけれと云云

二首の歌の詞書の「同」は一七五五番の「百首御歌」を、作者の「同」は一七五四番の「慈鎮和尚」を受ける。「東林今に」

という注記の意味はわからない。ただ、『夫木抄』巻第三十六雑部十八、言語所載の慈円の歌に、

建永二年春のころ、東林今葉　　同

むかし人みぎりにうつす四季の為のはるしも物をおもひけるかな　（一七四七）

とあるが、おそらくこの「東林今葉」という注記が同じものを意味するのであろう。この注記は、山田清市・小鹿野茂次『作者分類夫木和歌抄 本文篇』では「東林吟葉」とする。一七五六・一七五七番の二首、そしてこの一七四七番のいずれも、『拾玉集』『無名和歌集』に見えない歌である。思うに、慈円には「東林今葉」または「東林吟葉」と呼ばれる詠草の類が存して、『夫木抄』はそれをも撰集資料としているのであろう。右の「むかし人」の詞書にいう「建永二年春のころ」は、丁度良経の一周忌の頃である。それならば、「むかし人」はやはり良経で、この歌も良経を偲んでいる慈円の姿を伝えるものと見られるのである。

一七五六・一七五七番の二首の左注に戻る。「神なり又神なりともいはず、夢はゆめにあらざるかとのみおどろく事こそ」という部分は、『本朝文粋』巻第九詩序二、菅原道真の「早春内宴侍二仁寿殿一同賦三春娃無二気力一応レ製」のうち、「変態繽紛。神也又神也。新声婉転。夢哉非レ夢哉」という詞句にもとづき、予定されていた妙なる音も奏されることなく、夢としか思われない良経の急死に遭ったことを述べているのである。そしてこの「御歌詞」なるものは、『三長記』『源家長日記』『愚管抄』『古今著聞集』などの記述とともに、良経の急死によって結局は行われることのなかった曲水宴の企てを物語っているのである。

この「御歌詞」は今見たごとく、相当文飾の勝ったものであるが、良経の死を述べた文章でやはり美辞麗句を振っているものとして、『六代勝事記』がある。そして、その部分には慈円の嘆きの歌とそれに和した後鳥羽院の歌とが

引かれている。(4)

前大僧正慈円、「つゐに行べき道なれど、一日二日もうちなやみて、おもふ事をもいひつゝ、かゝるべし共かねておもはなんは、よのつねなれば、なぐさむかたもありぬべし。職事弁官も道にくらく、文峯歌苑に主をうしなへる」とかきくらして、

秋の夜の風と月との友はみな春の山路に迷ひぬる哉

とよみ給ひければ、太上天皇、

その友のうちにや我を思ふらん恋しき袖の色をみせばや

この慈円の歌も、後鳥羽院の詠も、ともにそれぞれの家集には見出されない。詞書と見られる「つゐに行べき……主をうしなへる」という叙述は、先の「御歌詞」の文章に通ずるものがあるような印象を与える。もしかして、この慈円の歌と詞書及びそれに和した後鳥羽院の詠も、「東林今葉」に存したものではないであろうか。

注

（1）伊勢前司清定は藤原清定か。拙稿「西行の柳の歌一首から――資料・伝記・読み――」(『国文学』第三十九巻十三号、一九九四年十一月)参照↓本著作選集第一巻所収。

（2）拙著『訳注藤原定家全歌集 上』河出書房新社、一九八五年。

（3）『中院集』における題は「被忘恋」であるが、誤りか。

（4）『六代勝事記』の引用は弓削繁編著『内閣文庫蔵 六代勝事記』(和泉書院、一九八四年)による。

付記

「権大納言藤原基家家三十首」に関しては、以前拙著『藤原定家』(「王朝の歌人」九、集英社、一九八四年。ちくま学芸文庫、一九九四年。↓本書所収)においても言及したが、その際はシリーズの一冊としての制約もあって詳論できなかったので、この機会に改めて検討を加えた。

式子内親王の生と歌

一

平安末期の儒者大外記清原頼業が九条兼実に語った、通憲入道信西の後白河法皇評は痛烈である。

先年通憲法師語つて云はく、当今(とうぎん)（法皇を謂ふなり）、和漢の間比類少き暗君なり。謀叛の臣傍に在るも、一切覚悟の御心無く、人之を悟らせ奉ると雖も、猶以て覚らざるごとし。此の如き愚昧、古今未だ聞かざるものなり。但し、其の徳二有り。若し叡心果し遂げんと欲する事有らば、敢へて人の制法に拘らず、必ず之を遂ぐ。（此の条賢主においては大失と為す。今愚暗の余り、之を以て徳と為す。）次に、自ら聞食(きこしめ)す所の事、殊に御忘却無く、年月遷ると雖も、心底に忘れ給はず。此の両事徳と為すと云々、（『玉葉』寿永三年三月十六日の条、原漢文）

後白河院が帝王の器ではなかったという見方は、兼実の弟である慈円の『愚管抄』にも見えている。近衛天皇の崩後、父鳥羽法皇はだれを帝位に即けるか思い悩んだ。四宮（雅仁親王、すなわち後白河院）は待賢門院璋子を生母とし、先に鳥羽法皇の意志によって、心ならずも近衛天皇に譲位させられた、同母兄の新院（崇徳院）と同居していたが、「イタクサタヾシク御アソビナドアリトテ、即位ノ御器量ニハアラズトヲボシメシテ」（ひどく評判になるほど遊芸などをされるというので、天皇になる器ではないとお考えになって)、法皇は、近衛天皇の姉八条院暲子内親王を女帝として立てるか、新院の一宮重仁親王か、孫王に当たる雅仁親王の御子(のちに、二条天皇)を位に即けるかなどと、いろいろ考えあぐんだ末、兼実や慈円の父である法性寺忠通にはかった。すると、忠通は何度か答申をしぶったのち、「親王で二十九になっておられる四宮がいらっしゃる以上、この方を位にお即けしてからお考えになったらよろしいでしょう」と奏したので、法皇はそれに従ったというのである。こうして、雅仁親王の即位は実現したが、鳥羽法皇の崩御とともに、内裏側と新院側との間に「主上上皇の国争ひ」と呼ばれる保元の乱が、起こるべくして起こったのは、あまりにも有名な歴史的事実である。そしてまた、この内乱が日本歴史の上で、社会全体が新しい段階にはいったことを示す象徴的な事件であったことも、今さらいうまでもない。

この内乱を体験した後白河天皇は在位わずか四年で、かつてすでに帝位継承の候補に上ったことのある第一皇子守仁親王に譲位し、自らは以後三十余年の長きにわたって院政を執った。帝位の上では、近衛天皇から二条天皇への中継ぎの役割を果たしたことになる(それはおそらく、鳥羽法皇の寵妃美福門院得子の構想にある程度沿ったものであったであろう)。日本一の大天狗呼ばわりをされかねない後白河院の人となり、そしてまたその帝王としての立場はこのようなものであった。その姫宮である式子内親王の人間像や作品を考える際には、この程度のことを念頭に入れておくことも、必ずしもむだではないであろう。

二

式子内親王の生母は、正二位権大納言に至った、藤原氏閑院の一族に属する季成の女で、高倉三位と呼ばれている従三位成子である。母系には、権中納言公光のような、いろいろな点で内親王の生涯に影響していると思われる叔父（または伯父）がいる。後白河院の生母待賢門院璋子は、季成の父公実の女であるから、院と成子とは従兄妹の間柄でもあった。

高倉三位は院に愛されたのであろう。彼女を母とする院の御子は、殷富門院亮子・好子内親王・守覚法親王・以仁王・式子内親王・休子内親王と、すべてで六人を数える。式子内親王は、中山忠親の日記『山槐記』の記事[1]により「院第三女」であると知られるのみで、その生年は長い間不明とされてきた。しかるに、上横手雅敬氏が京都大学文学部国史研究室蔵平松文書に含まれる『兵範記』嘉応元年（一一六九）七月三日―二十六日条のうち七月二十四日の記事に、式子内親王が賀茂斎院を退下したことに関する記述が存し、同日条裏書に、

□斎王、高倉三位腹、御年廿一

とあることを紹介されて[2]、その生年は久安五年（一一四九）であることが明らかになった。

平治元年（一一五九）閏五月、斎院怡子内親王（三宮輔仁親王の姫君）は病により退下した。その結果、同年十月二十五日式子内親王が三十一代の斎院に卜定されたのである。そして、嘉応元年七月二十四日やはり病悩のために退下するまで、十一年斎院に在った。式子内親王のときの斎院には、「別当」や「大納言」の女房名をもつ藤原俊成の女子たちが奉仕していた。嘉応元年の退下以前のこととして、「中将」という斎院の女房と建礼門院右京大夫との間に交された贈答歌が『建礼門院右京大夫集』に見えているが、この女性も俊成にゆかりがあるかもしれない。いずれにせよ、俊成との関り合いはかなり以前から存したのである。

右京大夫は源平争乱のさなかに愛する者を失って悲傷の底に突き落とされた女性であったが、歴史の転換期のあおりは、内親王も受けずにはすまなかった。治承四年(一一八〇)五月には、源三位頼政に勧められて平家討伐の兵を挙げた同母弟以仁王が、宇治の戦いで流れ矢に当たって死した(なお、これ以前、治承元年三月に兄妹の母高倉三位は歿している)。以後、打ち続く兵革の騒ぎを内親王がどのような気持で聞いたか、それを物語る材料はない。ただ、作品を包む憂愁の深さから、暗い時代の影響がいかに深刻であったかは十分思いやられるのである。戦火が収った文治元年(一一八五)八月、内親王は准三宮の待遇を受けるようになった。(3)

建久三年(一一九二)三月十三日、父後白河法皇が六条院において六十六歳で崩じた。内親王は、斎院を退下後は、院の御所である法住寺殿の北殿、萱御所と呼ばれる所に住んでいたので、萱斎院と呼ばれることもあるのであるが、院の崩後二ヵ月足らずの五月初め、遺産相続に伴って、大炊御門殿への引越し問題がもち上がっている。これより以前の文治四年八月、この建物は法皇の特別の厚意によって、九条兼実へ貸与されていたのである。(4)そして、八条院暲子内親王や春華門院昇子内親王もこの建物の一角に同居していたらしい。式子内親王はそこに移り住むことになったのであろう。大炊御門斎院の称は、この御所に基づくのである。ほかに、「小斎院」という呼び方があるが、あるいは大斎院選子内親王に対するものであろうか。

建久五年六月に、内親王は異腹の弟宮である道法法親王より十八道を受けている。その事実よりこのころ出家したと、従来考えられていたが、本位田重美氏が指摘されたように、後白河法皇の崩御以前に既に落飾していたと考えるべきであろう。(5)その法名を承如法という。その後のことであろうが、内親王は法然上人(源空)より受戒しているようである。(6)法然に「聖如房」宛ての消息があるが、この「聖如房」は、法名を承如法とする式子内親王であると考えられるに至った。法然の宗教的姿勢を考える際に問題になることであるが、かれは兼実のような貴顕の人に対しても、請われれば授戒をしていたのである。

建久七、八年に、奇怪な事件が起こった。参議藤原公時の家人蔵人大夫橘兼仲なる男の妻に亡き後白河院の霊が憑いて、「我レ祝ヘ。社ツクリ、国ヨセヨ」などといい出したのである（『愚管抄』第六）。これは謀計であるというので、兼仲夫妻は引き分けられて流罪されたが、『皇帝紀抄』によれば、式子内親王もこの事件に「同意」していたので、洛外へ追放する由の沙汰があったが、取り止めになったというのである。内親王の連座を記すのは『皇帝紀抄』のみであるが、あながち無根のこととのみは片づけられないであろう。(7)

内親王の崩を明らかに伝える文献はない。『源家長日記』に、

ひと歳前斎院はかなくならせ給ひしことは言へばおろかなり。数の添ひゆくにつけても道の陵遅なれば、心まうけのみぞ覚ゆる。斎院亡せさせ給ひにし前の年、百首の歌奉らせ給へりしに、「軒端の梅も我を忘るな」と侍りしか。大炊殿の梅の次の年の春心地よげに咲きたりしに、「今年ばかりは」(8)とひとりごたれ侍りし。

とあるので、『正治二年院初度百首』が詠進された翌年の建仁元年（一二〇一）であることは明らかで、藤原定家の『明月記』の、

建仁二年正月
廿五日　天陰雨降止
午時許束帯参二大炊御門旧院一、今日御正月也、入道左府被二経営一云々、彼一門人済々、予不レ交レ衆、謁二尼大納言殿一退出、（今日出二此院一可レ被レ住二左女牛小家一、仍借レ車、）

という記事より、建仁元年正月二十五日であったと推定されている。久安五年(一一四九)の誕生であるから、享年は五十三であった。

その生涯は暗いもやの中に包まれ、ただその作品だけが清冽な美しさを湛えている、そういう作家が式子内親王である。

三

単に内親王の秀作を鑑賞するというのであれば、勅撰集に取られた一五六首を見るだけである程度目的は達せられるであろうが、その作品世界を深く考える際に中心となるものは、やはり家集である。家集は『式子内親王(御)集』『前斎院御集』『萱斎院御集』などと呼ばれ、写本のほか、江戸時代の板本も存し、『群書類従』にも収められた。活字本には、『群書類従』のほか、『続国歌大観』、校註国歌大系第十四巻『近古諸家集』、日本古典全書『中古三女歌人集』、日本古典文学大系『平安鎌倉私家集』、古典文庫(『守覚法親王集』と合)等所収のものがあるが、日本古典文学大系本は底本によい系統の写本を採用し、注も豊富である。

家集の主要部分は百首歌三篇であり、これに勅撰集に収められながら前の三百首に含まれていない作品を附加した、いわゆる他撰家集で、古典大系本によれば三七三首を数える。それでも勅撰集よりの拾遺が五首あり、さらに『玄玉集』『雲葉集』『夫木抄』といった私撰集や『三百六十番歌合』に見出される作計二十二首がこれに加わる。古典大系本はこれをも添えてあるが、以上のほか、桂宮本叢書所収『長秋草』(『五社百首』の異本)に見出される、俊成との贈答歌は[9]、『源氏物語』や『長恨歌』の心を取った作風の上でも注目に値するものである。これは建久四年(一一九三)二月、美福門院加賀(俊成の妻で定家の生母)が亡くなったことを聞いた内親王が俊成へ詠み送った弔歌で、十一首録されている。これらを合わせると、現在伝わる内親王の作品は四百十余首を数えることになる。

四

内親王の作品は、比較的初期のものをも含む『千載集』入集歌において、すでに秀抜なものを示している。

　ながむれば思ひやるべき方ぞなき春の限りの夕暮の空　(『家集』三〇一、『千載集』春下・一二四)

「三月のつごもりごろ詠み侍りける」という詞書によると、ゆく春を惜しんだ作であると知られるが、しかし、単なる惜春以上のあえかな、しかし深い歎息がそこに感じられないであろうか。この一見平明な作品も、実はこのころから盛んになり出した本歌取の技法によっているものと思われる。その本歌と考えられるものは、『後撰集』の読人知らずの作、

　惜しめども春の限りの今日のまた夕暮にさへなりにけるかな　(春下・一四二)

である。そして、この本歌は『伊勢物語』九十一段では、「むかし、月日のゆくをさへ歎くをとこ」が、「三月つごもりがたに」詠んだものと歌物語化されているものでもある。『伊勢物語』での「をとこ」の歎きは恋の歎きであったが、「月日のゆくをさへ歎く」というところに、刻々と失われてゆく時の流れを自覚したときのはかないという実感が色濃く滲み出ている。本歌のそのような実感は、内親王のこの作にも移し入れられていると見なければならない。

しかも、本歌にはない「ながむ」という語が用いられていることも注目される。この語は内親王によってしばしば用いられた語であった。

ながめつる今日は昔になりぬとも軒端の梅よ我を忘るな　（『家集』二〇九、『新古今集』春上・五二）

花は散りてその色となくながむればむなしき空に春雨ぞ降る　（『家集』二九、『新古今集』春下・一四九）

暮れてゆく春の名残をながむれば霞の奥に有明の月　（『家集』一八、『玉葉集』春下・二六〇）

それながら昔にもあらぬ月影にいとどながめをしづのをだまき　（『家集』五三、『新古今集』秋上・三六八）

ながめわびぬ秋よりほかの宿もがな野にも山にも月や澄むらむ　（『家集』二四八、『新古今集』秋上・三八〇）

ふくるまでながむればこそ悲しけれ思ひも入れじ山の端の月　（『新古今集』秋上・四一七、『家集』不見）

さびしさは宿の習ひを木の葉敷く霜の上にもながめつるかな　（『家集』五九、『玉葉集』冬・八九九）

「ながむ」は、小野小町・和泉式部などの女流歌人の基本的姿勢を示す語であった。その意味からも、内親王は中世初期においてもっともまっすぐに女流歌人の伝統を受け継いだ歌人であったといえるであろう。

はかなしや枕定めぬうたた寝にほのかにまよふ夢の通ひ路　（『家集』三〇五、『千載集』恋一・六七七）

これも、早く北村季吟『八代集抄』で指摘するように、

宵々に枕定めん方もなしいかに寝し夜か夢に見えけん　（『古今集』恋一・五一六）

の本歌取である。本歌はおそらく恋人の来訪を待ちわびる女の立場での、いわゆる女歌であろう。それをほぼそのまま受けながら、「枕定めん方もなし」という、やや奔放な感じのする表現を「枕定めぬうたた寝」としたところに、言語感覚の細やかさを思わせる。「うたたね」は、これまた早く小町の名吟、

うたたねに恋しき人を見てしより夢てふものは頼みそめてき　（『古今集』恋二・五五三）

に現われ、『源氏物語』などを通して、艶（えん）なものとされてきた。内親王はこの語を少なからず用いている。

袖の上に垣根の梅は訪れて枕に消ゆるうたたねの夢　（『家集』二〇八、『新後拾遺集』春上・五一）

夢の内もうつろふ花に風吹きてしづ心なき春のうたたね　（『家集』二一六、『続古今集』春下・一四七）

小夜深み岩もる水の音さえて涼しくなりぬうたたねの床　（『家集』二三三、『玉葉集』夏・四二一）

窓近き竹の葉すさぶ風の音にいとど短かきうたたねの夢　（『家集』三一四、『新古今集』夏・二五六）

みじか夜の窓の呉竹うちなびきほのかに通ふうたたねの秋　（『家集』三一）

うたたねの朝けの袖に変るなり鳴らす扇の秋の初風　（『家集』二三七、『新古今集』秋上・三〇八）

これらは四季の歌でのうたたねで、前の作とは異なり、それらのすべてを艶な気分のものと解するのは当たらないようであるが、「袖の上に……」、「夢の内も……」等の作でのうたたねの夢は、優艶なものであることを想像させるに十分である。そしてまた、爽涼感を歌う「小夜深み……」、「窓近き……」、「うたたねの……」等にも、はかなさ・やるせなさが基調として、ないしは背景としてあることはいなめない。そのようなことから、この語もまた、前引のうたたねの歌にもしばしば見出された「夢」などとともに、内親王の作品世界を語る際に、一つの指標をなす言葉と見なすことは不当ではない。

袖の色は人の問ふまでなりもせよ深き思ひを君し頼まば　（『家集』三〇六、『千載集』恋二・七四五）

これもやはり季吟が指摘しているように、名歌説話の上では著名な、『天徳内裏歌合』で、「忍恋」の心を詠んだ兼盛の、

忍ぶれど色に出でにけり我が恋はものや思ふと人の問ふまで　（『拾遺集』恋一・六二二）

を念頭に置かなくては、解しえない作である。たとえ、恋の悲しみのために流す紅涙（血の涙）で袖が染まってしまい、その結果、人が恋の懊悩をしているのかと尋ねるまでになっても（すなわち、他人に知られてしまっても）かまわない、この私の深い思いをあなたがまことのものと信じてくれさえすれば……というのが一首の意で、「忍恋」が忍んでいることの極限に達しようとしているときの心理状態を捉えたものである。同じような状況は、代表作の、

玉の緒よ絶えなば絶えね永へば忍ぶることの弱りもぞする　（『新古今集』恋一・一〇三四）

でも扱われているが、「袖の色は……」がこちらの恋情を相手が受け留めてくれることを訴えているところに、まだ切迫していない不徹底さを残しているのに対し、こちらは「玉の緒よ絶えなば絶えね」（わが命よ、いっそ絶えるならば絶えてしまえ）の句に、自棄的な悲愴な響きがあって、それがこの作を比類なく美しいものとしている。

同じく、生命を脅かすまでの恋心は、

我が恋は逢ふにもかへずよしなくて命ばかりの絶えや果てなん　（『家集』一七）

とも歌われている。これはおそらく紀友則の、

命やは何ぞは露のあだものをあふにしかへば惜しからなくに　（『古今集』恋二・六一五）

の歌を踏まえた作であろう。なお、「逢ふにしかへば」という句は、『伊勢物語』の、

思ふには忍ぶることぞ負けにける逢ふにしかへばさもあらばあれ

にも見出された。いずれの場合も、愛する者と逢えるのならば露命などはどうなってもいい、または身の破滅を招いてもかまわない（そして、『伊勢物語』では実際にお互いの身の破滅となるのであるが）という、恋する者の情熱を歌ったもの

である。それに対して、内親王の作は結局逢うことができないままにこがれ死にをするのであろうかというのであるから、あわれである。

　万の事も、始め終りこそをかしけれ。男女の情も、ひとへに逢ひ見るをばいふものかは。逢はで止みにし憂さを思ひ、あだなる契りをかこち、長き夜をひとり明し、遠き雲井を思ひやり、浅茅が宿に昔を偲ぶこそ、色好むとはいはめ。

とは、『徒然草』の中でも有名な、「花はさかりに……」という趣味論の一節である。これは平安から中世にかけておびただしく詠まれた恋歌の本質を説明するのには都合のよいものであるが、内親王の恋歌について考えてみると、兼好の趣味的な恋愛観――それはおそらく、王朝や中世の貴族たちの間でかなり普遍性を持ったものだったであろう――とも異なった、あるかたよりが見出されるようである。「ひとへに逢ひ見る」ことはほとんど扱われない。逢わないから、「浅茅が宿に昔を偲ぶ」ことも、まずない。内親王の恋歌は、その大部分が、恋の初め、忍ぶ恋、相手にさえ知られないままに内攻する恋などであって、それ以上に進むことはまれである。

　君ゆゑや始めも果ても限りなき憂き世をめぐる身ともなりなん　（『家集』三六七、『新千載集』恋一・一〇三四）

とも歌っているが、初めはともかく、終りはないのである。充足の喜びやそれに伴う弛緩などはなく、忍ぶ段階において、先の「玉の緒よ……」のように危機的な形で極点に達する高まりを示し、ついに逢うことなくて死ぬのかと歎き、やがて時間の経過とともに、

　つらしともあはれともまづ忘られぬ月日いくたびめぐり来ぬらん　（『家集』八四）

　忘れてはうち歎かるる夕かな我のみ知りて過ぐる月日を　（『家集』三九、『新古今集』恋一・一〇三五）

のような、倦怠と歎老とに流れてゆくという形を採る。

かなりの年月にわたっての斎院生活、そしてその後も内親王であるという高貴さは、なま身の一女性である式子内親王の感情生活を強く拘束する、いわば注連縄であったであろう。そのような環境の中で、人を恋うる心が芽生えたならば、その恋慕の情は、今まで見てきたように、鬱屈し内攻しつつ、その中で高まり、燃焼せずにはおかなかったであろう。

中世の人は、式子内親王を愛慕した男性として、新古今時代の巨匠、京極中納言定家を想定した。謡曲「定家」は、定家の妄念が定家葛となって内親王の墓石にまつわりつき、繋縛している愛の妄執をテーマとしている。

シテ詞 式子内親王始めは賀茂の斎きの院にそなはり給ひ、程なく下り居させ給ひしに定家の卿忍び忍びのおん契り浅からず、その後式子内親王程なく空しくなり給ひしに、定家の執心葛となつて、おん墓に這ひ纏ひて互の苦しみ離れやらず、……

これを謡曲作者の取るに足りない創作として問題にしない立場の一方では、年齢的にいって、定家はむしろ内親王に愛された側ではないかとする見方や、少なくとも精神的にはお互いに通い合うものがあったであろうということを積極的に主張する立場がある。とくに、待井新一氏は、『定家小本』の初めに定家が自筆で、

秋の夜のをぐらの山のしぐるゝはしかのたちどやもみぢしぬらん

嘉応元年七月廿四日

戊寅天晴

賀茂斎内親王廿一式子退出依ル御悩ニ

と記していることを手懸りに、定家の内親王への慕情を立証しようとされた[10]。天才が天才を知るの類で、作品への傾倒が恋心へと転化してゆくことはありそうでもあるが、定家の性格や社会的地位を考えると、そのような感情に果して進みえたかどうか、疑問が残らないでもない。結局、現在知られている資料の範囲内では、定家が有数の歌人として尊敬する以外に、はたして、女性として内親王を愛慕したか、また、内親王も定家を男性として恋うことがあったか、何とも断定できない。

が、そのような想像を後人に起こさせるほど、内親王の恋歌は惻々と訴えるものをもっている。その相手が定家であったかどうかは別として、内親王はやはり恋を知っていたのであろう。そして、それは当然不毛の恋に終わったのであろう。恋の秀歌は、やはり痛ましく悲しい現実生活の代償としてえられたものであった。

五

斧の柄の朽ちし昔は遠けれどありしにもあらぬ世をも経るかな　（『家集』三五、『新古今集』雑中・一六七二）

この作には、「後白河院隠れさせ給ひて後、百首歌に」という詞書がある。すなわち、建久三年（一一九二）三月以降の作であるが、それ以上詳しいことはわからない。友則の、

古里は見しごともあらず斧の柄の朽ちし所ぞ恋しかりける　（『古今集』雑下・九九一）

を本歌として、仙郷によそえられることの多い仙洞、すなわち父上皇の崩後、すっかり変ってしまった境遇を歎いた作である。保護者を失った姫宮の落魄ぶりは、しばしば作り物語の題材とされている。それは、そのような現実が少

なくなかったからであろう。式子内親王の場合、父院の崩御が直ちに生活を脅かすに至ったかどうかはわからない。が、少なくとも、それまでは院の存在を憚っていた、内親王に対する世間の目や口が、ないがしろなぶしつけなものとなってくることは十分考えられる。それに対し、内親王やその周辺の人々が、「ありしにもあらぬ世をも経る」という感じを抱き、院在世のころを懐しむことは当然であろう。そのようなときに兼仲夫妻の陰謀のごとき事件が起これば、結果的に内親王がそれに関っているように受け取られやすいことは明らかである。『皇帝紀抄』に伝える右の事件への内親王の連座というのも、その実情はこの程度のものだったのではないであろうか。

この事件が内親王の心を傷つけたことは、想像以上であったであろう。『新古今集』の冒頭近くを飾る、

山深み春とも知らぬ松の戸に絶えだえかかる雪の玉水　（『家集』二〇三、『新古今集』春上・三）

という秀逸は、その清澄な美しさのゆえに多くの人に激賞され、寂しさの裡に春の訪れへの喜びが感ぜられるという鑑賞がなされることもある。けれども、この作に見出される「松の戸」という語は、単なる山居の寂寥さを示す素材としてのみ用いられたとは考え難い。

山深くやがて閉ぢにし松の戸にただ有明の月やもりけん　（『家集』九二）

秋こそあれ人は尋ねぬ松の戸をいく重も閉ぢよ蔦のもみぢ葉　（『新勅撰集』秋下・三四五、『家集』不見）

などの内親王自身の他の作品や、

陵園妾の心を詠める　登蓮法師

松の戸を鎖(さ)して帰りし夕よりあくるめもなく物をこそ思へ(11)　（『続詞花集』雑中・八四五）

光行

松の戸に独りながめし昔さへ思ひ知らるるありあけの月

右歌、「昔思ひ知らるる」といへる、これは文集の陵園妾を思へるなるべし。但し、「松門到暁月徘徊」とぞいへれば、松の門とぞ見えたる。されど、松の戸といはんも深き難にはあらざるべし。(12)

（建久六年正月廿日民部卿家歌合・暁月・二十番右）

楽府を題にて歌詠み侍りけるに、陵園妾の心を詠める　　源光行

閉ぢはつる深山の奥の松の戸をうらやましくも出づる月かな　（『新勅撰集』雑一・一〇九一）

松門到暁月徘徊といふことを詠める　　和気種成朝臣

松の戸の明方近き山の端に入らでやすらふ秋の夜の月　（『続拾遺集』雑秋・六〇六）

など、ほぼ同時代の歌人の作品より帰納して、「松の戸」は、『白氏文集』巻四にある「陵園妾」中の、「松門到レ暁月徘徊」に基づく典拠ある表現であることはほぼ確かである。この詩は、表題の下に、「憐ニ幽閉ヲ一也」との注記があり、讒言によって御陵の番人として幽閉された官女を憐れんだ楽府体の詩である。(13)登蓮や光行の作品の存在によって、直ちにこの詩の世界を想い起こさせる「松の戸」の句を、再三あえて採り用いている内親王には、自らの境遇を讒を得て幽居を余儀なくされた陵園妾によそえようとする意識が働いていると見てよいのではないであろうか。

「山深み……」の歌は、内親王としては最晩年の『正治二年院初度百首』における作である。事件の悲しみも薄らいでいたかも知れない。けれども、同じ百首で詠まれた、

今は我松の柱の杉の庵に閉づべきものを苔深き袖　（『家集』二六七、『新古今集』雑中・一六六五）

身の憂さを思ひ砕けばしののめの霧間にむせぶ鴫の羽搔き　（『家集』二九三）

はかなしや風に漂ふ波の上に鳰の浮巣のさても世に経る　（『家集』二四、『新千載集』雑上・一八二四）

などの諸作の存在を考えると、やはり幽居の憂愁は揺曳していると思われる。作者は、長い冬にも似た幽居の孤独さを、声を大にして訴えようとはしない。「春とも知らぬ松の戸」という抑えられた表現の裡に、その寂寥や悲しみを凝集している。凝集されているだけに、作者の精神的な傷痕がいかに深かったかも察せられるのである。

ここでも、秀逸は悲境に沈んだ作者の精神的昇華の結果として生まれたのであった。

六

式子内親王の和歌については、「山深み……」の歌でわずかにその一例を見た漢詩文との関係、それに『源氏物語』など物語との関係（この両者は重層していることもある）など、なおいうべきことは少なくないが、今はその余裕が無い。そこで、内親王の作品を同時代人がどのように受け止めたか、二、三の例をあげて、かれらの内親王に対する傾倒ぶりを確かめる一助として、終ろうと思う。

建仁元年、内親王の亡くなった年に詠まれた定家・家隆・良経らの作を見ると、発想や措辞において、式子内親王の名歌に通ずるものが少なからず見出される。まず、定家の『千五百番歌合』での作品を見ると、

葵草仮寝の野辺にほととぎすあかつきかけて誰を問ふらん　（三四七番右、『拾遺愚草』一〇二四）

という作がある。これは、その後に詠んだ、

思ひやる仮寝の野辺の葵草君を心に懸くる今日かな　（『拾遺愚草』三〇〇、承元二年の詠）

とともに、内親王の、

忘れめや葵を草に引き結び仮寝の野辺の露のあけぼの　（『家集』三三、『新古今集』夏・一八二）

に通うのである。また、やはり『千五百番歌合』での、

片敷きの床のさむしろ凍る夜に降りかしくらん峯の白雪　（一〇〇八番右、『拾遺愚草』一〇六八）

は、内親王の、『正治二年院初度百首』での、

さむしろの夜半の衣手冴え冴えて初雪白し岡の辺の松　（『家集』二六四、『新古今集』冬・六六二）

と同じ歌境である。

片糸の逢ふとはなしに玉の緒の絶えぬばかりぞ思ひみだるる　（一一四九番右、『拾遺愚草』一〇七九）

が、かの「玉の緒よ……」を思わせることはいうまでもない。

これは定家に限ったことではない。同じ『千五百番歌合』で、良経は、

千度打つ砧の音を数へても夜を長月のほどぞ知らるる　（七〇七番左、『秋篠月清集』八四七）

と詠んでいるが、これは偶然とするにはあまりにも内親王の、

千度打つ砧の音に夢覚めて物思ふ袖に露ぞ砕くる　（『家集』三一五、『新古今集』秋下・四八四）

と句の運びが似ていすぎる。同じときに、

霜埋む刈田の木の葉踏みしだきむれゐる雁も秋を恋ふらし　（八七三番左、『秋篠月清集』八五八）

とも詠んでいるが、「刈田」と「霜」との結合は、内親王の、

旅衣伏見の里の朝ぼらけ刈田の霜にたづぞ鳴くなる　（『家集』一六三、『玉葉集』冬・九三二）

に見られた。

『千五百番歌合』の前に『老若五十首歌合』が行なわれているが、家隆のこのときの作に、

炭がまの峯の煙に雲凝りて雪げになりぬ大原の里　（一六九番左、『壬二集』一七二四）

というのがある。これも内親王の『正治百首』における作、

日数経る雪げにまさる炭がまの煙もさびし大原の里　（『家集』二六八、『新古今集』冬・六九〇）

と通うところが多い。

和歌の素材はある程度限られているから、しばしば偶然の一致は起こりうる。けれども、以上のような例は、これらが建仁元年ごろの詠であるという事実とともに、お互いに支えあって、内親王の作品が、かれらの間に滲透していたことを物語るものである。本歌取では、同時代人の作品を取ることは容認されない。それゆえに、これらは本歌取ではなく、傾倒のあまりの影響作と見られるのである。同じような現象は西行についても認められる。新古今時代の推進者たちは、俊成・西行とともに、式子内親王をも、先達として仰いだのであった。実はそれは、『新古今集』における、女性歌人として最高の四十九首の入集という数字からだけでも明らかであるといえよう。

式子内親王の生涯は、寂しく悲しいものであった。しかし、というよりはそれゆえに、その作品は比類のない美しさを秘めている。人間として生きることの寂しさや悲しさを知らない幸福な心には、畢竟その美しさは無縁のものなのである。

付記

『式子内親王集』(『家集』と略記)の歌番号は、「日本古典文学大系」本のそれによった。ただし、本文の表記は私意による。

注

(1)『山槐記』永暦二年(応保元年＝一一六一)四月十六日の条に「今日初斎院(院第三女、母儀三品季子、高倉局是也)禊東河入二御紫野院一(所謂一条以北本院也)日也」とある。母の名を「成子」でなく「季子」とするが、あるいはこのほうが正しいか。

(2)財団法人陽明文庫編『人車記　四』(陽明叢書記録文書篇第五輯、一九八七年、思文閣)解説。

(3)尾張悦子「式子内親王の准三宮宣下について」(『立教大学日本文学』第十六号、一九六六年六月)参照。

(4)『玉葉』文治四年八月四日の条、同建久三年五月一日の条参照。

(5)国島章江「式子内親王集――形態と成立について――」(『国語と国文学』一九六〇年七月)、日本古典文学大系『平安鎌倉私家集』補注五七五頁、および本位田重美「式子内親王」(『和歌文学講座』第七巻、一九七〇年七月)参照。

(6)田村円澄『法然』(人物叢書、吉川弘文館、一九五九年)二一三頁所引、岸信宏氏研究(『仏教文化研究』五)。

(7)最近高柳祐子氏が柳原家本『玉葉』建仁元年正月三十日の条その他を紹介して、後白河法皇の霊託に対する、従来知られていたこととは異なった、式子内親王の対応などについて、「晩年の式子内親王」と題して和歌文学会第四十九回大会(二〇〇三年十月二十六日、於香川大学)において発表された。

(8)『古今集』哀傷・八三一、上野岑雄の、「深草の野辺の桜し心あらば今年ばかりは墨染に咲け」を引く。「軒端の梅も」は内親王の作。三〇二頁参照。

(9)寺本直彦『源氏物語受容史論考』三九頁参照。

(10)待井新一「『定家小本』私考(上)」(『国語と国文学』一九六〇年十二月)参照。引用文の濁点・返り点、送り仮名等は私に付した。これによると、内親王の作品はさらに一首追加される。

(11) この作は、『今撰集』『治承三十六人歌合』『夫木抄』等にも見え、相互の異文は甚だしい。『続詞花集』によって引くが、「あけるめもなく」を「あくるめもなく」と改めた。

(12) 判詞中の詩句の引用、「松門暁到……」とあるのを「松門到暁……」と改めた。この歌合の判者は俊成である。

(13) 和歌に取られることの多い部分とその前後を掲げておく。

憶ふ昔宮中妬猜せられ、
讒に因つて罪を得、陵に配せられて来りしを。
老母啼呼して車を趁うて別れ、
中官監送して門を鏁して廻る。
山宮一たび閉されて開く日無く、
未だ死せずんば此の身出でしめず。
松門暁に到るまで月徘徊、
柏城尽日風蕭瑟。
松門柏城幽閉深く、
蟬を聞き燕を聴いて光陰を感ず。
眼菊蘂を看れば重陽の涙あり、
手に梨花を把れば寒食の心あり。
花を把り涙を掩ふも人の見る無く、
緑蕪の墻は遶る青苔の院。(原漢文)

解説

田中洋己
渡部泰明

一

「I」の原著『藤原定家』は、集英社より刊行された「王朝の歌人」シリーズ全十巻の最初の一冊として一九八四年十月に上梓された。その後、一九九四年十二月にちくま学芸文庫に収められて再刊されている。周知のように定家の日記『明月記』には自筆本が現存するが、同書をはじめとする多様な歴史資料や『拾遺愚草』『新古今和歌集』『後鳥羽院御口伝』等和歌関係の文献を自在に活用しつつ、歌人・古典学者・廷臣そして一人の知識人としての藤原定家の生涯を克明に描き出した著作である。定家十九歳時の『明月記』治承四年(一一八〇)二月十四日条の著名な記事を冒頭に引き、定家作と目される『松浦宮物語』の一節にも言及しつつ、青年定家の浪漫的心情に焦点を当てるところから本書の記述は出発する。さらに、同年二月の安徳帝践祚をめぐる『平家物語』の記事や同年四月に京都を襲った辻風についての『方丈記』の記事等を引いて物情騒然たる時代の様相を的確に描き出すとともに、『明月記』治承四年九月条に見える「紅旗征戎非二吾事一」の一文に秘められた定家の思いを炙り出して行く。定家の動静や心情を直接に伝える記事を引用するに止まらず、諸種の文献を目配り良く捌きながら時代の空気を活写して行く著者の筆の冴えは、この『明月記』の著名な文言を小見出しとする冒頭の一節に既に鮮やかである。

次いで本書の叙述は定家の出自・係累・父母・兄弟姉妹に及び、定家が生を享けた御子左一門の相貌を過不足なく伝えるとともに、現存する定家最初期の詠歌である治承二年三月の『賀茂別雷社歌合』の作や自撰家集『拾遺愚草』の巻頭を飾る養和元年(一一八一)四月の「初学百首」の詠作等を論じながら、歌人としての定家の始発期を描き出して行く。以後、文治期における藤原家隆・寂蓮・慈円等との百首詠作や、『花月百首』『十題百首』『六百番歌合』に代表される建久年間に入っての九条良経家歌壇における多種多様な活動、あるいは『宮河歌合』の判詞執筆に集約される晩年期の西行との関わり等、限られた紙幅の中に定家の歌人としての成長と『新古今集』撰進の萌芽を為した新風和歌の模索の諸相を手際良く論述して行く様は、抑制の利いた筆致の中に殆ど名人芸の趣を湛えている。諸歌人の家集、歌会・歌合等の記録、漢文日記等の歴史資料を駆使して歌人たちの動静や和歌活動の実態を解明して行く歌壇史研究と、個別の和歌作品の表現の成り立ちを精密に読み解いて行く注釈・表現研究とが隙無く最良の形で結び合うところに著者の中世和歌研究の神髄はあるが、西行論・俊成論をも含み込みつつこの時期の主要歌人たちの動向と作品の展開を精細に論じ尽くした『新古今歌人の研究』(東京大学出版会、一九七三年三月)の体系的、包括的な研究が根底にあって、本書の如き簡にして要を得た記述が可能になったと理解されてよいであろう。また、本書『藤原定家』よりも上梓は後れたが、存疑の作も含めて四千六百首余に及ぶ定家の全和歌作品に注と現代語訳を施すのみならず、全歌の出所一覧と精細な年譜をも付した『訳注藤原定家全歌集』上下(河出書房新社、一九八五年三月・八六年六月)も著者の打ち立てた戦後期の中世和歌研究の金字塔の一つであり、この両著に示された巨大な達成が本書の無駄のない明晰な叙述を支えているのである。

顧みるに、著者以前の定家研究の水準を示す著作が石田吉貞『藤原定家の研究』(文雅堂、初版一九五七年、改訂版一九六九年)であることは、衆目の一致する評価であろう。無論、村山修一『藤原定家』(関書院、一九五六年)及び人物叢書中の同氏同題の一冊(吉川弘文館、一九六二年)も定家の伝記研究として逸することのできぬ書物であるが、史家としての村山氏の著作が廷臣としての定家の動静や荘園所領をはじめとする御子左家の経済的基盤の解明に重きを置くのに対して、石田氏の著作は歌人としての定家の全体像を把握せんがために、その詠歌や歌論歌学書についても多くの紙幅を割き、とくに歌書の真偽及び成立に関する綿密な考証は学界に裨益するところが大きかったと思われる。また、伝記研究にも新生面を開き、『明月記』や宮内庁書陵部蔵『砂巌』所収「五條殿御息男女」等の史料を活用しての兄弟姉妹等定家の親族係累に関する考証はその白眉であった。当該の事項に関する本書の記述もまた石田氏の研究にその多くを負っている。しかしながら、上述の諸方面における研究の充実に比して、多様な歌壇活動の実態の解明や個別の和歌作品の表現分析といった面が、石田氏の著作においてはやや閑却されている嫌いがあることも否定できない事実である。本書著者の前掲の二著『新古今歌人の研究』『訳注藤原定家全歌集』はまさにその欠を補うものであり、新古今時代を主導する歌人であり続けた定家の活動の全領域に亘る精緻で行き届いた理解こそが、本書『藤原定家』の論述の確かさと豊かさを保証していると評されてよいであろう。

定家の和歌表現に対する本書著者の肌理細やかな読解の魅力をもっともよく伝えるのが、建久四年(一一九三)二月十三日に没した亡母美福門院加賀を偲んで同年七月九日に定家が詠じた絶唱「たまゆらの露も涙もとどまらずなき人恋ふる宿の秋風」(新古今集・哀傷・七八八)をめぐっての分析である。著者は当該歌に付された詞書の文言が父俊成の家集と定家自身の家集『拾遺愚草』との間で異なっている事実に注目し、その詞書中に「野分」の語を用いた定家の意識を『源氏物語』野分巻における夕霧の心境と重ね合わせる形で鮮やかに読み解いてみせる。定家とその実母との間に如何に濃密な愛情の絆が存在したかということについては、群書類従本『隆信集』の記事等が具に物語るところでもあるが、心情を直叙する主観的な表現を排して悲哀の感情の硬質澄明な結晶化に徹するかの如き「たまゆらの」の一首の背後に、危ういまでの母恋の情が秘められていることを剔抉してみせた著者の読みは、新古今時代の和歌と『伊勢物語』『源氏物語』に代表される王朝物語世界との根源的な繫がりを証し立てるにとどまらず、芸術と人生、文学と人間との玄妙不可思議な関わりへと読者の思いを誘って止むことがない。本書における紹介は割愛されているが、寺本直彦氏が『源氏物語受容史論考 正篇』(風間書房、一九七〇年)において指摘され、著者も「『源氏物語』と藤原定家、親忠女及びその周辺」(『藤原定家とその時代』岩波書店、一九九四年一月)の論において寺本氏の見解に満腔の賛意を示されるように、俊成もまたその家集『長秋草』に収められた亡妻を悼む歌群の中で『源氏物語』や『長恨歌』の世界を重ね合わせるようにして自らの痛切な悲しみの感情を表出している。「源氏見ざる歌詠みは遺恨のことなり」という著名な一句は定家の母が没したまさにその同じ年に企画が進行しつつあった『六百番歌合』の俊成判詞に見える文言であるが、最愛の女性の死と故人哀惜の想いを『源氏物語』の世界を再現するかの如くに詠じてみせた俊成・定家父子にとってはまさに発せられるべくして発せられた必然の言葉であったのであり、日本文学史の総体に通じた著者の博識と柔軟な感性とが相俟って、長い間それと気付かれることなく「たまゆらの」の歌の奥底に封じ込められていた定家の深層心理が数百年後の読者である我々の眼前に開示されるに至ったのである。なお、本書では俊成判詞を含めて『六百番歌合』の幾つかの番についても著者ならではの入念な読みが示されているが、これはその後、新日本古典文学大系『六百番歌合』における注解として結実することとなった。また、建久七年十一月の政変による九条家勢力失墜後の逼塞の時期に詠ぜられたにもかかわらず、完成度の高い秀吟揃いの歌々として知られる建久九年の『御室五十首』の定家詠からも、「春の夜の夢の浮橋」の歌を筆頭に数首を取り上げて、行き届いた鑑賞を加えている。

『新古今集』の撰進に直結する正治・建仁期の後鳥羽院仙洞歌壇の形成過程については未だに不明の部分が多く、著者も関連する幾編かの論考を著しているが、本書では仙洞歌壇の本格的な始発を告げる『正治初度百首』の詠進の経緯を、『明月記』の関連記事や俊成の『正治仮名奏状』を駆使して詳細に描き出している。また、本百首の定家詠については数種の部分的草稿が伝存することが知られているが、その意義に最初に着目したのも著者であった。中でも細川家永青文庫蔵「俊成定家一紙両筆懐紙」(定家・俊成勘返状)は鳥題五首の推敲の経緯と創作の機微を伝える貴重な資料であり、著者も数度に亘って考察の対象としているが、本書においても書状記事の精密な読解によって、本百首の詠進に臨んでの定家の表現模索の過程と設題に対する意識が探り当てられている。なお、前述の定家の御室五十首詠に関しても、その詠出と推敲・添削の経緯を伝える「軸物之和歌写」あるいは「京極黄門詠五十首和歌」なる資料の存在が知られているが、当該資料についてもまた著者の報告と考察が研究史の劈頭を飾る位置にあることを付記して置きたい。『正治初度百首』以後仙洞歌壇は活況を呈し、『老若五十首歌合』『仙洞句題五十首』『千五百番歌合』『水無瀬殿恋十五首歌合』等の大規模な催しがうち続くが、これらの和歌行事の実情や成立の背景等についても関連の資料を踏まえての要を得た解説が施されるとともに、幾首かの定家の実作が取り上げられて本歌・本説の指摘をはじめとする表現面の分析にも筆が及ぶ。その際、後年『新古今集』への入集を見るような秀歌として定評のある作ばかりを列挙するのではなく、「外山よりむら雲なびき吹く風にあられよこぎる冬の夕暮」(老若五十首歌合)「雨そそきほどふる軒の板びさしひさしや人目もるとせしまに」（仙洞句題五十首）「幾世経ぬかざしおりけむいにしへに三輪の檜原の苔の通ひ路」（千五百番歌合）の如き比較的目立たぬ、しかしながら如何にも定家らしい巧緻で隙の無い表現に特色のある作を漏らすことなく取り上げているところに、『訳注藤原定家全歌集』を完成させた著者ならではの確かな鑑賞眼が窺われる。また、定家の和歌世界の多様な拡がりと奥行とを読者に伝えるべく、建仁元年（一二〇一）十月の後鳥羽院の熊野御幸に随従した折の詠歌や建仁二年五月二十八日水無瀬離宮に参仕した晩に詠じた述懐の一首「行く蛍なれも闇にや燃えまさる子を思ふ涙あはれ知るやは」（『明月記』所載）の如き、詠者自身の感懐を率直に詠じた作にもよく目配りが為されていることも留意されよう。建仁元年七月の和歌所設置を経て同年十一月の下命以来本格化する『新古今集』撰進の経緯についても、建仁三年十一月の俊成九十賀や翌元久元年（一二〇四）十一月三十日の俊成の死に関する記事等をも織り交ぜながら、小島吉雄・風巻景次郎以来の先行研究の成果を継承しつつ『明月記』以下の諸資料を駆使して、平明にして的確な叙述が為されている。

著者もその一員であった「和歌史研究会」の活動に代表される戦後期の歌壇史研究の豊かな成果については喋々するまでもないであろうが、日記『明月記』のかなりの部分が現存するだけに、定家研究及び新古今時代研究の領域においては、谷山茂・石田吉貞両氏の論著を筆頭に『明月記』の記事の詳密な解読によって得られた知見を踏まえての達成が早くから稀ではなかった。著者の定家研究の基盤に『明月記』本文の紙背に徹する読み込みがあることも無論であり、とりわけ本巻の「Ⅱ」に収められた「承久の乱以後の藤原定家」に代表される諸論考はその見事な実践と言って憚りない。本書『藤原定家』においても、建永二年（一二〇七）の『最勝四天王院障子和歌』に関する一節は、『明月記』の関係記事が十全に活用されてのものであると評されてよいであろう。障子に描くべき名所や絵柄の選定、絵師の割振り等の差配は主として定家の指揮下に執り行なわれているのであるが、『明月記』の記事に即した具な分析によって、『新古今集』切継期における特色ある和歌の催しとしての本障子和歌の全体像が明快に整理されたことの研究史的な意義は小さくない。一九九〇年代後半以降吉野朋美・寺島恒世・渡邉裕美子等の諸氏によって『最勝四天王院障子和歌』についての研究は活況を呈するが、独立した研究論文ではないさりげない文章ながら、本書の行き届いた論述がその指標的役割を果たしていたことは肯われてよいであろう。続く建保期歌壇の展望や詠歌の表現分析も著者の学問の蓄積をよく窺わせるもので、とくに小篇の消息体歌論書「名所百首歌之時与二家隆卿一内談事書札」の記事を活用しつつ為された建保三年(一二一五)『内裏名所百首』詠についての読解は見事である。また、定家と後鳥羽院の間柄が決定的に断絶する直接の契機となった承久二年(一二二〇)二月十三日内裏歌会における定家詠「道のべの野原の柳下もえぬあはれなげきのけぶりくらべに」についての分析も、該歌の表現が孕む様々な問題点を的確に指摘して余すところがないばかりでなく、両者決裂の背景にある諸要因についても目配りの利いた考察を加えている。

承久三年五月の承久の乱の勃発とその結果としての三院遷幸によって、京都の朝廷は大きな変貌を余儀なくされる。歌壇もまたその埒外ではなく、乱後の京都歌壇において定家はまさに名実ともに斯界の最高権威として君臨することになるが、その内面に潜む孤独と苦衷を、著者はこの時期の詠歌の表現や『明月記』の記事の中に探り当てて行く。紙幅に限りがあるが故に本書での叙述は簡潔を旨とするが、本来、本巻「Ⅱ」・「Ⅲ」に収められた諸篇の如き綿密詳細な考証を基としての論述であることは言うまでもない。ことに、元仁二年(一二二五)三月二十九日の『権大納言基家家三十首』を取り上げて旧主良経に対する追慕の念に光を当てるのは、著者ならではの慧眼である。また、後代の歌道家において重んぜられ、その詠作年次について諸説あった「藤河百首」の詠出を元仁元年頃と比定する考証の的確さも特筆される。承久の乱後の定家の事績の中で最大のものは、言うまでもなく『新勅撰和歌集』の撰進であるが、下命者後堀河院の急逝や九条道家・教実父子の要請による撰入歌百余首の切出等幾多の曲折を経た本集成立の経緯についても、要を得た記述が為されている。晩年の定家は自ら筆を執りあるいは家人等に命じて古典籍の書写校合に勤しむ一方で、三代集や『源氏物語』等の歌書の注釈・考証にも心を傾け、古典学者もしくは批評家としての相貌を強めて行くが、『小倉百人一首』や『源氏物語』の注釈書である『奥入』を例に挙げての説明も平明にして示唆に富んでいる。

この解説文の中でも部分的には既に言及したが、本書の特色の一つとして、著者の鑑賞眼に適った定家の和歌二百余首が本文中に引用、紹介され、その多くに一首の表現の組立てに留意しての簡潔ではあるが含蓄に富む説明が加えられているということがある。これは、著作の性格からしてもある意味当然のことであるが、同時に、本書刊行当初の企画である「王朝の歌人」シリーズ全体を通じての執筆方針でもあったようである。しかしながら、そのおかげで読者は、定家の代表的な秀吟佳什をその歌人としての生涯の歩みに従いつつ著者の簡明的確な解説とともに一望することができるのである。また、古典詩歌のすぐれた読み手としての著者の見識と感性によって、例えば建久期の良経等との交わりの中で詠み出された速詠歌をはじめとして従来は比較的注目、言及されることの少なかった、しかしながら如何にも定家らしい表現の工夫と修辞の洗練の見られる歌々にも光が当てられている。その意味において本書は、塚本邦雄『定家百首　良夜爛漫』(河出書房新社、一九七三年)や赤羽淑『定家の歌一首』(桜楓社、一九七六年)等とともに、定家の和歌を、新古今時代の和歌を、そして日本の詩歌を読むことの面白さをさりげなくしかし濃やかに体感させてくれる一冊であると評することができよう。因みに、『新古今和歌集』に収められた全ての歌に対する著者の読解と考証の成果を披瀝した著作が、『新古今和歌集全評釈』全九巻（講談社、一九七五年十月〜七六年十二月）の偉業であることは言うまでもない。

本書の論述を生き生きとした魅力あるものとしているもう一つの大きな要因は、人間藤原定家に対する著者の心寄せと敬慕の念である。著者の学問の根底には、人間という謎に満ちた不可思議な存在に対する奥深い関心がある。文学作品を書き著す創造の主体としての人間のみならず、その書き著された作品の中で様々に活動し蠢く人々の姿に対して、著者はしばしば節度あるしかし根源的な共感を示す。このことは、本著作選集に収められた文章の数々がよく物語るところである。そして、新古今時代に生を享けて活躍した多くの歌人たちの中で著者がもっとも心惹かれる対象が、あるいは古今の日本の詩人の中で著者がもっとも敬愛する人物が藤原定家であるらしいということは、本著作選集第一巻に収められた「『山家集』を読む」劈頭の文章を一読することによっても、おそらく直ちに諒解されるに違いない。八十年に及ぶ生涯を通じて精力的な活動を続けたこの人物は、詩人としての浪漫的資質に富む一方で狷介不羈にして屈折の多い、また時として激情に駆られ易い性癖の持ち主でもあった。本書の記述は、定家十九歳時の『明月記』の記事に青年の客気と憧憬を窺い見るところから始まるが、『拾遺愚草』下巻の恋部に収められた贈答歌の数々から若き日の定家の恋の面影を探り、謡曲「定家」の物語が後世創出されるに至った式子内親王との交流の在り方を思い描く等、この不世出の詩人の内面にしばしば想いを馳せ、折々のその心の隈々に努めて寄り添って行こうとするのである。就中、既に触れた建久四年の実母の死を巡る哀傷歌の分析や後鳥羽院との決裂を招いた承久二年二月十三日内裏歌会における野外柳詠の表現についての論述には、定家の人間性に対する著者の共感と洞察が彼の生み出した精密巧緻を極める和歌表現の周到な読解と手を携えるようにして、時代を超えた人生の真実を照らし出して行くとでも言うべき瞬間を見出すことができる。

その人間を包み込む、そして人間自らもその一部を為す「自然」に対しても著者の眼差しは細やかである。本著作選集には収められていないが、『花のもの言う——四季のうた——』(新潮選書、一九八四年四月)、『古典歳時記 柳は緑 花は紅』(小学館、一九八八年十月)、『隅田川の文学』(岩波新書、一九九六年九月)、さらに、近著『野あるき花ものがたり』(小学館、二〇〇四年三月)といった著作に、そのことは明らかであろう。とりわけ、植物に対する著者の知識の豊かさと観察眼の確かさには驚かされることがしばしばである。晩年の定家が草樹を愛玩し四季折々の自然の風物に心を慰めていたことは『明月記』の記事からもよく看取されるが、著者は自然に寄せる定家の想いにもさりげなく筆を及ぼしながら本書の論述を進めている。詩歌を愛するとともに学者・著述家としても弛みなく比類のない業績を挙げ、人間に対する奥深い関心と自然に寄せる繊細な心配りを共有する。無用な贅言であるのかもしれないが、かかる諸点において、藤原定家の生涯と著者の足跡との間には或る意味での根源的な共鳴を聴き取ることができるのではあるまいか。二十年以前の筆者の朧な思い出の中の一場面に過ぎないが、西行をテーマとする和歌文学会のシンポジウムにおいて講師の役を務めた著者に対して故石田吉貞氏が質問に立たれ、その発言の中で著者を擬えて現代の本居宣長であると評されたことがあったと記憶する。石田氏の発言の真意についてはもはや窺い知る術とてないが、おおけなくもその顰に倣ったもの言いをしてみたい誘惑を、浅学の筆者も禁じ得ない。本書『藤原定家』はまさに最良の著者を得てこの世に生み出されるに至ったのである。

(田中洋己・岡山大学)

二

「Ⅱ　時代と生活」は、藤原定家をめぐる三編の論考から成る。「承久の乱以後の藤原定家――『明月記』を読む」は、初め「承久の乱以後の藤原定家とその周辺――『明月記』を読む――」の題で、『文学』第五十三巻第七号(岩波書店、一九八五年七月)に掲載され、のち本書所収稿と同じ題に改められ、『藤原定家とその時代』(岩波書店、一九九四年)に収録された。その際、「安貞元年」を「嘉禄三年」と改め、注(19)を増補するなどの微細な補訂はあったが、内容に関わる改変は行われていない。ただし、初出稿の「付記」に見られる、

本稿は昭和五十九年十月二十五日東京大学中世文学研究会における口頭発表「『明月記』を読む」、及び同年十二月十五日和歌文学会例会における同題で内容を異にする口頭発表の一部を基とし、改めて稿を草したものである。

の文言は、現在の付記の形に直されている。本著作選集には、この『藤原定家とその時代』所収の形態で収められた。この初出稿の付記に記された口頭発表では、これまで『明月記』について和歌に関することばかり拾い読みしてきたが、丁寧に読んでいくと実にさまざまの発見があって興味深い、という趣旨の著者の発言が織り込まれていたと記憶する。もとより「拾い読み」云々は謙辞であるが、また従来の研究史に反省を迫るものでもあった。前記付記にも見られるように、著者はこの昭和五十九年(一九八四年)前後、『明月記』に関わる発言を集中的に公にしている。本巻「Ⅰ」の初出である『王朝の歌人9　藤原定家』が刊行されたのもこの年の十月であり、翌年七月には「新大納言成親の孫たち――『明月記』を読む――」(『中世の文学附録』12、三弥井書店、前記『藤原定家とその時代』収録)が印行されている。それらの発言には『明月記』を、史料としてのみならず、作家藤原定家の心奥を物語る表現として、すなわち優

れた日記作品として面目も新たに読み直そうという意気込みを感じさせずにはおかない。結果として、息遣いの聞こえるごとき清新な定家像を、我々は得ることになった。後に明月記研究会の活動を生み出す気運なども、少なくとも国文学の側においては、著者の影響少なからぬものがあるといえよう。

本論文の多岐にわたる内容を要約することは困難を極めるが、著者の思考の一端を探るために、以下敢えて拙いまとめを試みる。

一 『明月記』嘉禄三年(一二二七)四月二十七日(これを六月二十七日の誤りと推定する)に見える「法眼」を覚寛に比定し、この前後に見える別の「法眼」長賢との腑分けを行う。そして、保元の乱の「乱逆」に対する定家の関心をうかがう。

二 長賢が藤原実房の猶子であったことを確かめ、併せて、奇譚と不運に彩られもした実房の晩年の動静への関心を見る。

三 『明月記』の新出断簡を、嘉禄元年七月十七日からの政子の死を語る一連の記事の形に復元し、嘉禄元年前半の定家の「怪異」への興味と結びつけて、打ち続く貴顕の死の背後に、隠岐の後鳥羽院の「怨念の発動」を感じ取っていたと想像する。

四 『六代勝事記』の作者の一説として提唱されていた藤原長兼説につき、その可能性が存することを改めて検証し、長兼・定家ともに同書の作者と類似の教養・思考をもつことを指摘する。

五 承久の乱後の定家の文学活動に、喪失感と後鳥羽院への畏怖が存したことを想定して結びとする。

一見して、精細を極める考証と定家の心境・思考への考察が、一体不可分、精妙に織り成されていることがわかる。

考証の根拠として用いられていた文章がいつの間にか作家の内奥の関心の在りかを開示するものとして読み込まれ、それがまた次の考証を呼び起こす、といった連動を繰り返しつつ、それらが大きく総合されて、時代の中の作家像を抜き差しならぬ形で浮上させていくのである。そもそも歴史的事実の考証とは、多くの場合細かなものにならざるを得ない。しかも文学研究の場合、そうして得られた結論が、「文学」とは遠く離れた瑣末な事柄となってしまいかねない。まして、本質的に虚構性を孕む文学に、歴史的事実をどう結びつけるかも、一筋縄ではいかない問題である。事実にこだわりすぎれば、文学表現が本来もつ豊かさや怪しさを取り落としてしまう惧れが付き纏うのである。本論文には、考証と文学研究との、稀に見る幸福な抱擁がある。同時代のさまざまな表現に通暁し、作品のもつくまぐまを偏ることなく掬い上げて読むことのできる著者の曇りない眼が、それを可能にしたというほかはない。論証の過程自体が無類に面白い、著者ならではの論文スタイルの由来も、根本はそこにあるのだろう。

「Ⅱ」の二番目に配された「藤原定家の自筆和歌資料二種について——『皇室の至宝　御物』から」は、初め『水茎』第十五号(古筆学研究所、一九九三年九月)の巻頭に同題で掲載された。図版も本著作選集に同様に収められているが、掲載誌がB４版という大版であり、またとくに「藤原定家自筆書状草案」は口絵図版で紹介されているために、初出稿では、原資料の参照がしやすい体裁となっている。『皇室の至宝　御物』のシリーズ中の「書跡Ⅱ」所収の二つの定家自筆の資料をめぐっての考察である。

一つは「和歌懐紙(反古懐紙)」と名づけられた、三首題の和歌懐紙。これを建仁元年冬の後鳥羽院影供歌合における三首の草稿かと推定。ついで、この懐紙にみられる訂正の跡から、これらの和歌の推敲の過程を考察する。すでに田中洋己氏の本巻「Ⅰ」の解題にも触れられている、定家の「御室五十首草稿断簡」や「俊成定家一紙両筆懐紙」などの草稿的資料から、作品が完成するまでの過程を生き生きと復元して見せるような著者の筆の冴えが、ここにも見て取れる。俊成の草稿をめぐっての「「五条殿筆詠草」について」(『国語と国文学』第七十二巻第五号、一九九五年五月)もまた同様で、創作の秘儀に分け入るこれらの考察は、著者の独壇場といってよい魅力をたたえている。定家・俊成の表現意識をそっくり我が物としえているというべきだろうか。もう一つは「藤原定家自筆書状草案」で、これを、藤原定家が従三位に叙せられた建暦元年(一二一一)九月八日以後まもなく記されたもので、叙従三位を慶賀した某人への返状と考証。さらに、その末尾に添えられた和歌を解釈し、自身の『訳注藤原定家全歌集』の注解を補訂した。またその宛先として、菅原為長もしくは藤原資実と推定している。和歌や書状等の考察を基としての同様の補訂作業は、「藤原定家年譜考証」『山梨英和短期大学創立二十周年記念日本文芸論集』(山梨英和短期大学日本文学会、一九八六年十二月。後に『中世和歌史の研究』(明治書院、一九九三年六月)に収録)でも行われている。

「Ⅱ」の第三番目に配された「藤原定家――その「難義」に対する姿勢」は、『国文学解釈と鑑賞』第五十七巻三号(至文堂、一九九二年三月)「特集古典学者の群像―古代から近世まで」に同題で掲載された。難義「稲負鳥」について、これを「庭たゝき」と考えていたこと、その判断には、経験則を重んじる思考態度が存すること、それはまた、作品を生み出す態度にもつながっていることを指摘する。ついで、『古今集』雑体に、収められた長歌が「短歌」の標目をもつ謎に対する定家の所説について、『万葉集』の題詞を十分に検討し、先行する所説を冷静に検討・批判する、極めて帰納的・実証的な態度を明かす。さらに、古来の難問である『万葉集』の成立をめぐって、『古今集』の記載になずまず、『万葉集』の内容を根拠に考え、旧説の誤謬を衝く姿勢に、重ねて俊成よりも学問的なものを見て取る。先人の権威に踊らされることなく、自らの見聞を何より大事にしつつ判断してゆく態度に、著者自ら大いに共感していることは明らかである。定家に重ねつつ著者自らの学問の姿勢を語っているといってよいであろう。それはまた、定家の創作意識を抽象的な理念の中に閉塞させまいとする、著者の定家論の志向に基づくものでもある。付言すれば、『万葉集』の歌ことばに対する定家の幅広い関心をうかがう、「藤原定家における「物」と「事」――『万物部類倭歌抄』を中心として――」(和歌文学会編『論集藤原定家』笠間書院、一九八八年三月。後に『中世和歌史の研究』に収録)も、定家の同様な側面を扱っている。

「Ⅲ　藤原定家とその周辺」は、論文三編を収める。「「三宮十五首」と「五人百首」」は、最初『国文学　解釈と教材の研究』第二十九巻第二号(学燈社、一九八四年二月)に、「歌を読むということ――藤原定家の作品に即して――」と題して発表された。当該号は「諸説整理古歌を読む古今集から新古今、風雅まで」と銘うたれた特集であり、本論文は、著者自身企画に関与したその特集の掉尾に置かれている。その後、表題を今のものに改め、『新編国歌大観』番号を付すなどごくわずかの補訂を経て、『中世和歌史の研究』に収められた。本巻への収録は、これによっている。初出稿から内容に関わる変更はない。

定家の「三宮十五首」中の、冬の信楽を「さながら荒々しいタッチで暗灰色の絵具をカンバスにぶつける画家のように」描き出した一首に端を発して、この催しの成立を考証した著者自身の旧説を「五人百首」での家隆歌への影響という点からさらに精密化し、建暦二年(一二一二)五月以降同年十二月二日頃以前と限定する。ついで話題は「五人百首」へと移り、定家の二十首のうちの雑五首を読む。なかでも、式子内親王の絶唱を意識しつつ、「その果敢な烈しい情念と自己の未練がましい世俗的な執着とを敢えて対比してみせようとした」定家の「思ふこと」の一首に、「一個の人間の悲痛な生の美しさ」を見る読みは深い。「三宮十五首」の考証と表現分析とを合わせるとき、そこに建暦二年ころの定家の荒涼とした心象風景が、彷彿と浮かび上がってくる仕掛けが施されている。次に著者は、その「五人百首」の後鳥羽院詠のうち、著名な「人もおし」を含む述懐五首を読む。而立を過ぎた院の、「さまざまな感情の嵐の中で」詠まれたこの愛憎の念を、著者は承久の乱に直結することは峻拒しつつも、そこへ至る可能性を孕む未定形の情念と見ていると思しい。定家と後鳥羽院と、それぞれの情念のうごめきを捉えながら、我に執着し内攻する前者と、世へと走り出ようとする後者の対照が描き出される。従来の、「政治と文学」的な見地から裁断するのではない、作品から導かれた両者の対比が精彩を放っている。「歌それ自体から受ける印象を大切にしたい」といい、「普遍的な観念の下に作品を包括し、固定する以前に、歌の言葉一つ一つの持つ意味にどこまでも執し、それを掘り起こす」ことを強調する氏の持論といってよい言葉は、そういう具体的な読みに支えられているゆえに重い。「文学」や「古典」の衰退が言われる今、いっそうその言葉は噛み締められるべきだろう。

「権大納言藤原基家家三十首、付「東林今葉」について」は、『明月記研究――記録と文学』第一号(明月記研究会、一九九六年十一月)に掲載された。五味文彦氏を代表とし、日本史と日本文学の気鋭の研究者の集う明月記研究会の会誌の創刊号に、乞われて寄稿した論文である。「付記」も含めて、ほぼそのまま本書に収録されている。藤原良経の遺児基家が元仁二年三月に催した三十首歌会についての考察である。『明月記』を丁寧に読み解きながら、それが計画・準備され、披講に至り、撰歌合へと展開するさまが、活写されている。併せて、承久の乱後間もなくの、歌界の指導者としての役割を果す定家の姿を浮かび上がらせている。慈円の同歌会の三十首については、そこに良経への懐旧の意識を見て取っているが、そこからさらに著者は、『夫木和歌抄』所載の慈円詠三首に説き及び、そこにも慈円の同様の思いを見いだす。そして「東林今(吟)葉」なる慈円の詠草の存在を指摘する。「東林今(吟)葉」が『六代勝事記』

の出典の一つではないかとする想像など、著者らしい読みの鋭さを示す着眼であろうが、こうして散逸詠草を位置付けながら、それと同時に良経を追慕してやまない最晩年の慈円の心情を織り成してゆく無駄のない叙述は、著者ならではの自在な筆の業を感じさせる。

「式子内親王の生と歌」は、初め、久松潜一編『日本女流文学史 古代中世篇』(同文書院、一九六九年三月)に「式子内親王」の題で掲載された。該書は二十一の女流作家・作家群について解説した文学史で、上質紙を用いた美麗な本である。学園がいずこも騒然たる雰囲気に包まれていたであろう中での出版であったと想像される。著者が白百合女子大学から東京大学に転任するのは、この翌年のことである。本論文は、本巻所収の著作の中で最も古く公刊されたものであるが、その後部分的な改訂が加えられている。表記の変更や一般読者を意識した補入的コメントの削除など微細な点を除けば、その多くは、研究史の進展を反映させるためのものである。UP選書94『中世文学の世界』(東京大学出版会、一九七二年三月)に再録された際には、本位田重美氏の式子内親王落飾時の推定が取り入れられている。さらに今回の著作選集収載に当たって、上横手雅敬氏によって確定された式子内親王の生年、後白河院霊託事件への内親王の関与に関する新見、『定家小本』の年齢注記、崩御を推定させる『明月記』の記事などが補訂された。著者は折にふれて、自己の旧説の誤りを指摘しその修正を試みることがあるが、この改訂にも、それに通じる学問的良心をうかがうことができる。もとより論旨に関わる修正はない。

そして度重なる改訂はまた、この式子内親王論への著者自身の愛着の深さをも物語っているだろう。穏当で過不足ない伝記的記述はそれとして、おそらくその愛着は、式子内親王の和歌への読みがもたらしたものが大きいといえるのではないか。「ながめ」「うたたね」などをキーワードに、それらの歌を文学史的に定位し、内親王の恋歌の「鬱屈し内攻しつつ、その中で高まり、燃焼せずにはおかなかった」個性が、その生涯と重ね合わされながら美しく析出される。白眉は、「山深み春とも知らぬ松の戸に」の名歌の面目を一新させた解釈である。この「松の戸」に『白氏文集』「陵園妾」が踏まえられていることを指摘し、「悲境に沈んだ作者」の「幽居の憂愁」の「精神的昇華」を読み取ったのである。この読みのもたらした影響は絶大であった。歌人の境涯と表現意識とを深いところで鮮やかに結びつけた論旨が、それを意識すること抜きに式子内親王を論じることを不可能にしたのである。そして、本論文の初出の時代——内省よりも行動が、正義を唱える声高な声が優先されたであろう時代——を思うとき、こうした式子内親王像に著者自身託するところがあったのではないかという想像を禁じえないのだが、もとよりそれは憶測に過ぎない。

作家は、そうたやすく正体を明かさない。しかしまた、さまざまな言葉や事柄に託しながら、己を語ろうとしてやまない。どのような作家を扱っても、著者の論点はしばしば多岐にわたる。だがそこから生れる作家像は終始濁らない。些細な事象からも、確かな足どりで詩魂の在りかへと導いてくれるからである。動かしがたい地上的な事実と、天上をゆく浪漫的な詩精神とを、ここまで確かに繫いで見せる文学研究者を、寡聞にして他に知らない。

（渡部泰明・東京大学）

初出一覧

Ⅰ　藤原定家

『王朝の歌人9　藤原定家』(集英社、一九八四年)、のち『藤原定家』(ちくま学芸文庫、一九九四年)として再刊

Ⅱ　時代と生活

承久の乱以後の藤原定家――『明月記』を読む　『文学』第五十三巻第七号(岩波書店、一九八五年七月)、のち『藤原定家とその時代』(岩波書店、一九九四年)に所収

藤原定家の自筆和歌資料二首について――『皇室の至宝　御物』から　『水茎』第十五号(古筆学研究所、一九九三年九月)

藤原定家――その「難儀」に対する姿勢　『国文学　解釈と鑑賞』第五十七巻第三号(至文堂、一九九二年三月)

Ⅲ　藤原定家とその周辺

「三宮十五首」と「五人百首」　『国文学』第二十九巻第二号(学燈社、一九八四年二月)、原題「歌を読むということ――藤原定家の作品に即して――」、のち『中世和歌史の研究』(明治書院、一九九三年)に所収

権大納言藤原基家家三十首、付「東林今葉」について　『明月記研究』第一号(明月記研究会、一九九六年十一月)

式子内親王の生と歌　「式子内親王」『日本女流文学史　古代中世篇』(同文書院、一九六九年)、のち『中世文学の世界』(東京大学出版会、一九七二年)所収

ま行

や行

な 行

は 行

さ行

た行

か 行

和歌・漢詩句索引

1) 本文において論及した和歌・漢詩句の索引である.
2) 漢詩句には経文を含め，漢散文は除外した.
3) 五十音順に配列し，当該ページを示した.

あ 行

や 行

ら 行

わ 行

は 行

ま 行

た 行

な 行

さ 行

事項索引

1) 本文において論及した事項の索引である.
2) 慣用の読みに従い発音の五十音順に配列し，当該ページを示した.

あ 行

か 行

ま 行

や 行

ら 行

わ 行

た 行

な 行

は 行

さ 行

書名索引

1) 本文において論及した書名の索引であるが，対象を近代以前の書物に限った.
2) 歌集乃至詩集中の作品名，歌会名，楽曲名を収めた.
3) 慣用の読みに従い発音の五十音順に配列し，当該ページを示した.

あ 行

か 行

や 行

ら 行

ま 行

た 行

な 行

は 行

さ 行

人名索引

1) 本文において論及した人名の索引である.
2) 慣用の読みに従い発音の五十音順に配列し，当該ページを示した.

あ 行

か 行

■岩波オンデマンドブックス■

久保田淳著作選集 第二巻 定家

2004 年 5 月 7 日 第 1 刷発行
2017 年 6 月 13 日 オンデマンド版発行

著 者 久保田淳(くぼたじゅん)

発行者 岡本 厚

発行所 株式会社 岩波書店
〒 101-8002 東京都千代田区一ツ橋 2-5-5
電話案内 03-5210-4000
http://www.iwanami.co.jp/

印刷/製本・法令印刷

ISBN 978-4-00-730619-8 Printed in Japan